U0571494

相信阅读，敢于想象

幻想家

银河行星拯救系列

3 | 分离人类

SEPARATE HUMAN

银河行星————著

北京理工大学出版社
BEIJING INSTITUTE OF TECHNOLOGY PRESS

科幻
硬阅读
DEEP READ
不求完美 追逐极致

目　录

1. "清洁计划"

齐大阳刚从联大大楼出来，还来不及迈出脚下那溜湿漉漉的台阶，一群记者就围了上来。

"请问齐先生，这次关系 IZ 人命运的'清洁计划'进行表决了吗？"

"您能透露一下本次联大会议的议程吗？"

"为什么本次大会把记者排除在外，是否有什么不可告人的秘密？"

"'清洁计划'通过了吗？"

"你觉得你们真的有权让20多亿IZ人从地球上彻底消失吗？"

······

记者的发问让齐大阳难以应对，他只好闭口不答，任由各国记者的长枪短炮一阵狂拍。

"让开让开让开······"齐大阳的非洲保镖一边用鼻音很浓

的汉语大声嚷着，一边用壮硕的身躯为他挤开一条通路。

齐大阳对保镖的行为略有不满，于是出声喝止，随后对众记者说道："各位，'清洁计划'不可能通过的……至于不让记者参会，那是有先例的……"

"别把记者当白痴！我们需要的是真相，真相！"一位华人记者大声打断了他。

"我说的就是真相。"齐大阳一副很真诚的样子。

但记者们并不买账。一个白人记者问："你说的真相与谎言应该画等号吧？"

另一个白人女记者跟着附和："假如你这次说的是真相，那你平时所说的是否全是谎言？"

齐大阳颇为尴尬，他用纸巾拭了下脸上的汗渍："我只能说这么多了，晚些时候，联大自然会有公报出来。拜托各位让个路，本人还有公务要办。"齐大阳拱了拱手，随即顺着保镖挤出来的缝隙向广场边的一辆凯迪拉克走去。

一些记者心有不甘，正想再追，不料，一个戴墨镜穿风衣的壮汉不知从哪里闪了出来，把记者们挡在了后面。那壮汉和前面的保镖一前一后护卫着齐大阳迅速离开，一副007般的冷峻派头。

齐大阳刚一跨上车，那个穿风衣的硕大身躯就跟着堵了进去。

"你……"齐大阳转头迷惑地盯着那人。

那人砰的一声关上车门，随手掏出个牌子晃了晃："特工杰克，奉命前来保护阁下。"

见你妈的鬼！我不是有基姆吗？齐大阳想骂却没有骂出声，略微调整一下情绪，冷冷地说了句："基姆，你有伴儿了，开车！"

"他又不是女人。"基姆耸了耸肩，起动引擎冲上马路。

这时，蓝之星背着摄影包气喘吁吁地跑进广场，刚好和基姆驾驶的凯迪拉克擦肩而过。

蓝之星戴着一副大号圆框眼镜，额头宽阔，一副既智慧又坚毅的东方面孔。他是专程赶来采访本次联大会议的，他一直关注IZ人的生存状态，关于"清洁计划"的每一丝消息都牵动着他的神经。但他又特别不想见到那位担任联大世卫总干事的齐大阳。

基姆驾车在去肯尼迪机场的马路上飞驰。铁塔一样的杰克坐在身边，让齐大阳感到背脊发凉。刚才最后投票的一幕再次浮现：102 票对 97 票——"清洁计划"获得通过，全场顿时鸦雀无声……因为谁都不会料到，这个由日本在 5 年前联合几个非洲国家提出的议案，竟然会被通过。因为在场的人都明白，这个计划的通过，意味着住在全球 5 000 多个 IZ 城堡中的 20 多亿IZ 人将会被同时从地球上抹去，意味着这个拖累了世界经济几十年的 IZ 包袱将被彻底丢弃！多么疯狂的计划，竟然起了这样一个干净的名字——"清洁计划"！

作为总干事的齐大阳，已被确定为"清洁计划"的执行者。这对他是一件非常棘手的事情，他无法泰然处之，因为他的情人李叶和儿子齐小星也在 IZ 城堡内。想到在短短 3 个月之后，这二人便要在慢性药物的侵蚀下悄然死去，他又怎能内心平静？

齐大阳想到了远在渝江市的女儿小月，看来只能指望她了。她爱她哥哥，也相当机灵，只要把这个消息透露给她，她就会想方设法把消息传到城堡里……

肯尼迪国际机场。齐大阳在两个贴身保镖的护卫下从贵宾通道进入候机厅。飞往瑞士洛桑的飞机很快就要起飞，齐大阳急匆匆钻进洗手间，一头扎进包厢掏出手机拨通了小月的电话。

齐大阳刚喊出一声"喂"，包厢门被推开，手机不翼而飞。他惊慌回头，发现手机已经到了杰克的手里。"这不是您常用的那个，请您遵守规程，确保秘密不致外泄。"说完轻轻一抛，手机划个漂亮弧线，啪地落入马桶。

这是什么眼神，两个一模一样的手机都让他分辨了出来！齐大阳暗暗叫苦，后悔匆忙中没把包厢门锁上。但他并不甘心，随即掏出另一个被监听的手机再次拨打女儿的电话："用这个应该可以吧？"

杰克并不答话，双手抱在腋下，一副深色墨镜架在挺直的鼻梁上，虽然遮住了眼眉，但仍然让人感到有一股锐利的冷光从镜片中射出。

齐大阳压住慌乱，开始跟女儿对话："喂，小月，爸爸这……这……回洛桑总部去了……刚才我……我们的热线电话掉马桶里了……回头恐怕没有那么方便了……爸爸这里不方便开视频……爸爸会尽快跟你联系的……等我消息。"

挂了电话，齐大阳望向杰克："这是和女儿联系的专用电话，有人监听的，不用交出来吧？"

"对不起，从现在起，您的所有移动通信设备都归我保管。"杰克说着夺过手机装进大衣口袋。齐大阳无奈，摇头。

飞往洛桑的飞机在血色朝阳中腾空而起，很快置身于湛蓝如洗的大西洋上空。

头等舱内，空姐的温婉微笑与杰克的冷漠形成强烈反差，弄得齐大阳浑身不自在。若在平时，他早就和机上的漂亮空姐搭讪上了。但今天，想到李叶、齐小星即将面临的厄运，想到自己过往种种，一种久违的愧悔和歉疚油然而生。让他满心愧疚的不仅仅是对李叶和齐小星，还包括对白言冰与白立纯……

短短十来年间，在私心、肉欲和贪婪的驱使下，齐大阳利用手中的权力，已经把太多无辜的人送进了 IZ 城堡。白言冰进去了，李叶进去了，连自己的亲儿子小星也进去了……而现在，居然还要由他亲自主持，将亲人连同所有 20 多亿 IZ 人全部害死，我还是人吗？报应啊，难道这就是报应？

齐大阳突然感到一阵恶心，起身跑向卫生间。

杰克站起来，但没跟过去，只是冷眼盯住齐大阳，看着他跟跟跄跄进入卫生间，就听到翻江倒海的一阵猛吐。

等胃部剧烈的痉挛稍稍平息，齐大阳才反身插上插销，一边喘着粗气，一边寻水漱口。目光落到盥洗台上，他一怔，眼睛随即一亮，差点惊呼出声。太巧了，一个手机放在盥洗台上，也不知是谁落下的。

这是天意还是陷阱？齐大阳稍一愣神，顾不得多想，一把抓起手机按下开机键——居然没设密码！这让他激动得一阵哆嗦，赶紧控制住颤抖的手指拨通了小月的电话，接通的铃声刚一响起，门外便传来敲门声。

"有人！请稍等！"齐大阳慌忙关上电话，心跳陡然加速，赶紧将耳朵贴到门上屏息聆听。过了一会儿，确信没有动静了，才双手颤抖着准备再次拨打小月的电话。可是……隔墙有耳，一定是杰克……对，用短信！

时间紧迫，手机太小，费了好大的劲儿，一条关乎20多亿IZ人命运的短信终于完成，尽管语无伦次，慌不择言，意思却非常明确：

我是齐大阳被监视用别人手机发你千万当真清洁计划通过90天后在食品中添加慢性药物灭绝所有IZ人

看着这条对IZ人和健康人都同样关系重大的短信，齐大阳把拇指按在了发送键上……

2. 走漏风声

黄昏。渝江市沐浴在夕阳的金色余晖中。

渝江市两江交汇，山重水复，以"雾都"和"桥都"闻名于世。主城建在一个长江和它最大的支流冲击而成的半岛上，数百座摩天大楼鳞次栉比、高低错落、气势不凡。造型各异的桥梁宛若彩虹飞架，把主城和南岸及江北连在一起，使整个城市处处显露出空灵和动感的气韵。

白立纯的新家在南岸一处临江而建的江景房里，38层的高度让她拥有一个开阔的视野。她常常撩开纱幔，望向奔流不息的江流和对岸高低错落的楼宇。她更喜欢晴朗的黄昏和接踵而来的山城夜景，那些把城市染成金黄的晚霞，那些随着夜色升腾晕染的雾气，那些比天上的星河还要灿烂百倍的灯火，都成为慰藉她孤寂心灵的灵丹妙药。

白立纯丽质天成，骨感白皙的面庞，额头润泽饱满，鼻梁挺直，一双大而幽深的眸子仿佛总流露着淡淡忧伤。她原本应该有一个幸福的童年，但时乖命蹇，她生错了时代。在她降临人世那年，这个星球恰好 IZ 病泛滥成灾，为了解决这个世纪难题，全球范围内大兴土木，建起一个个城堡，将 IZ 病人全部纳入其中。这时，白立纯出生，因为没了 IZ 病威胁，无数成年健康人陷入狂欢，他们不再需要安全套，也不再需要那种滑稽可笑的"接吻隔膜"……他们迫不及待地走出家门，为所欲为，纵情声色，好像要把 IZ 病造成的损失全部夺回来。

在尽情享乐之余，人们自然没有忘记把这个功劳归于白立纯的父亲，那时全世界都在传扬着的人物——白言冰，因为正是他从史书上关于"麻风村"的记载中得到启发，提出了建立 IZ 城堡的设想。

当年，IZ 病毒突生变异，很快突破了那 3 条常规的传播途径，居然可以通过一般接触就传染了。于是，在短短的几年之后，全球 IZ 病毒感染者就超过了 50%，用于 IZ 病防治的费用也大幅提升，很快就超过了全球 GDP 的一半。新的感染者还在不断增加，世界经济面临崩溃，人类到了灭绝的边缘。

白言冰的妙想，恰如一剂良方，让这个病入膏肓的世界看到了希望。"IZ 城堡计划"很快在联大获得通过，并立即在全球范围实施。许多国家都以类似于县的建制为单位，把整县整县的地盘划作城堡建设范围，然后因山就势，因地制宜，修建城墙和城门，并安装上红外遥感等现代高科技防护设施。经过长达数年的建设，全球 5 000 多个 IZ 城堡终于建成。接着就是全球范围的动员、普查、移民……历经数不胜数的骚乱，历经无数的生离死别，40 多亿 IZ 病人及感染者终于被强行关进了"IZ 城堡"。

无数的夫妻，无数的父子，无数的母女，无数的恋人……从此内外永隔、俨然死别！事后据一位社会学家测算，那一两年全人类流下的眼泪重达数亿吨，超过了以往历史上人类流泪重量的总和。如果把那些伤心欲绝的眼泪汇集起来，可以从中国的长江之源一直流到出海口。

白言冰因此而飞黄腾达，连升三级当上了卫生部部长，白立纯因此有了一个漂亮的妈妈，也有了一个幸福的童年，玉泉山上的红叶成了她儿时最清晰的记忆……可惜好景不长，就在白立纯7岁那年，父亲白言冰莫名其妙地感染了IZ病毒，很快就被关进了由他自己发明的IZ城堡。很多人都嘲笑他是"作茧自缚"，但更多的还是为他叫屈，甚至为他请愿，请求对他这个人类的"救世主"网开一面。但在铁的"城堡法"面前谁也徇不了私情，全世界的眼睛都盯着他这个城堡的发明者。

而白立纯那时还不会想到，那次和母亲一起送别父亲的画面竟然会成为他们这个三口之家的最后定格！她还清楚地记得，她和母亲一路追到玉山城堡的瓮城前，看着一步一步地走进"还阳门"的父亲，母亲已经哭成一个泪人儿，但她却没心没肺地喊了一句："爸爸！快点回来，给你的宝贝儿买个比莎机器玩偶回来！"

白立纯不再去想那些陈年往事，也不再去想住在云山那边"城堡"里的父亲母亲，15年前和7年前的两次生离死别的苦痛，已如此时江上的雾气，渐渐消融在浓浓的暮色中。晚霞正在一点一点淡去，对岸的灯火已经星星点点地亮起来，再过一会儿就会是一幅万家灯火、灿若星辰的醉人景象了。

白立纯收回眼眸，忧郁的目光落在了床头上方的结婚照上。照片上的另一半有一个特别宽阔特别明亮的前额，一副窄边圆框近视眼镜正好与之匹配，一张大嘴总是挂着一丝幽默，即使是在照结婚照这样的甜蜜时刻也是如此。白立纯依偎在他厚实的肩膀上，披着婚纱的头靠着他坚实的下巴，让她有一种说不出的安全感。

看着照片中正在注视自己的新婚丈夫，白立纯忽闪忽闪的眼中立即充满了温情。

可是，这个叫蓝之星的家伙，他太把自己的事业当回事，结婚 20 多天就扔下蜜月中的漂亮妻子远飞美国采访去了。蓝之星既是一位时政作家，又是一位资深记者，他为人正直，极富同情心和正义感，对 IZ 城堡的命运极为关注。他曾根据从"城堡"传出的一些秘闻写过一本纪实文学——《IZ 城堡：我们的平行世界》，该书一出，立时洛阳纸贵，畅销不衰，连续数年高居畅销书排行榜榜首。他此次去美国的目的，就是近距离地关注联大的动向。因为越来越多的人，已经把当下的经济危机完全归罪于 IZ 城堡高额的运行费用，要求通过"清洁计划"的呼声越来越高。随着对城堡中亲人感情的逐渐淡漠，谁敢保证"清洁计划"不会在某一天被联大通过呢？

就在白立纯由"清洁计划"再次联想到城堡中的父母时，她的手机响起了那首《回家》的萨克斯音乐，她兴奋得叫了起来，一看却是齐小月的号码，不免有些失望。

齐小月和她同年，是她在渝江大学病毒研究所的同事，命运的捉弄曾经让她们一起生活了 8 年。她们之间关系微妙，既像姐妹，又像情敌，更像朋友，父辈的恩怨情仇在她们的心灵深处烙下了伤痕。

"喂，小月啊，你打的电话啊，我还以为是之星打来的，你让我空欢喜了一场……什么？'清洁计划'？'清洁计划'通过了？就知道忽悠我，你烦不烦呀？"立纯一点不相信小月的话，因为小月总喜欢隔三差五地搞点"狼来了"之类的恶作剧。

"都什么时候了，我还有心思忽悠你？你打开视频看看我的表情就明白了。"小月的声音听上去很急迫，一点不像是在忽悠人。

立纯吃不准小月葫芦里到底卖的什么药，但还是面朝手机，接通了视频。果然，视频里出现了一张惊惶万分的脸。

立纯还是有些不敢相信自己的眼睛，因为小月在忽悠人的时候，那种超乎常人的老到是出了名的。立纯怕再次被小月耍了，她可不愿一再成为被小月戏耍的对象。

"还不相信？你看我都急成啥模样了？"看到立纯还在将信将疑地审视自己，小月更急了，"告诉你吧，这消息是我那该死的老爸透露的，他在上午发了条短信给我，你等着，我马上转给你。"

很快，一条语法混乱但意思明确的短信出现在立纯的手机上。立纯看完，不觉倒吸了一口凉气。这下她有些信了，因为她相信小月绝不会拿如此危急的事情开玩笑。立纯开始着急起来，她再次接通视频，冲着那张苍白的苦脸责问道："你为啥现在才告诉我？你想害死小星哥他们吗？"

"是我老爸不让我告诉别人的，他在发完那条信息之后接着又补发了一条，要我自己先想办法把消息带到城堡里面去，不到万不得已不能告诉第二个人，更不能捅给新闻媒体。"

"那你想出办法了没有？把消息带进去了吗？"

"想出办法还找你？都想一整天了，头都快炸啦！小星哥他们这下完蛋了。"小月说着说着哭了起来。

见平日里大大咧咧的小月哭得如此真诚，立纯这才感到了事态的严重和紧迫，她仿佛看到玉山城堡中的亲人和那些 IZ 人一起，正在慢性毒药的毒害下一片一片地倒下去。

"他们为什么要那么做？难道 IZ 人不是人？难道他们的生命连草芥都不如？他们有什么资格决定他们的生死？他们已经够可怜了，他们在城堡里待得好好的，都招谁惹谁了？"

"谁叫他们'野火烧不尽，春风吹又生'呢？"小月呜咽着说，"本来以为他们 20 年左右就都死了，没想到都 20 多年过去了，他们的人口降到 20 亿左右后就稳定下来了。"

"是不是眼看着这个包袱要永远背下去，有些人就等不及了？"

"是的，稍微狠心一点的人都会那样想，没了那些 IZ 人，我们健康人就可以高枕无忧，轻装上路了。"

"可他们毕竟也是人，甚至是我们的骨肉至亲！我们怎么忍心那么对待他们？"

"当你为了救一个落水者已经耗费了太多力气，眼看就要精疲力竭、沉尸水底时，你会怎么办？是挣脱落水者自己上岸，还是用尽最后一丝力气和他同归于尽？"

"我……不，这是两码事。这……"立纯一时不知如何回答。

"这是一码事，这是残酷的生存法则！"

"那我们该怎么办？难道见死不救？"

"唉！恐怕谁也救不了他们了，城堡的防卫系统是尽人皆知的，连一只鸟都别想飞进去。"

"要不我马上把之星叫回来，在这样的危急关头，离了男人肯定不行。"立纯说着就要挂断电话去拨蓝之星的电话。

"不行！"小月坚决制止了她，"我老爸说过不能捅给新闻媒体，我明白他的意思，他是怕这个消息在媒体曝光后联大会采取更直接的方式，那样一来，我们连缓冲的余地都没有，想救他们都来不及了。我们毕竟还有八九十天的回旋时间，应该能想出一个更好的办法来的。"

"之星不是外人，我叫他不捅出去还不行吗？"

"不行，男人都是些自作聪明、自以为是的家伙，你告诉他肯定坏事，你是知道他脾气的，他肯定会马上联合世界各大媒体将这事捅出去，那可就糟透了。"

立纯不再坚持己见，挂了电话拉开房门就往外跑，连自己还穿着睡衣都没意识到。她下楼上车，一溜烟驶向内环高速公路。

小车一路飞驰，很快开到了云山下道口。立纯从那里下道，玉山城堡的瓮城就进入了她的视线。立纯疾速把车刹在瓮城前的黄色警戒线前，打开车门站在了马路上。

我该怎么办？像古代侠女那样去夜闯城堡吗？现代修建起来的城堡远非古代城池可比，别说你凡人肉身，就算你是能跳会飞的变形金刚也休想飞越！

玉山城堡是渝江市的八大城堡之一，其区域几乎涵盖原玉山县整县范围。玉山地形独特，四面环山，两江夹送，形如柳叶。城堡的城墙就建在这"柳叶"四周的山脊上，远远望去，就像八达岭长城一般绵延逶迤。只是城墙的外面都被刷上了白漆，在白底的墙面上，借用剪纸"二方连续"手法描绘的红丝带连绵不断，异常刺眼。在城堡东西两面，有四座瓮城分别据守在西山和云山脚下。瓮城里常年有驻军把守，负责城堡的警戒和物资的交接。

立纯眼前的瓮城是云山脚下的南瓮城，因地制宜地建在原来的渝成高速公路隧道口。这瓮城本身就是一座不小的城池，有三座大门把"外面"的健康世界和"里面"的IZ世界分割开来。外大门被称为"还阳门"，此门造型怪异，两边的围墙高达数米，像两条巨臂把偌大的瓮城围在里面，最后顺着瓮城背后的山坡蜿蜒而上，分别与山脊上的主城墙汇合。这门虽然叫"还阳门"，但从来没有IZ人从这道门中走出来过。内大门扼守在隧道口上，此门一关，连一只苍蝇也别想飞出来，"外面"的世界和"里面"的世界就这样被无情地截然分开，因此它也被称作

"阴曹门"。在内大门和外大门之间，还有一道门扼守在把瓮城一分为二的内墙中间，这道门被称作"阴阳门"， 它实际上是一道过渡门，便于送往城堡的 IZ 人和物资在此交接。

立纯无助地站在"还阳门"前，晚霞的色彩逐渐退尽，暮色开始从马路两边阴冷的树林中向上弥漫，空气中已经有了一丝丝凉意。

看着脚下这根不可逾越的黄线，看着那扇从来没有 IZ 人走出来过的"还阳门"，立纯非常清楚，仅凭她和小月，哪怕再加个蓝之星，都休想把一丝信息带到里面去。这几乎是一个不可完成的任务。想到这一点，立纯眼泪不由自主地淌下来。好久没有这样流泪了，她还以为自己已经失去流泪的功能了呢。

立纯开门上车，和小月通了一会儿电话，她再次请求小月同意她把消息告诉蓝之星，让他连夜赶回来与她们一起想办法。但小月还是坚决反对，她说她已经快想出办法来了，等考虑成熟之后就立即告诉她。

立纯无奈地摇摇头，抹了一把眼泪，驱车驶上旁边的盘山公路。她要到那块能俯视城堡一角的鹰嘴岩上去，她已经好久没有上去过了，大概已经有 4 年了吧。

那是一块几乎所有渝江人都上去站立过的岩石，那是唯一一处能远眺城堡内部情形的地方。7 年前，她曾经和妈妈上去过无数次，那是为了去"看"她一去不回的爸爸。4 年前，她一个人上去过好多好多次，那是为了去"看"她精神失常的妈妈。最后一次是和蓝之星一起上去的,那是为了向所有的亲人告别 —— 告别那些终归要忘却的记忆。那年立纯 18 岁,已经出落成一个亭亭玉立的大姑娘,幽默乐观的蓝之星要她忘掉过去,忘掉城堡,跟随他踏入崭新的人生旅途。

趁着夜色尚未合拢,立纯一路拨开那些快要封住石径的茅草,手脚并用,奋力攀爬,终于站在了鹰嘴岩上。立纯怀揣着一颗负疚、迷茫和无所依凭的心转身北望,凄迷的目光越过城墙,望向城堡中心那座苍茫的孤山。

3. 玉山城堡

乌纱堡位于玉山城堡腹地，是一座形状独特的孤山，西面山势平缓，东面绝壁千仞。若站在它的东面向西眺望，会发现它活像一顶古代官吏的乌纱帽——乌纱堡因此而得名。据玉山县志记载，此地钟灵毓秀、人杰地灵，是出大人物的风水宝地。从古到今，这里曾出过两位状元和二十多位朝廷大员，而白言冰，则是乌纱堡在辟作城堡前出现的最后一位大人物。

乌纱堡东面绝壁之下是一片开阔地，在城堡设立以前，有一座规模宏大的寺庙在此依山而立，在寺庙的前面，常年流淌的玉水河蜿蜒南流，注入下游的油溪河，之后汇入滚滚东逝的长江。

15 年前，在白言冰感染病毒进入玉山城堡后，IZ 人出于对他的感激（白言冰的"IZ 城堡计划"把人们关进了城堡，但里面的 IZ 人并不恨他。因为白言冰这样做，实际上是把 IZ 人从倍受歧视、生不如死的困境中解救了出来，让他们拥有了一个独立的世界，让他们重新活出了人的尊严）一致推举他为玉山城堡堡主，并把寺庙改成宫殿，命名为王城，给予了他"王"的待遇。经过十多年的扩建，如今王城已初具规模。赭红的宫墙，石板的街道，耸峙的宫殿，置身其中，恍若回到了唐朝的长安一般。

站在鹰嘴岩上所能看到的宫殿一角，正好是处于王城东南角的一座最大的偏殿，它建在一处风景宜人的花园边，清澈的玉水河如一条玉带绕园而过。但白立纯却不知道，这座宫殿正是他父亲白言冰的住所，他已经在这个空荡荡的大殿中，默默忍受了3年的病痛折磨。

3年前，已经发病的白言冰终于找到了自己的接班人，一个刚进城堡不久的年轻人接受了他的禅让，成为这个城堡的新统治者。白言冰并不知道接替他堡主位置的就是齐大阳的儿子齐小星，他虽与齐大阳共事多年，却没见过他的儿子。他只知道他学识渊博，富有远见卓识和同情心。齐小星以一封关于"让城堡自给自足"的谏言信打动了白言冰，让他当即就有了把"堡主"禅让给他的想法。

就在白立纯满怀绝望、极目远眺王城的时候，白言冰恰好半躺在病榻上，正在用他那已经长满肉瘤的耳朵，听新堡主齐小星汇报近段时间以来，外面对城堡食品和药品供应等方面的克扣情况。

"扯淡！他们居心何在？想饿死我们吗？"白言冰怒了，气得他那满是肉瘤的面部瑟瑟发抖。

"别生气。"站在旁边伺候的女人赶忙扶起白言冰枯瘦如柴的身体，轻轻为他抹胸顺气。

"莫急。"齐小星坐到床榻边劝慰说，"他们难不倒我们的，我们的自给自足计划已经初见成效，第一批稻谷已经进入粮仓，明年的春季作物已经开始播种，很多荒地都被开垦了出来，研制新药的药材也种到地里了。"

"这就好。"白言冰用鸡爪般干枯的手抓住齐小星的手说，"依你的规划，我们多久才能实现自给自足？"

"不会太久，有您这些年带领大家打下的根基，我们不出 3 年就会实现这个目标。到那时，不但食品和药品可以不依赖外面供应，而且还有好多日用品工厂会建立起来。还有，您在 10 年前推行的繁衍计划也开始见效了，我们堡内的人口已经停止下降，已经稳定在 20 万左右。"

"是吗？"白言冰那双已经被肉瘤挤得只剩一条缝的眼睛亮了一下，思维就被如烟如雾的往事淹没。他想起自己刚刚进入城堡时的情景，那时城堡运行还不到 8 年——IZ 人在进入城堡初期都会经历一段短暂的想家和思念亲人朋友的痛苦，其后很快就会因为少了外界的束缚而变得放纵——反正这里的人都是病人，没人在乎，那就及时行乐、破罐破摔吧！

在白言冰进入城堡时，里面的人对性的狂热已经渐渐冷却，开始厌倦那种毫无道德感的无序状态。因此他们才推举白言冰为首领，希望他能为众人的余生做点事儿。他们憎恨外面那个充满铜臭的世界，他们也厌恶这里的无聊、无序和混乱，他们放纵倦了，想为自己重塑一种秩序。于是，结合众人的意见，同时也为了打发无聊时光，白言冰提出将乌纱堡改造成一个"王城"，里边的人按能力和贡献大小分别给予不同的职位。这之后，家庭、法律等相继出现，城堡社会开始在新的等级、秩序和法律规范内运行。家庭得到应有的保护，生育成为 IZ 人最首要的任务。城堡《婚姻法》明文规定，因为城堡内都是病人，寿命远低于正常人，所以城堡内凡是年满 12 周岁的人必须结婚，有生育能力者不得停止生育。这条法律是城堡的根本，它在 IZ 人较短的生存周期内使人类的繁衍成为可能。正因为这条法律，让 IZ 城堡在 20 年后彻底消失化为泡影。

"杀人啦！杀人啦！"沉浸在自己丰功伟绩中的白言冰被猛然惊醒，一个十一二岁的女孩慌慌张张跑进来。紧接着，一个形容枯槁的妇人如一阵风吹进来，一边手扬一把带血的菜刀，一边呓语般念念有词："我杀了她了，我杀了她了……"

白言冰用力睁开眼睛，看见一个满身血污的老妇提刀跑来。这时，齐小星一声厉喝："拿下！"

两个卫兵应声而出，猛然架住妇人的双臂一抖。铛——菜刀掉在地上。

"怎么是您？"齐小星这才看清是白言冰的女人，赶忙呵退卫兵，"快松手！"

卫兵刚一松手，那女人就呵呵一阵怪笑，转身往门外跑去，"我杀了她了，我杀了她了……"

齐小星弯腰捡起菜刀，狐疑地看了看上面的血迹，拉过那女孩大声问道："快说，她杀了谁？"

"她……我……我不敢说。"小女孩吓得浑身抖个不停。

"快说！"

小女孩看了一眼齐小星，又看了看正在被扶起来的颤巍巍的白言冰，才怯怯地说："她……她……把……把……新堡主夫人杀……杀了。"

"什么？！你说什么？"齐小星惊得心里咯噔一下。

小女孩以为他没听清楚，又复述了一遍。

白言冰痛心疾首："我就知道会有今天！在她偶尔正常的时候，她曾跟我说过，她说你夫人是齐大阳的女人，她要杀了她，她要吃了她的肉……"

齐小星没等他说完，已经随那女孩出了门，一阵风似的往正殿跑去。他们穿过御花园的一角，跨上正殿前的 19 级台阶，再穿过正殿后面的侧门，就来到了死者的住地。一阵浓浓的血腥味随风而至，熏得人隐隐作呕。站在血泊边，借着摇曳的灯光，齐小星看到一个仰躺在血泊中的死不瞑目的年轻女人。他蹲下身，在死者的眼睛上摩挲了一下，试图让她闭上眼睛，但却做不到，反而弄了一手血污。于是起身，一声长叹。

死者原本是一位娇媚可人的姑娘，只是长了一张酷似齐小星的后妈那样的狐媚脸。齐小星本不喜欢那女人，因为后妈待他不好，是他内心挥之不去的阴影。但白言冰却认为那女人是全城堡最漂亮的女子，极力想促成这桩好事。盛情难却，齐小星勉强答应下来，但直到这女人被杀，他都没动过她半根毫毛。当然，这一切都不是那女人的错，要怪也只能怪她长了一张跟他后妈相似的脸。他后妈叫姚姬，是齐大阳的妻子，齐小月的母亲，同时也是白立纯和她母亲李叶的死敌。

"真是冤死你了。"齐小星叹口气，命令左右，"不用声张，悄悄葬了吧。"

4. 悍马魅影

暮色已经把城堡完全淹没，星星点点的灯光在城堡中远远近近地亮起来。

白立纯痴痴地站在鹰嘴岩上，许多童年往事再次浮上心头。她很小就听母亲说过，她父亲比母亲大十多岁，父亲的前妻是个 IZ 病毒携带者，他不顾家庭的反对，毅然娶了她。可父亲的前妻最终还是自杀了，她怕无意中将病毒传给父亲。

后来，父亲在搭乘飞机时认识了空姐李叶，也就是白立纯的母亲。两人一见钟情，很快坠入爱河。

在父亲白言冰和母亲李叶相恋的岁月里，IZ 病已经在全球蔓延，到了难以收拾的地步，所有健康人都处于"恐 IZ 综合征"的阴影之中。尽管 IZ 病疫苗在好多年前就已经诞生，但疫苗的研制速度总是赶不上病毒的变异速度。事后补救的"阻断药"也越来越难以达到满意效果。在这样的背景下，一种用纳米材料制成的超薄接吻隔膜被发明出来，那种隔膜在需要时置于恋人的口唇之间，双方的舌头可以在隔膜两边自由自在地伸缩、交缠，并能感知到对方舌头的湿滑与温润。

但恶意感染别人的事件却越来越多，临死拉个垫背的成了那个时代的一种"时尚"。IZ病当时已成为各国经济的沉重负担，世界经济处在崩溃边缘。也就是在这样的背景下，白立纯的父亲白言冰提出了在全球范围设立若干IZ城堡的设想。

父亲的设想很快变成了现实，他也因此从渝江市的卫生局局长很快荣升为卫生部部长。父亲的助手齐叔叔也就是齐大阳也随之青云直上，当上了卫生部IZ司司长，并在父亲染上病毒之后取而代之。

一阵汽车的轰鸣声从山下传来，不一会儿，一辆喷涂怪异图案的老式悍马冲上山来。白立纯却浑然未觉，依旧沉浸在回忆中。

她忘不了在京城玉泉山下度过的欢乐岁月，7年的童年生活是她一生之中最美好的记忆。除了有爸爸妈妈的疼爱以外，还有那个总是笑嘻嘻的齐叔叔逗着她玩。但让她和妈妈都想不通的是，爸爸怎么会染上了IZ病毒呢？她和妈妈又怎么会住到了齐叔叔的家里？

住到齐叔叔家里是她们母女俩噩梦的开始，那个原来经常抱她玩耍的"齐叔叔"，摇身一变成了童话书里魔鬼的化身。她常常看见齐叔叔趁他妻子姚姬不在的时候，围着妈妈嬉皮笑脸，动手动脚，还强行吻妈妈的嘴。

在她8岁生日那天晚上，齐大阳为她买回一个小女孩们都向往无比的比莎机器玩偶，而这套机器玩偶正是她在和爸爸分别时希望爸爸给她买回来的。白立纯没想到自己竟然会毫不迟疑地接受他，还会没心没肺地搂着心爱的玩偶进入甜美的梦乡。可是，一阵梦魇般的景象像魔咒般锁住了她，她感到床在剧烈地摇晃，她看见一个光着肩背的男人在母亲……她听见母亲在男人粗重的喘息声掩盖下压抑地哭泣……8 岁的白立纯和她身边的玩偶都一动不动，她紧闭双眼祈祷着身边的暴风骤雨快快停息……

一阵强劲的轰鸣打断了白立纯的回忆，借助山下城市的灯火，她看见一辆如鬼影般的老式悍马刹在了她的跑车旁边。

这么晚了，谁还会上这鬼地方来呢？还没想清楚，就看见一个一身黑衣的男人跳下车来。那男人抬头往鹰嘴岩望了一眼，就身手敏捷地向山顶攀援而来。随着那男人接近，立纯看清了那张轮廓分明的脸，那张脸看上去透出一股阴森之气，那张阴气逼人的脸长在一具足有两米高的硕大身躯之上！

在这样一个秋风肃杀的夜晚，在这样一个有无数人在此殉情的阴森之地，一个如索命阴魂一样的男人，向孤单无助的白立纯一步一步逼近。

立纯本能地抱住了自己的双臂，一股寒意陡然升起。她这时才发现，由于自己急于想把消息传到城堡里去，竟然只穿了一件粉红的睡袍就跑了出来。这件睡袍，正好是新婚之夜穿的那件，蓝之星说这是他一生之中见过的最漂亮的时装，绝不允许第二个男人看上一眼。

一阵冷风猛然袭来，立纯打了个寒战，那个剽悍的男人径自向她走来。立纯意识到危险，本能地往后退了两步，极力克制住内心的恐惧，颤声喝道："别过来！你别过来！"

但那男人像没听见似的，仍然一步一步逼近。

"别过来！再过来我就跳崖啦！"立纯吓得节节后退，眼看着就要被逼到鹰嘴岩的"嘴尖"上。

那男人总算止住了脚步。

"哈哈！你可不能跳啊，你不是很想见到城堡里的亲人吗？"男人开口说话了，是那种很有磁性的男中音。

立纯提着的心暂时放了下来："你是谁，我想干啥与你何干？"

"跟我来吧！我有办法让你见到你的亲人！"男人的语气中陡然加进了许多骄横，然后一扭身，头也不回地向岩下走去。

立纯迟疑了一下，但还是忐忑地跟了下去。但愿他是那种外表强悍内心慈善的男人吧，也许他真有让我见到爸爸妈妈的好办法呢。

等立纯走到那辆悍马旁，男人拉开车门做了个请的姿势。

"不！我自己有车。"立纯转身走向自己的车。

"你自己的车上可没有让你见到亲人的办法啊。上我的车吧，我教你一个妙招！"男人说着，不容分说地把她拉过来，推上车，随即砰的一声关了车门。

嗒！男人打开车内的顶灯。一阵晕眩之后，立纯看清了自己所处的环境。天！这哪里是车厢啊，简直就是一间充斥着淫秽的卧室！

只见靠车厢后部近三分之二的范围，已经被一张像模像样的床给占据了，在车厢的内壁上，几幅"三点式"图片令人脸红心跳。

立纯意识到不妙，本能地推开眼前这个铁塔似的男人想去开门："快放我下去！"

那男人立即凶相毕露，一把抱起她往床上一扔，满脸淫笑："回什么家？这里就是你的家！来吧美人，只要你乖乖配合，我就有办法让你见到你的亲人。"

"不不！我已经结婚了，我的丈夫是蓝之星，他是大记者，大家都很尊重他。"立纯尽管被吓得浑身发抖，但还是说出了这番话，她希望丈夫的声望能够镇住眼前这个欲火中烧的家伙。

可接下来的情景证明立纯的想法是多么幼稚，那男人已经迫不及待，很快就一丝不挂地蹲在立纯面前，立纯赶忙用双手蒙住了眼睛。

就在立纯被那个长满一身铁疙瘩肌肉的裸体羞得满面通红的时候，她的睡袍被一双铁钳般的大手嗤的一下撕裂开来。立纯慌忙双手护胸，尽力蜷着身子，周身瑟瑟发抖。她连声哀求道："求求你，别动我，别动我，我已经怀孕了，我已怀上他的孩子了……"

立纯可怜的哀求模样越发激起了男人的兽性。他像一头发狂的雄狮般扑向立纯。

啊 —— 立纯惨叫一声，一阵撕裂一切的风暴很快吞没了她的身体……

钻心的痛，顺着一条无尽的时空隧道，连通了好多年前的那个夜晚。

那个夜晚电闪雷鸣，大雨倾盆。那个夜晚没有了母亲的庇护。那个夜晚成了立纯的地狱。在那张如地狱一般的床上，15岁如花蕾般的立纯被撕裂的疼痛惊醒，她在惊愕中看到齐大阳肮脏的身体压在自己身上，正在像7年前撞击母亲的身体那样，拼命撞击！立纯想喊，但喊不出声，想推，却没有力气，钻心的疼痛让她很快昏了过去……

不知过了多久，立纯清醒过来，头顶的风暴已经停息。那男人把立纯的睡袍扔了过来。

立纯忍受着屈辱和疼痛，飞快穿上睡袍，拉开车门跳下车。

男人把一枚黑五星扔到她的脚边，说了句"这个会帮你见到亲人的"，说罢就起动悍马，绝尘而去。

立纯像没听见似的，也不去捡那枚黑五星，也没走向她的跑车，而是一步一步再次攀上山崖，再次站在了鹰嘴岩的"鹰嘴"上。

5. 华尔街牛

当白立纯再次站到鹰嘴岩上时，蓝之星正好站在纽约新世纪饭店 117 层的一个窗口前。他看了看手机上的时间：7：50，距与立纯定时通话的时间还有 10 分钟。蓝之星到美国 5 天以来，一直遵守着和立纯的约定，每天按时在纽约时间早晨 8 点，也就是立纯的晚上 8 点和她通一次电话。

蓝之星在立纯 15 岁那年认识了她，他们的缘分是从一场惊心动魄的邂逅开始的。在那以前，一场空前惨烈的经济危机席卷全球——股市暴跌，银行破产，工厂关门，全球财富严重缩水，无数富翁一夜之间被打回原形。蓝之星的父亲就是这些被打回原形的富翁之一。他父亲原本有一个规模宏大的商业帝国，生意涉及汽车、地产、银行、医药、食品等行业，公司市值曾经跻身于全国民营企业前三强之列。可是，这有什么用呢？ IZ 城堡的设立让全球减少了一半的消费者，大量的住房成了无人居住的"鬼屋"，无数的汽车被弃置路边成为一堆堆废铁，固定资产严重贬值，新车和新房无人问津，货币的贬值速度像坐过山车一样快，就连黄金白银也在迅速贬值……父亲的商业帝国因此支撑不下去了，转瞬间轰然倒塌！

父亲在一个雷雨交加的夜晚失去了联系，蓝之星开着车在飘泼大雨中四处搜寻。他沿着长江和嘉陵江找遍了每一条路，找遍了每一座桥，他大声呼喊，望眼欲穿，却得不到父亲的回应，看不见父亲的身影。当他已经失去信心，打算开车从双陵大桥回家安慰焦急的母亲的时候，一个白色的身影出现在雪亮的车灯中。那不是父亲的身影，那是一个了无生气的年轻女人。准确地说，更像是一个凄美无比的幽灵，凌空站在索桥的栏杆上摇摇欲坠。她一手扶着粗大的吊索，一手轻轻扬起，作飘飘欲飞之状。蓝之星立刻意识到将要发生的事情，他知道在那白衣女子的脚下是波涛滚滚的嘉陵江，而江面离桥面高达五六十米。蓝之星赶紧靠边停车，让车灯继续照耀着她，然后一步一步向她走去。

"别过来！"那女子突然尖利地叫了一声，那叫声充满了惊惶与恐惧。

蓝之星已经离那女子不到 10 米，他已经能借着车灯看清她的面容。那是一张令人怜惜、稚气未脱的面孔，尽管表情麻木，眼神中充满绝望，但依旧梨花带雨，清丽可人！

蓝之星紧张地盯着那个白衣女子，但又不敢趋前或呼喊，生怕一个不慎，那女子就会跌入江心。蓝之星的眼神充满了关切与纠结。

渐渐地，白衣女子读懂了蓝之星眼神中的信息。他关心我，他怕我跳下去，他是个好人，他不是齐大阳那样的禽兽……

蓝之星从白衣女子的脸上读到了她内心的变化，他看到她眼神中的哀绝开始渐渐融化，情不自禁低唤："小妹 —— 你！"

那白衣女子微微一颤，那双原本扬着的手赶紧收回，抱住了吊索。可是，此时的她已经四肢无力，感觉双腿已经无力支撑身体，她整个人开始向下滑落，很快就双脚悬空吊在了吊索上。白衣女子双手死死地抱住吊索，但吊索太大太滑，她的手又是那么纤弱无力，她感觉自己原本轻盈的身子此刻变得异常沉重，这个沉重的身子正在拖着她缠绕着吊索的双臂向两边一点一点地滑移。她已经看不见那个叫她小妹的哥哥在哪里，她只听见江风在耳边呼呼地刮，江水在脚下五六十米的地方哗哗地流。冰冷的雨点不停地打在她的脸上，让她感到了一种异常清晰的刺痛。她感到她双臂的力气正在一点一点地被自己沉重的身子吞噬，她的双臂已经麻木，继续坚持的意识也越来越弱，她拼尽最后一丝力气喊了一声："哥哥 ——"她意识到自己坚持不住了。别了，可怜的爸妈。别了，可爱的哥哥！别了，美丽的人世！

正当她打算放弃的时刻，一双有力的大手抓住了她的双臂。紧接着，她感到身子一轻，整个人已飞过索桥的栏杆，稳稳地落在了桥面的人行道上。

那双大手把她捏得生痛，但却异常温暖。她已经顾不了生疏与羞怯，叫了一声"哥哥"，就投进了他的怀抱。这个怀抱实在是太宽厚太温暖了，这是她来到人世间15年来从来没有拥有过的怀抱，他是那么亲切，又是那么安全。

蓝之星紧紧地搂着这个他刚刚从鬼门关里拉回来的妹妹，

心中涌起了无限的爱意。他一边轻轻拍打着她的肩背，一边不停地柔声细语。

不知过了多久，蓝之星才放开她，扶着她的双肩，望着她的眼睛说："我叫蓝之星，你愿意做我的妹妹吗？"

"我叫白立纯，从今天起，你就是我的亲哥哥，我跟你回家。"

就这样，蓝之星把一个捡来的妹妹带回了家，而他的父亲却从此再也没有回来。通过这次变故，蓝之星终于相信了那句话：上帝是公平的，他在为你关上一扇门的同时，又为你打开了另一扇窗。

从此，白立纯把蓝家当成了自己的家，把蓝之星看成了此生的依靠。而蓝之星则对她呵护备至、体恤有加，把她当成了自己需要终身守护的对象。从他们相遇的那个晚上开始，立纯几乎再没离开过蓝之星，就连上大学都选择了渝江大学，这样她可以天天走读，住在家里。就这样，在蓝之星的关爱中，白立纯一天天长大，心灵的创伤也一天天得到修复。没想到这次蓝之星在他们的蜜月中远走他乡，这不免让她的心里有一种说不出的失落。

谁让蓝之星是一个事业心和社会责任感都极强的男人呢？他不想眼睁睁地看着这个危机四伏的世界走向末路，不想看到健康人的世界被 IZ 人世界拖垮，也不想看到"清洁计划"变成可怕的现实……

蓝之星于 5 天前飞越太平洋，踏上了北美西部的大地。他在旧金山着陆，然后经硅谷到洛杉矶，再从洛杉矶出发，搭乘横贯东西的高速列车一路过去。除了采访本次倍受世界瞩目的联大会议以外，他的另一个目的就是广泛了解这个死而不僵的经济帝国的现实状况，看看这个一直自我标榜人权与自由的国度，在社会经济运转乏力的情况下，是怎样对待那些住在城堡中的 IZ 人的。

蓝之星一下飞机就感受到了萧条的气息，机场冷冷清清，街上除了几队游行的人群以外，几乎看不见行人。在驱车赶往洛杉矶的途中，他特地沿着旧金山至圣何塞近 50 千米的硅谷兜了个圈。这里曾经是美国重要的电子工业基地，也是世界最为知名的电子工业集中地，那个解除人类接吻禁忌的"接吻隔膜"就诞生在这里。可经过这轮经济危机的沉重打击，这里已经看不见昔日的辉煌，到处是倒闭的工厂，上百万的高级人才已经不知去向。

在洛杉矶，好莱坞是他必须要去的地方，这个昔日的影视王国，如今已经繁华不在，弃置的模型、布景和道具随处可见，却看不见一架摄像机的影子。据一个当地人讲，这里已经有 5 年没有开机了，那些不可一世的大明星们早已远走他乡。

蓝之星还到拉斯维加斯住了一夜，这个曾经最有诱惑力的城市，业已失去往日的热度与魅力，好多家知名赌场都已关门停业。他唯一进去的那家大型赌场，也只有一些零散的小赌户在心不在焉地玩着老虎机。唯有特种服务行业似乎没有衰退的迹象，不同肤色的美女们，仍然站在霓虹闪烁的大街上，一脸浪笑，搭肩拉客。

随后，蓝之星到底特律和附近的一些湖滨城市逗留了几天。在底特律，三大汽车公司的生产线已经关闭了好多年，一辆辆快要成型的汽车赖在生产线上下不来，已是千疮百孔，锈迹斑斑。那个建在湖滨的 IZ 城堡给他留下了深刻印象，城堡的围墙都被粉刷一新，鲜艳的红丝带分外醒目。遗憾的是，这个以人权捍卫者自居的国家，仍然出现了克扣 IZ 人食品和药品的事件。

最让蓝之星失望的是，联大临时做出决定，把本该第二天开的会议改在头一天晚上进行，并拒绝所有记者旁听。

蓝之星第二天早晨赶到纽约时，本次联大会议已经结束，连齐大阳站在联大大门前接受采访的机会都没赶上。蓝之星已经从这次联大的反常举动中嗅到了某种令人不安的气息。接下来的一整天，他都在纽约市区不停地闲逛，他希望从这座城市的微妙变化中，找到证实自己预感的某些蛛丝马迹。他特别到华尔街去看了看，让他大吃一惊的是，这个全球财富的聚集地，这个世界经济的晴雨表，到如今已经衰败得不成样子。

蓝之星记得网上有一条关于"华尔街"的条目是这样描述的：

华尔街 (Wall Street) 是纽约市曼哈顿区南部一条大街的名字，长不超过 1 600 米，宽仅 11 米。它是美国一些主要金融机构的所在地。

华尔街是英文"墙街"的音译。荷兰统治时，在这里筑过一道防卫墙。英国人赶走荷兰人后，拆墙建街，因而得名。这条街上的联邦厅曾是美国第一届国会的所在地，首任总统华盛顿就是在这里宣誓就职的，如今大门前耸立着华盛顿像以示纪念。不过华尔街作为政治中心只是短暂的一瞬，而作为金融中心却一直辉煌夺目，经久不衰。

华尔街两旁很早就是摩天大楼林立，街道如同峡谷，抬头只能望见一线天。数不清的大银行、信托公司、保险公司和交易所在这里驻足。每天成千上万的白领阶层涌到这里上班。而住在郊区的金融巨头们，则不必受挤车堵车之苦。他们上下班乘飞机，直升机场就设在华尔街东端不远的东河畔。

华尔街设有纽约证券交易所、美国证券交易所、投资银行、政府和市办的证券交易商、信托公司、联邦储备银行、各公用事业和保险公司的总部，以及棉花、咖啡、糖、可可等商品交易所……

可是，今天的华尔街早已"门前冷落鞍马稀"，那头竖立在华尔街口象征牛市的"华尔街牛"，像一只病熊似的趴在地上，一副垂头丧气、可怜无助的样子。当天的道琼斯工业指数以999.83点报收，跌破1 000点大关，创下了本轮世界经济危机以来的新低。

蓝之星骨子里是一个乐观、豁达而不善投机钻营的人，他对炒股有着与生俱来的厌恶。但作为一名时政作家，他又不得不对股票的历史和现实行情做一些研究，因为他知道，股市行情是反映经济状况的晴雨表。纵观道琼斯工业指数的历史曲线，不难看出IZ病对世界经济所造成的巨大影响。从1906年的100点到2029年的38 000点，世界经济几乎是一路高歌，中国、印度、巴西等大国的崛起，让世界经济表现出强劲的上升势头，因此 IZ 病出现后的前 30 年并未对经济发展带来多大影响。直到 2029 年，IZ 病毒感染者上升到一个令人恐慌的比例，这个比例突破了华籍犹太科学家莱因斯坦提出的"崩溃曲线"。可能是这个"崩溃曲线"带来了集体恐慌，也可能是 IZ 病的爆发到了让世界经济难以承受的地步，2029 年，全球股市暴跌，道琼斯工业指数从 38 000 点一路狂泻，一直跌破 10 000 点大关，成千上万的中小企业纷纷倒闭，连一些排名世界前百强的企业也未能幸免。这之后，多亏白言冰的"IZ 城堡计划"暂时挽救了即将崩盘的股市，让股民们在绝望中重拾信心。但这种毁灭性打击造成的心理阴影却难以消除，股市从此一蹶不振，再也没有爬升上 10 000 点。特别是 10 年前再度爆发的一轮经济危机，更是给风雨飘摇的股市带来了毁灭性打击，道琼斯指数再次一路狂泻，居然在今天跌破了 1 000 点。看来，道琼斯指数不跌回到 1906 年的 100 点是不会善罢甘休的了。股市的长期熊市和 IZ 病的拖累，让世界经济严重倒退，基础科学研究几乎完全停止，通信、航天航空、水陆交通等行业甚至不及 21 世纪初期的水平。

蓝之星从冷冷清清的纽约证券交易所出来，到附近的一家旅游商品店为白立纯买了一头仿真"华尔街牛"，这是他临行前答应送给立纯的礼物。当他把一张 1 000 美元钞票递给店老板时，老态龙钟的店老板用英文一连说了 3 个谢谢，然后又用不够流利的汉语说："您是今年第二个买牛的人，真是牛人啊！"

这算是几天来最有趣的经历了。蓝之星不禁哑然失笑。

我算什么牛人啊？在当今这个世上，再牛的人也算不上牛了。那些政要们不牛了，那些银行家们不牛了，那些工商业巨头们不牛了，那些大腕明星们不牛了……连窗外那些摩天大楼也不牛了。看看附近那幢帝国大厦，那个美国昔日辉煌的象征，此时正在秋天的烟雨中，显得那样冷清灰暗，几乎成了曼哈顿的主色调，只有在不远处流淌的东河，还能从拥挤不堪的楼群缝隙中，泛出几处动感的光亮。

该给立纯打电话了。蓝之星拨通了立纯的电话，耳机里立即传来蓝之星最喜欢的钢琴名曲《秋之私语》。是啊，秋意已经很浓了，云山上的枫叶又要红了。立纯最喜欢红叶，每年深秋他都要带她到云山上去看好几回。对，回家就带她看红叶！

可直到乐曲播完一遍，立纯的头像都没有从视频上欢快地跳出来。她怎么了？还在生气吗？昨天通话时她就叫他赶快回去，说她想他了，可怜可怜她吧，她一个人太孤独了。可他温情脉脉地哄她说既然来了，就再给他两三天时间，让他把该做的做完。听他这么一说，立纯立即噘了嘴，赌气挂了电话。

难道还在生我的气？她不是那种不善解人意的女孩呀。蓝之星又拨通了立纯的电话，结果这次只让他听了一半的音乐，对方就挂断了电话。他再拨了一次，这次却又让他听了一遍完整的《秋之私语》。

你这个比"华尔街牛"还牛的小横牛！别生我的气了吧，我办完该办的事就会赶回你身边，我会把你哄高兴的，我有这个本事。

蓝之星自言自语地说着，半躺在床上把玩起那头小铜牛来。

6. 灵肉煎熬

　　玉山城堡。王城宫殿内。白言冰在两个侍女的搀扶下，上了一乘装饰简朴的四人小轿。四名健壮的卫士立即起身，抬着他穿过所谓的御花园，穿过宫殿门前的石板大街，再拐过两条老式小街，一路向王城西北侧的监狱匆匆而去。

　　白言冰知道，这是他最后一次见妻子了，她就要被押赴刑场，从那里走向一个不再有痛苦的世界。但这未尝不是一种解脱，他这位曾经被誉为"空中之花"的妻子李叶，如今已经被病痛折磨得形容枯槁，仿佛一阵风都能把她吹到天上去。他至今都不知道李叶是怎么进来的，她在外面经历了怎样非同寻常的变故。他只知道她进来时就已经疯了，已经没有半点"空中之花"的样子。在李叶刚进城堡的一年多时间里，他并不知道她的存在，要不是她常常跑到王城周围四处游荡，并一直叨念着"白言冰" 3 个字，他可能至今都不知道李叶已经进来了。他还记得他们在城堡中重逢的情景，当他怜惜地把眼前那个脏兮兮的女人抱在怀里时，早已泪如雨下、泣不成声！而那女人却无动于衷，仍然不停地叨念着"白言冰"。

白言冰起初并未绝望，他把李叶接过来同住，并且不听下属们的劝告，表明李叶虽然疯了，但仍是他的妻子，必需得到其他人的尊重，就像人们尊重他一样。他对李叶的百般呵护确实产生了一些效果。李叶在状态略好时，偶尔也能出现那么一两分钟的清醒，这时她会像小孩见到亲娘似的，扑进白言冰的怀里哇哇大哭。而当白言冰以为她已经恢复神志，马上就会向他诉说冤屈的时候，她却总会故态复萌，突兀地大叫一声"齐大阳，我要杀了你！"或者"姚姬，我要杀了你！"

白言冰最终还是绝望了。他知道，妻子李叶疯掉肯定和齐大阳、姚姬有关，但他们对她做了什么，女儿白立纯又怎么样了，他却无法从李叶那儿知道。难道……白言冰每次想到这里，就不敢再往下想。他恨自己，是自己制造了这种天人永隔的人间悲剧，是自己亲自制定了那条城堡管理的铁律：IZ人只进不出，一去无回！

坐在轿子上被颠得气喘吁吁的白言冰，此时也在为自己当上城堡堡主后制定的另一条法律痛悔不已：凡杀人者，不论原因，不论贵贱，杀无赦。

昨天晚上，齐小星以妻子丧事未办为由，没有立即处决李叶，因为他知道，李叶是被父亲齐大阳逼疯的，没有理由让一个疯子去承担任何罪责。要怪就只能怪他那禽兽不如的父亲，是他被无耻的欲望冲昏了头脑，是他把一个好端端的家庭搞得妻离子散。

今天一早，白言冰得知齐小星已于昨夜火化了妻子的尸体，于是才决定处理李叶杀人一事。

所谓的城堡监狱是一个不大的四合院，四周增设了两米多高的围墙。院中有几棵老桂花树，此时正是花开时节，洁白的小花星星点点，像一些小眼睛似的开满叶丛，幽香随风飘散，把院子的每一个角落都灌得满满的。

四人小轿在院子中落地，白言冰从轿子里出来，满鼻子的桂花香让他打起了精神，他甩开侍女的搀扶，走向李叶的囚室。

"小叶子！你的冰块儿来看你了。"白言冰跟跄几步，跨进囚室，一屁股跌坐在李叶身边。

李叶已经在那张破草席上坐了一夜，头发乱蓬蓬的，一张瘦脸像草纸一样黄，一双眼睛像掉进深洞似的幽暗无神，一件旧袍子松松垮垮地罩在身上，像一个瘦小孩穿了件大人的衣服。

"小叶子！"白言冰把一双柴禾般的手伸向那张窄窄的瘦脸，动情地摸了摸。

"小叶子？"一丝亮光在李叶的眼眶深处闪了一下，"你是谁？你……"

"我是你的……吭吭……你的冰块儿啊……吭吭……我……吭吭……"白言冰一边咳嗽，一边吃力地说着。

"你是冰块儿？你怎么那么难看啊？"李叶抬手轻轻摸着他脸上的肉瘤，像慈祥的母亲抚摸着生病的孩子。

白言冰颤巍巍地，把她的手拿下来，紧紧捂在自己的手里，凄楚地说："我已经发病了，我快要死了……你也快死了，我和你见最后一面来了。"

"我为什么要死？我也发病了吗？"李叶的眼中掠过了一丝惊骇。

"你没有发病，你把那个像姚姬的女人杀死了。"

"你说啥？我把姚姬杀死了？我还杀谁了？我把齐大阳也杀死了吗？"那双幽深的眼眸里顿时放射出一股强烈的光焰。

"是啊，你已经把他们通通杀死了，你已经报仇了。"白言冰顺着李叶的思路说着，他多想李叶能清醒过来，为他解开苦苦折磨了他 5 年的谜团。

"哈哈！哈哈哈哈……"李叶忽地站起来，发出一阵不似从她瘦弱身子里发出的狂笑，然后跪倒在白言冰面前，抱着他放声大哭。

足足哭了 10 分钟，她突然抬起头，怔怔地看了白言冰好一会儿，才像见到失散多年的亲人似的，说："言冰，我把齐大阳那个禽兽所做的一切告诉你吧，说出来，我就可以安心去死了。"

李叶终于清醒过来，搂着奄奄一息的丈夫，声泪俱下地向他倾诉了她和女儿立纯所遭受的非人折磨。

记忆的闸门被冲开了，往事如回放的全息电影似的流淌出来。

那是 23 年前的一个夜晚，连续飞了几趟国际航班的李叶走出机场，远远就看见白言冰的专车停在草坪旁。李叶兀自叫了一声"冰块儿"，兴奋地跑过去，等着白言冰的鲜花献到胸前。让她大感意外的是，等她满心欢喜地跑到车旁，钻出车门迎接她的却是他的助手，那个很会说话的齐大阳。李叶的噩梦，就从她接过齐大阳手中鲜花的那一刻开始了。

齐大阳笑嘻嘻地对她说："部长到联大开会去了，特别吩咐我来迎接你。"

李叶着一身汉莎航空公司空姐的湛蓝套裙，把原本高挑匀称的身材衬托得更加凹凸有致，风韵十足。一张如银盘般饱满光洁的椭圆脸，一双几乎从不斜视的大眼睛，更让她独具一种令人仰视的高贵。而她身上的这种高贵，对见过她的男人绝对具有一种超乎寻常的杀伤力——既让人望洋兴叹，又让人欲罢不能！拿白言冰第一次见到她时的话说，"这哪里是一片毫不起眼的李树叶子，这简直就是一朵娇艳无比的牡丹花啊！"

李叶噘了噘她那唇线分明的小嘴儿，很不情愿地跨进了齐大阳为她打开的车门。

齐大阳把他垂涎已久的美人儿拉到京都饭店，为她开了一间高级套房，然后就带她到全聚德吃烤鸭，到燕莎迪厅蹦迪。

齐大阳虽赶不上白言冰风流倜傥，但也算得上仪表堂堂，他那道貌岸然的形象加上鞍前马后的殷勤，让李叶在不知不觉间失去了防备。在燕莎迪厅，齐大阳趁李叶上洗手间的间隙，把一包药粉抖进了她的酒杯里。半小时后，浑身燥热、媚眼迷离的李叶，便随齐大阳回到了京都饭店的高级套房。在药物的作用下，李叶已经丧失理智，一进房间，便与齐大阳纠缠到一起……

第二天早晨，当李叶一觉醒来，发现自己竟然光着身子躺在齐大阳的胳膊上，气得一骨碌爬起来，抓起水果刀就向齐大阳刺去。齐大阳一把抓住她的手，夺下水果刀，顺势拉她上床。李叶开始拼命反抗，尖声叫骂，但后来渐渐没了力气，只得听凭齐大阳为所欲为。

齐大阳之所以敢如此猖狂，是因为他抓住了李叶的弱点。在以往的几次接触中，他看出李叶是一个极爱虚荣的女人，她之所以和白言冰"一见钟情"，是因为看中了白言冰部长的地位。因此，他确信李叶绝不敢把被他玷污的丑事告诉白言冰，相反，他还可以利用这件事情来控制她，以达到长期占有的目的。想到了这一层，齐大阳更加肆无忌惮，他将李叶困在房间里，一困就是三天三夜。

李叶在恨与欲之间挣扎，在灵与肉之间迷失。那几天如动物般苟活的日子，让她对自己，对这个世界都充满了憎恨！

等白言冰从联大开会回来，齐大阳用一大叠医院的票据证明了李叶的萎靡和憔悴。为了不失去白言冰，李叶竟然真的用装病来印证了齐大阳的谎言。

经过几天的恢复，李叶突然提出要马上和白言冰结婚。白言冰本想等到 IZ 人住进城堡之后再谈婚事，但看到李叶迫不及待的样子，也就爽快地答应了。

新婚之夜，李叶在白言冰的身下泪流满面，粗心的白言冰压根儿就没看出此时的李叶正经历着灵与肉的煎熬，还以为她是因为幸福的突然降临而流下喜悦的泪水。

婚后，白言冰对李叶百依百顺、宠爱有加，让她把汉莎公司的工作也辞了。李叶当起了全职太太，整天在家里等待心爱的丈夫回家欢聚。也就是在这段日子，全球的 IZ 城堡相继竣工，一场全球性的生离死别纷纷上演。白言冰常常在各地到处奔波，常常让李叶一个人在家里独守空房。好在肚子里已经有小生命在孕育，李叶把所有精力都转移到那个还未出生的孩子身上了。

李叶噩梦的延续是从孩子断奶后开始的。白言冰仍然太忙，常常把李叶和孩子丢在家里。此时正值性解放浪潮席卷全球，齐大阳也没少在外面随波逐流、纵情玩乐，但那露水情人的日子很快就让他厌倦透顶。他开始收心，重新将注意力投入家庭。一天，齐大阳以看孩子为名摸到李叶家里，趁保姆买菜的时候，再次强迫和李叶发生了关系。有一必有二，李叶再次沦为齐大阳的玩偶。

李叶的虚荣和隐忍既害了自己，更害了毫不知情的白言冰。就在女儿 7 岁那年，白言冰在"季检"时被查出染上了 IZ 病，李叶明明知道是齐大阳干的，但是苦于找不到证据，只好打碎牙齿往肚里咽。

白言冰提出回到家乡玉山城堡的愿望得到了满足，在"还阳门"前那场撕心裂肺的送别场面至今历历在目。

齐大阳如愿当上了卫生部部长，为了表达对老领导的感恩和怀念，他在一个公开场合郑重宣布，老部长是他的恩人，他要把老部长的妻女接到家中抚养，以报老部长多年来的知遇之恩。宣布完这个决定，他泪流满面，周围的人无不被他的"情深义重"而感动唏嘘。

对齐大阳的单方面决定，李叶坚决不从。但齐大阳有的是办法，他只对李叶轻描淡写地耳语了一句，李叶便乖乖地就范了。更大的噩梦，是从李叶母女搬进齐家的那一刻开始的。李叶一方面要忍受齐大阳的蹂躏，一方面还要承受齐大阳妻子姚姬的精神折磨。姚姬为了发泄自己的妒火，常常用伤害白立纯的方法来打击她，让她敢怒不敢言，只能忍气吞声，只求不出大事就好。有好多次，她都想一死了之，一了百了。但看到一天天长大的女儿，看到齐大阳看女儿时那种淫邪的目光，她就只能强忍屈辱，不敢有半点死的念头。

可怕的事情还是在立纯 15 岁生日那天发生了。在那个雷雨交加的夜晚，当李叶从医院拿着一张化验单回来，正要去找女儿谈话的时候，就听到啜泣声从女儿房间里传来。接着，女儿房间的门吱的一声开了，齐大阳像鬼似的钻了出来。李叶懵了，她一直害怕发生的事情终于发生了！李叶推开女儿的房门，看见自己如天使般圣洁的女儿，正像一朵被生生撕碎的蓓蕾般瘫在床上，满面泪水，目光呆滞……李叶感到一股热血往头上涌，大叫一声"齐大阳，你个畜生"，就一头栽倒在女儿的床前。

"我怎么会来到这里？我是怎么进来的？"李叶摇着眼里已经喷射着怒火的白言冰问。

"齐——大——阳——"白言冰怒极，奋力向上一站，但只站起一半，就砰的一声扑倒在草席上。

"立纯，可怜的立纯……快去救她！快去救救她！……"李叶丢下不知死活的白言冰，跌跌撞撞地向门外跑去。

7. 黑五星党

是蓝之星的电话，止住了白立纯迈下悬崖的脚步。

对蓝之星的牵挂，对父母以及城堡中 IZ 人的责任，让她暂时忘记了刚刚遭受的耻辱。

立纯虽然身心备受伤害，但她还是强打精神，摸黑从鹰嘴岩上下来，摸索着找到了那男人丢下的黑五星，然后开车回家。

躺在曾经那么温馨的新床上，立纯已是身心俱疲，万念俱灰。她想给蓝之星打电话，但不知从何说起，也不知道该说些什么。她想把小月找来，但想到她那淫邪的父亲她就感到阵阵恶心。她把那枚黑五星在手上展开，看清了上面有一颗心的图案，那颗心被一把利剑刺中，往下滴着血。这图案是什么意思？它真的能帮我见到亲人吗？那男人又是谁？他怎么会在那样的时刻突然出现？他怎么会知道我的行踪？没人知道我会在那样的时候独自上鹰嘴岩呀。

立纯反复翻看着那枚黑五星，不知不觉中睡着了。

一阵急促的电话把她惊醒，原来是小月打来的，她说她马上过来和她商量送信的办法。

立纯赶忙起身，只见柔和的霞光已经映照在纱幔上，窗外的江面上有轮船的汽笛悠扬传来。她拉开窗幔，看见对岸错落有致的楼群已经沐浴在金色的霞光里，宽阔的江面流光溢彩，一轮红日正好挂在下游不远处的一座悬索桥上，显得凄美无比！

立纯走进洗手间，从那面大玻璃镜中，她看到了一张面容苍白的脸，那原本红润的嘴唇，此时毫无血色，上唇上的一道咬痕显得分外醒目。昨晚的可怕情景再次重现，立纯不禁打了一个寒战，赶紧脱下睡衣，打开淋浴拼命冲洗。她忘了昨晚回家时，已经整整冲洗了一个多小时。

小月叫门时，立纯已经化好装，静静地坐在客厅的沙发上，手里攥着那枚黑五星，脑子里一片空白。

小月一进客厅，就看见立纯嘴唇上的伤痕，于是开玩笑说："立纯姐，你昨晚和谁疯去了？把小嘴儿都亲破了。"

立纯可没心思和小月开玩笑，她把小月让到沙发边，惨然一笑说："自己不小心咬了一下。坐吧。"

小月跟她母亲姚姬一样，长着一张狐媚脸，只是比她母亲少了几分邪气，多了几分灵气。小月的身材和立纯一样匀称，但比立纯更丰满、更性感。她特别喜欢笑，一笑就露出一排整齐的牙齿，不像立纯那样老喜欢微抿着嘴唇，眯缝着眼睛。小月比立纯小半岁，她们从 7 岁开始成为玩伴儿，一直到立纯 15 岁出走为止。在 8 年的日子里，尽管姚姬老是唆使小月欺负立纯，但小月总是背着母亲和立纯要好，还经常把好吃的零食悄悄塞到立纯手里。只是在她们都进入青春期之后，她们之间的友谊才因为齐小星的缘故出现了一些微妙的嫌隙。齐小星据说是齐大阳捡回家的野孩子，捡回家时已经7岁，但齐大阳对他却显出了少有的仁慈，很快将他收为义子。

齐小星比两个妹妹大四五岁，十四五岁时就已经长成一个英俊少年，不但聪明好学，而且心地善良，总是以两个妹妹的保护神自居，学校里的孩子们都不敢轻易招惹她们。只是小月感觉得到，小星总是在不经意间表现出对立纯更多的爱护，好像立纯才是他的亲妹妹似的。这不免让小月生出一丝妒意，以至于让她在喜欢立纯的同时，又总想找茬来刁难她，让她不能一心一意地去接纳小星对她的爱意。3个少年就在这种懵懂的情感纠葛中一天天长大，要不是立纯突遭摧残愤然出走，他们之间还真不知道会演出多少爱恨情仇来。

不知是老天的安排，还是命运的捉弄，两个女孩在阔别多年之后，从不同的大学同一个时间毕业，又不约而同地应聘到渝江大学病毒研究所工作。意外的重逢让两个已经长大的女孩既惊喜又尴尬，毕竟小月的父亲那么无耻地伤害过立纯，何况她们还同时喜欢过一个男孩，想让她们之间做到心无芥蒂怎么可能呢？但工作的需要又让她们不得不同处一室，甚至还要经常探讨一些共同的课题。这样一来二去，心地善良又恩怨分明的立纯尽释前嫌，把小月当成了自己的姐妹。

小月在立纯身边坐下来，对立纯嘴唇上的伤放心不下，把立纯的头转到落地窗的方向，仔细看了看，然后肯定地说："呵呵，你骗不了我，你不是'地包天'，怎么可能咬破自己的上唇呢？是不是蓝之星回来咬的？赶快从实招来！"

立纯一时不知所措，强装的笑脸一下子阴了下去。

"你怎么了？脸色突然这么难看？是不是被人欺负了？"

"我……我……"立纯不想提起昨晚那件可怕的事情，"我摔到地板上去了。"

小月肯定地摇摇头："这可骗不了我，那分明是牙咬的。快说，到底发生了什么事？"

"这个……你看这个……"立纯知道再也瞒不了小月，就把攥着那枚黑五星的右手摊开给小月看。

小月一看，像见到毒蛇似的一阵哆嗦："你怎么有这个？这可是黑五星党的信物呀！你不要命了？"

立纯也跟着一阵哆嗦，颤声说："可是……他……他说这个可以帮我见到我的亲人。"

"他是谁？"小月有些惊异地看着立纯。

"他……他……我不认识。"立纯极力掩饰着内心的恐惧。

"你这嘴唇究竟是怎么回事？是不是他……"

"嗯。"立纯无奈地点点头，终于承受不住精神上的重压，扑到小月的腿上痛哭起来。

"我的天，你怎么不早说呀？我们赶快去报案吧。"

"没用的，我根本不知道那人是谁，在那种情况下，也不敢睁眼看他，我只看见他臂膀上有一块奇怪的文身，好像是一只老鹰。"

立纯边哭边把昨晚发生的事情向小月断断续续地讲述了一遍，把个胆大的小月也吓得惊骇不已。

等立纯平静下来，小月担忧地问："立纯姐，你注射阻断药了吗？"

立纯一惊："没有啊，我被吓糊涂了。"

"我看你是不要命了，凡是被黑五星党咬伤或注射的，没有不被染上 IZ 病毒的。你等着，我到所里找药去，马上回来！"小月说话间已经跑出房间，砰的一声带上了房门。

等小月一走，立纯拨通了蓝之星的电话，很快就听到一个极富磁性的男中音："喂！宝贝儿，是不是想我了？昨天晚上怎么不接我的电话？是不是还在生我的气？现在不生气了吧？让我看看你吧？"

"你在哪里？"立纯幽幽地问，并没有接通视频。

"我还在费城呢，明天到巴尔的摩，然后到佛罗里达的航天城去看看。"

"你什么时候回来？"

"快了，就在最近几天……"

"好吧，我累了，你自己保重。"

"宝贝儿？你怎么了？莫非生病了？我不在，你可要学会自己照顾自己啊。快打开视频，让我好好看看。"

"没什么，回来再说吧。"立纯怕情绪失控，挂了电话。

不到一小时，齐小月气喘吁吁地回来了。她赶紧把一支药剂吸进针管，坐到立纯身边。"来吧，这是最新的阻断药，打一针就没事了。"

立纯半脱睡裤，亮出雪白的屁股，让小月在上面打了一针。她们小时候玩过这样的游戏，只不过现在是真的，立纯感到有一丝蜂蜇般的痛。

"好了。"小月拔出针头，"别去想那么多了，一切都是命，就把它当成一次另类的经历吧，有些变态的女人还巴不得玩儿那样的游戏呢。"

立纯听小月这么说，呼地拉上裤子站起来，"什么游戏？还另类经历？亏你说得出！简直和你那禽兽父亲一路货色，你给我滚！滚出去！我不想再见到你！"立纯说着，怒不可遏地拉开了房门。

小月一下懵了，从小到大，她还从未看见立纯发这么大的火。但她很快明白过来，立纯是心里不好受才这样的。等立纯的火气有所减退，她才走过去关上房门，把立纯拉回沙发坐下："好姐姐，你别这样好不好，我不再乱说还不行吗？"

小月嘟囔着嘴不停地说着，像一个做错事的孩子在大人面前认错似的。

立纯最后还是软了下来，她想到了城堡里的爸爸和妈妈，还有那个 15 岁前一直呵护她的小星哥哥，她不能让他们死得不明不白，她得尽快把那个可怕的消息送到城堡里面去。

立纯叹了口气，再次把那个黑五星递到小月面前："你比我聪明，你再好好看看，看上面是不是有什么机巧，能帮我见到我的爸爸妈妈，然后顺便把消息告诉他们？"

小月把黑五星拿过来，翻转着看了看说："这有什么机巧，八成是他胡说八道骗你的。"

"难道这东西一点作用也没有吗？"

"难道你还对那帮王八蛋心存幻想？他们都是一帮心硬如铁、坏事做绝的家伙。我们的哥哥小星就是被他们害进里面去的。"

"小星哥是被他们害的？我一直以为他是因为生活上的问题……"立纯惊讶地望着小月。

"怎么会呢？他是那么优秀而善良的一个人，你知道你出走后他找了你多久吗？一直到他进城堡以前都还在不停地打听你的消息，还叮嘱我一定要找到你。"

听小月这么一说，往事都一齐涌上心头，感动得立纯一时说不出话来。

"好在老天有眼，让我一到渝江就找到了你。"小月说着动情地搂了搂立纯，"这也算了了哥哥的一个心愿吧。"

"小星哥究竟是怎么进去的，他们为啥要害他？"立纯想急于知道事情的真相，因为齐家实在是太黑了，但凡好人在那里都没有好结果。

小月垂下眼帘，两颗晶亮的泪珠从光洁的脸颊上滑落下来："我当时只在他的房间里捡到一颗黑五星，事后想来，应该是我母亲雇他们来的，他们用迷药把他熏昏，再把 IZ 病毒注入了他的身体。"

"姚姬？你那该死的妈！她为啥这样狠毒？"立纯恨恨地问。

"因为我爱哥哥，我对她说过，非小星哥哥不嫁！她就拼命从中阻止，最后见阻止无效就下毒手了。"

"那女人现在住哪儿？她死了吗？"

"那事儿以后，我那禽兽老爸差点杀了她，最后把她赶回京城她娘家去了。我好久都没有她的消息了。"

"没想到你会有这样一个妈！后来你去看过她吗？"

"没有。我不会原谅她的，我也不会原谅齐大阳。我现在只剩你和小星哥哥了 —— 如果他还能出来的话。"

"你还爱小星哥吗？"

"爱！一辈子都爱！"

"那你觉得小星哥他爱你吗？？"

小月用纸巾擦了擦眼睛，像端详陌生人似的看着立纯说："我想小星哥爱的是你，他只是关心我。但我没办法，至今忘不了他，要是他能说一声爱我，我宁愿现在就进去和他在一起。"

听了小月的话，立纯觉得把消息送进城堡又多了一份理由，于是急切地对小月说："那我们赶快想办法把消息送进去吧，我们一定要阻止这场惨绝人寰的人间悲剧上演！"

小月扔掉手里的黑五星，从沙发上站起来，像个男人似的果断地说："这东西根本帮不了你，不过，我已经有了一个妙计。"

"什么妙计？快说出来听听！"立纯也跟着站起来，全然忘了昨夜的伤痛。

"现在不能告诉你，跟我走吧，到时候就知道了。"

8. 瓮城惊魂

玉山城堡云山南瓮城。

王锐坐在城中的指挥塔里，一副踌躇满志的样子。他是大学生军官，大学毕业后凭着在军区任要职的父亲，不到 3 年就当上这南瓮城的关长，成为两千多人的统领。

王锐当上关长还不到半个月，新鲜劲儿还没过，所以每天对那把象征着官位的清式红木雕花椅恋恋不舍，除非有非常要紧的事情才肯离开一会儿。

刚才下属来报，说市食品公司打来电话，上午有一批食品要运进城堡，请瓮城做好交接准备。王锐只好起身，拖着大腹便便的身体，带上几个部属，走出指挥塔，开始交接前的例行巡察。

这瓮城有两平方千米左右，除了前面的"还阳门"和后面的"阴曹门"以外，在两个门的中轴线上，还建有一座宫殿似的指挥塔。指挥塔下设有一个"阴阳门"，这道门，是健康人与 IZ 人的绝对分界线，除了守城的士兵以外，两边的人都绝不可越雷池半步。指挥塔左右都有隔离墙与两边的城墙相连，把整个瓮城一分为二，前后各有一个上万平方米的大广场，外面进来的物资就在这里交接。在广场两侧靠围墙的地方，是守城士兵的营房。

王锐带着部属，板着一张胖脸，例行公事地在城墙顶走了一圈，然后又回到他的宝座上，只等食品公司的货物运进来。

小月拉着立纯从家里出来，一直把她拉到自己的车上，一边麻利地系上安全带，一边对还在疑惑的立纯说："快把安全带系上，我马上带你去一个地方，到了你就知道了。"

由于能源危机，油价、电价飙升，开车出门已经成为一种奢侈。路上车很少，小月的车畅通无阻地在马路上飞驰，很快就开到市食品公司大门前。

小月说了声"你等着"，就跳下车，向戒备森严的大门走去。经过简单的交涉，一个头目走了出来，把小月带到了经理的办公室。

坐在靠背椅上的光头经理立即起身相迎："齐大小姐，是哪阵风把您吹到我这山旮旯儿来了？快请快请！"

"总不至于是妖风吧？"小月白了他一眼，在对面的沙发上坐下来。

"嘿嘿，应该是仙风才对，这仙风一起，就把貌若天仙的小月姑娘吹到我身边来了。"

"尤经理，你就别卖乖了，我又不会叫父亲的下属免了你的职。坐下来，我有事跟你商量。"小月说着，示意他在旁边的沙发上坐下。

尤经理一副受宠若惊的样子，赶紧坐到小月身边，露骨地巴结道："你只管吩咐，鄙人帮你办好就是。"

小月笑吟吟地瞪了他一眼，欲擒故纵地说："我怕你是帮不了哟，或者说你根本不敢帮。"

"究竟是什么事，有那么严重吗？"尤经理摸了摸他的光头，一下子警觉起来。

"你究竟是帮还是不帮？"小月看他有些动摇，故意不耐烦地说。

"帮，帮，一定帮！就是要我下油锅下地狱也要帮！"尤经理眼看小月就要生气了，赶紧一个劲儿地点头，一副生怕煮熟的鸭子就要飞走的样子。

"这可是你亲口说的哟。我看你还算一条有血性的汉子。"小月转头对着他的耳朵，压低声音说，"我要你帮我带一封信给我哥哥。"

"什么？"尤经理跳了起来，"你是说给你'里面'的哥哥齐小星带信？这可不成，我就是长两个脑袋也不敢。"

"哼！刚才还说下油锅下地狱都不怕呢，你这样的男人我算见得多了，啥话都敢说，啥事都不敢做，你跟那种既好色又肾亏的男人有什么两样？"小月轻蔑地白了他一眼，站起来就要往外走。

尤经理哪里经得住小月这般激将法，他慌忙站起来拦在门口："小月姑娘别生气嘛，你先听我把话说清楚。其实这不是我敢不敢的问题，而是我根本没那能耐。你过来看看这个就知道了。"

小月仍然装着一副气呼呼的样子，跟着尤经理来到了隔壁的监控室。

小月还没看完那十几个监视屏，就完全明白尤经理真不是在耍她了。原来，食品公司供应城堡的食品从生产过程，到包装装箱，再到出库装车，全程都有军警监视，并进行全程录像，任何除了食品以外的东西都别想混进运输车。另外运输车也设计得非常特别，全封闭的车厢连一张纸片都别想塞进去。

"这下看明白了吧？我确实是爱莫能助啊。"走出监控室，尤经理摊了摊手，一副颇受冤屈的样子。

"不！只要你想帮，你应该还有办法。"小月紧盯着远处一溜正在装货的卡车说。

尤经理看着小月一副蛮有把握的样子，很大方地说："那好，愿闻姑娘妙计，只要不叫我掉脑袋就行。"

"没那么严重，你看，卡车司机中不是有几个姑娘吗？"小月指着那几个在卡车边闲聊的女孩说。

"是啊，有几个，她们是我们车队的骄傲呢，都是我上次亲自到总公司要来的。"

"很好，她们都听你的吧？"

"嗯，不瞒你说，有两个对我还挺有意思呢。我叫她们干啥都愿意。"尤经理得意地眨眨眼睛，有些虚浮的胖脸上浮起一丝色色的笑意。

"那你敢让她们马上到你办公室来一趟吗？"

"怎么不敢？我马上去把她们给你叫来。"

"别忙！"小月摆手制止，"我是说让她们与我和我车上等着的朋友换衣服穿，你愿意帮这个忙吗？"

"你是说让你们去冒充卡车司机？"尤经理惊得差点跳起来。

"不是冒充，而是让你马上招聘我们。"小月用一种不容置疑的眼神盯着他。

"这个……这个……出了事情恐怕谁都脱不了干系，我也无法向你父亲交代。"尤经理还是在关键时刻耍起了滑头。

不过小月并不担心，她感觉自己离成功只差一步之遥了，于是继续满不在乎地说道："你知道我爸爸就好，其实是爸爸想我哥了，中秋节不是快到了吗，他叫我给我哥带个问候进去。只要你帮了这个忙，我爸爸会记着你的好，听说渝江市卫生局的一个副局长马上要升迁了，正好有个空缺……"

"我其实真的想帮你，只是……出了问题可是杀头的罪啊！"尤经理还在迟疑。

"算了吧，关键时刻见人心哟，算我看走眼了。"小月不屑地白了他一眼，扭头便走。

"小月姑娘！"尤经理慌忙叫住了她，"你快回来，我帮你就是！"

小月止住脚步，回转身，装着一副余怒未消的模样，懒懒地说："这才像个大男人说的话嘛，快安排我们换衣服吧。"

"好的，我去把她们叫来，等会儿到女卫生间的包厢里去换，只有那里没有监控。"

小月一阵窃喜，压抑住满心的激动说："去吧，我在卫生间等她们。"

小月立即快步走出大门，把立纯从车上叫下来，一边把她的计划告诉她，一边带她一起走进了车队旁边的卫生间。

几分钟后，小月和立纯一副女卡车司机装束，从卫生间走出来，径自走向卡车。

尤经理有些不放心地走到小月面前，低声说："千万不要露馅啊，她们都给你们交代了吧？"

"交代清楚了，我们会见机行事的，放心回你的办公室吧。"

"这就好，回头记着给你爸爸打招呼啊，我等着你的消息。"

"记住了，忙你的去吧。"小月冲尤经理神秘一笑，已经拉开车门，拉住把手登上了驾驶室。

车队出发了，两个从来没有开过卡车的姑娘，手忙脚乱地驾着大卡车，左颠右晃地跟在车队里走着 S 曲线，把跟在后面的司机看得莫名其妙、心惊胆战，不得不猛按喇叭来提醒她们小心点。好在毕竟驾驶了好多年的小车，她们很快掌握了卡车的性能，几分钟后就基本赶上趟儿了。

大约半小时过后，车队开到南瓮城的"还阳门"前，经过短暂的审查后，鱼贯而入。

立纯在进入"还阳门"的一刹那，突生一种异样的感觉，仿佛一下穿过时空隧道，进入了另一个陌生的世界。

几十辆卡车在瓮城中央"阴阳门"前的广场上停了下来，一队士兵列队跑出，一一对应地跑到每一辆卡车前立定。随着一声口令，士兵们一齐拉开了卡车驾驶室的车门，整齐地做了个请的手势。

立纯坐在驾驶座上犹豫着，该不该把小月交给她的东西留在驾驶座上呢？看看车下士兵那张正仰望着她的严肃的脸，立纯打起了退堂鼓。但一想到这样的机会失去就不会再有，她还是一咬牙，把那个涂有"女人香"香水的存储器插进坐垫的缝隙里，只让它露出一个圆圆的头儿。她相信下面的士兵根本不会在意，只当那"女人香"是这女人身上遗留下来的。而接过方向盘的 IZ 人就不同了，他肯定好久没有闻到过如此迷人的香水味，一定会仔细地观察这个驾驶室的，只要他稍加留心，就会很容易发现那个存储器，然后就会好奇地把它取出来，带回去插进城堡中的老式电脑里。这样，那个事关 IZ 人生死的消息，就会通过如此简单的方式，神不知鬼不觉地传到 IZ 人手里。

立纯的心咚咚地跳着，那双紧握方向盘的手都快握出水来了。立纯立即告诫自己：千万别紧张，千万别让车下的士兵看出破绽。她赶紧深吸了口气，然后强装镇静，轻盈地跳下车，向年轻的士兵送去迷人一笑。士兵见如此漂亮的女人向自己微笑，感激地回了个军礼，就爬上车准备把它开过"阴阳门"，再交给等候在那边的 IZ 人。

立纯默默地祈祷着，希望士兵不要发现，希望接车的 IZ 人多一份心眼，那样的话，爸爸妈妈还有小星哥哥他们就能知道外面的变故了。

"来人啊！快抓住她！"那士兵刚上车就发现了那个存储器，抓在手里大喊着反身跳下车来，向正在默默祈祷的立纯猛扑过来。

立纯猛然惊醒，本能地向前方跑去，正好看见"阴阳门"正在缓缓打开。她连想都没想就跑了过去，畅通无阻地穿过了"阴阳门"，前面豁然开朗，一排穿着古怪服装的 IZ 人正等在不远的地方，满心期盼地望着"阴阳门"的方向，等待着把满载食品的卡车开进城堡里去。

立纯已经明白自己在做什么，她也知道这样做后果很严重，但她已经顾不了那么多，她必须在士兵抓住她以前，跑到一个 IZ 人面前，把即将发生的事情用一句最简短的话告诉他。立纯只感觉风在耳边呼啸，头发在风的激荡下唰唰飞扬……近了，近了，她已经看得清最近的那个 IZ 人期待的表情了……

可是，让立纯最不能原谅自己的是，就在她离那最近的 IZ 人还不到 5 米的时候，一只铁钳般的大手抓住了她的左胳膊，一下就把她整个人像抓一只小鸡儿似的提了起来。

立纯想喊，但还没等她的嘴完全张开，就被另一只大手紧紧地捂住了。

9. 写真照片

王锐巡视完城防情况，刚坐下来，就看见运送食品的车队浩浩荡荡地开了进来。这样的交接场面他已经经历过好几次了，开始时感到很新奇，总要亲自下到现场，去看看那些与世隔绝的 IZ 人。最有意思的是，有两回还见到了两个原来的熟人。那是一种很刺激的经历，就像见到了死去的人还魂似的。可几次之后，王锐就厌倦了，觉得不过如此，一切都是程式化的，便不愿亲临现场了。

可今天发生的一切，却让他大呼过瘾又让他惊心动魄。他在指挥塔上听见了广场上士兵的呼喊，随后就看到了一个美貌女子如驯鹿般奔逃的全过程 —— 直到她被一个紧追不舍的士兵如抓小鸡般提了起来。

白立纯很快被带到王锐的办公室。她一进门，王锐就惊异地站起来，心里暗自思忖：老天，我从小到大见的美女可多了，如此漂亮的女人却没见过 3 个以上，要是从我的手里把她送到杀场真是太可惜了。她怎么会干这样的傻事呢？这可是"杀无赦"的死罪啊。

此时的白立纯还没有完全喘过气来，刚才的剧烈运动让她的脸微微泛红，饱满的胸部还在明显地一起一伏，这让她整个人越发显得韵味十足、英气逼人！

王锐有些傻眼，下属把一个满是"女人香"的存储器呈到面前，他才回过一点神来，随口问了一句："你这是干嘛？快出去，你没见我正忙吗？"

下属知道他上司有见不得漂亮女人的毛病，并没有立即出去，而是等王锐接过存储器，才从容地报告道："这是从这名女司机驾驶室的坐垫缝里搜出来的，请关长查看。"

王锐接过来，翻来覆去看了看，清了清嗓子，盯着立纯问："这可是你的东西？"

"这……是我的东西，刚才不小心掉到坐垫上去了，请您还给我。"立纯说着想去抓那存储器。可王锐把手一收，紧紧地捏在了手里。

"是你的就对了，你能告诉我里面都是些什么内容吗？"王锐仍然贪婪地盯着她问。

立纯心里一慌，迟疑了几秒钟，才强作镇静的说道："都是些个人资料，没什么好看的。"

"是吗？真的不能看吗？"王锐的眼睛死死地盯着立纯的眼睛，"难道里面有什么不能让男人看的东西吗？"

完了，彻底完了！只要眼前的"娃娃脸"把存储器往电脑上一插，我和小月就死定了。我和小月一死，城堡里的人也就死定了。

因为据小月讲，齐大阳已经和她失去了联系，他肯定被监视起来了，不可能把那消息传递给第二个人。现在倒好，除了我和小月，没有第三个人知道那个可怕的消息了。立纯后悔当初听了小月的话，没把消息告诉蓝之星。如果蓝之星知道这个消息，也许早想出办法来了，何苦让两个女流之辈来承担如此重大的任务呢？

此时的立纯真是恨死了小月。

看着王锐那只漫不经心的右手正把存储器往电脑上插，立纯的心一下子被提到了嗓子眼儿 —— 完了，一切都完了！

正当立纯快要崩溃的时候，只听背后有个男声大声响起："报告关长，这位女司机要见您。"

立纯本能地转过头，只见小月被一个士兵带了进来，面带微笑，显得很从容。

"呵呵！"王锐停下手中的动作，开心地笑出了声，"今天是吹的哪路仙风啊？一下子把两个大美女吹进了我的办公室。快请快请！"

"王关长，你看我是谁呀？"小月一进来，就把立纯轻轻推到一边，落落大方地站在王锐的办公桌前。

"你是……"王锐站起来，睁大眼睛打量着眼前这个更丰满、更性感的女人，只过了几秒钟，就听他惊叫一声，"哈哈，你是齐小月！我们男生一致景仰的大校花！欢迎欢迎！"

"呵呵，真是好眼力，看来你这个学长还没忘记我这个小学妹嘛。"小月也显出一副他乡遇故知的兴奋样子。

"快请坐！快请坐！我怎么能忘记我们的大校花呢？虽然你比我们低一个年级，但不瞒你说，当年你可是我们这些高年级男生暗恋的对象……卫兵！上茶！"

"不必了，我是为她来的，她显然又发病了。"小月说着走到立纯面前，安慰她说，"好妹妹，别怕，王关长会把事情弄清楚的，我们一会儿就回家。"

"什么？她有病？有病怎么能当卡车司机，开车途中发了病怎么办？你……你怎么也成了卡车司机了？你在跟我开什么玩笑吧？"王锐迷惑地看着眼前的两个大美人。

"我们怎么就不能当卡车司机了，我们喜欢那活儿，刺激！"

"真是不可思议。"王锐无奈地摇摇头，"那你说，她有什么病？"

"我骗谁都不会骗到你学长头上嘛，她真的有病，是一种间歇性的精神病，不太严重，就是受不得男人惊吓，只要男人去追她，她就会不顾一切地拼命奔跑，直到跑不动为止。据医生讲，这是一种应激性运动症，跟幼年时受到的刺激有关。这是她的病历本。"小月说着把一个绿皮小本递到王锐面前。

王锐接过病历本，更迷糊了，无论怎么看，眼前的这位脸蛋儿漂亮、身材姣好的美女也不像是有病的人啊。

"你别想糊弄我，这个又是怎么回事呢？"王锐扔下病历本，拿起存储器举到小月眼前晃了晃。

"呵呵，你是说这个吗？嘻嘻，我不好意思说。"小月说着，脸上顿时泛起两朵羞涩的红晕。

"是吗？"王锐似有所悟，暧昧地看了小月一眼，"那我打开看看。"

"别看！"立纯的心再度提到了嗓子眼，抢在小月前面脱口而出。

"怕什么，就让他看看好了。"小月止住意欲上前的立纯，向王锐扬了扬眉毛，说："你真的想看？这可是在办公室哟。"

"卫兵！到门外守着，把门带上。"王锐支走了卫兵，迫不及待地把存储器插进了旁边的电脑。

立纯的心都快蹦出来了，她求援似的看着小月，压低声音说："小月，你怎么让他……我们……"

"没事，等会儿你就知道了。"小月安慰地拍了拍她的肩膀。

王锐急迫地滑动着鼠标，很快就看到一张张让他血脉偾张的写真图片，全是小月摆弄各种姿势拍摄的半裸照片。

"好看吗？"小月暧昧地看着王锐已经涨红的娃娃脸，"送给你吧。这是我刚刚才拍摄出来的写真集，本来是送给我这位妹妹欣赏的。"

王锐不舍地关掉视频，红着一张娃娃脸说："这……恐怕不……不好吧？"

"没关系，只要你觉得合适。"

"这……那……"王锐欲火闪闪地望着小月，"我……"

这一切让白立纯看得云山雾罩，她不知道小月葫芦里到底卖的什么药。而最让她吃惊的是，小月给自己的怎么会是她刚刚拍摄的写真集？她怎么会拿这么重要的事情开玩笑？难道她压根儿就不打算把消息带到里面去？不过，这下倒好，这坏事反而让小月弄成了好事，要不然大家就真完了。

"那我这妹妹呢？该放她了吧？"小月见王锐已经被自己的写真刺激得心慌意乱的，赶忙趁热打铁。

"这……我恐怕还得核对一下。卫兵，叫我的副官进来！"

刚才押解立纯的人应声进来："关长有何吩咐？"

"现在情况是这样的，这女人有应激性运动症，这是病历，还有，她那存储器里面是一段私密录像，我已经查看过了。你现在要做的就是打电话到市食品公司去核对一下她们的身份，如果没问题就搞一个材料备案，然后就可以放她们走了。"

"是，关长！我马上去办！"

那人出去后，王锐开始极力跟小月套近乎，提出什么约会、游玩之类的，小月都一一答应了。

立纯已经从崩溃的边沿回过神来，漫不经心地看着小月和王锐调情。

半个小时后，副官夹着一叠文件进来，放到王锐桌上："已经打电话到食品公司核对了，是尤经理亲自接的，说她们俩是他的司机。这是情况说明，让她们签字吧。"

等小月她们签完字，王锐才依依不舍地放她们出门，一直把她们送到指挥塔下的司机休息厅里。

当那个揭发立纯的士兵看到她毫发无损地出现在面前，不免满脸诧异，立纯赶忙笑着对他说："刚才是我犯病了，但愿没吓着你。"

那士兵一时有些手足无措，只是傻傻地看着眼前的美女微笑着上车，然后起动卡车，从从容容地开出了还阳门。

立纯和小月把车开回食品公司，再到卫生间换上自己的衣服，然后开上自己的车一溜烟回家。

在车上，立纯质问小月为什么这样做，为什么不事先告诉她。她感觉自己又被小月耍了。

小月说如果我不那样做，你还能坐在车上和我说话吗？我们早死定了。如果我事先告诉了你，我们的戏能演得那样天衣无缝吗？小月接着向立纯道明了她这样做的目的。她说她想通过这样的方式来试探瓮城的防备情况，看是否有机可乘。没想到瓮城真的是戒备森严，那些士兵也都训练有素，看来这办法是行不通的。而更让她没想到的是，立纯竟然会采取这种极端的办法，幸好没弄出大事，要不然后悔都来不及了。

小月没有把车开回立纯的家，而是径直开回自己在江北的住处。

小月的家在一幢 88 层的高楼里，紧邻北滨路，站在 66 层的家中，可以让目光越过毫无阻碍的两江交汇处，后面的南山尽收眼底。

小月让立纯先在客厅休息，自己钻进书房捣鼓了一阵，就背着一个圆柱形的背包出来了。"时间紧迫，我们得立即出发！"

"你又在捣什么鬼？能不能事先和我商量一下，看可行不可行？"立纯几乎叫了起来。

"走吧，说明白了就不好玩了，我也不知可不可行。"小月说着，不容分说地拉上立纯向电梯走去。

20 分钟后，她们的车又开到了瓮城前面。

"你要干什么？难道你还想进去？"立纯真有些急了。

"不是进瓮城，我们想进也进不去，我们上山吧。"

小月说着把车往右一拐，就往盘山公路冲去。

"小月，你究竟要干什么？我再不想上那山上去了。"立纯想起那鹰嘴岩下的停车场就不寒而栗。

"没办法，要想把消息送进去就必须上山！"小月猛踏油门，车子在盘山路上左拐右拐地飞驰起来。

立纯拿她没辙，只好横下一条心，强迫自己不去想昨天晚上那段噩梦。立纯打开车窗，让充满山野清甜气息的风从外面灌进来。山坡上的枫叶还不太红，还没到漫山遍野都像火一样燃烧起来的时候。在那样的时候，蓝之星就会带她上山去玩儿，去拍好多精美绝伦的照片。

小月把车开到鹰嘴岩下的停车坪上停下来，然后把背包从后座上拉过来，拉开拉链，把一些碳素材质的小圆棍取出来。经过几分钟的拼接组合，一把比赛用的箭弓出现在她手上。立纯这才想起来，小月曾经是射箭运动员，还在一次世界大学生运动会上拿过奖牌。

"你这是干什么？想凭这个把信送进去吗？"

"是啊，每一支箭杆里都藏着一封信，只要捡到的人对箭羽的颜色感兴趣，我把它特地涂成了血红色，他们在看血红的羽毛的时候，自然就会注意到从箭尾圆孔中露出的白色纸头儿。你看看，是不是很容易看出来？"小月说着抽出一支箭杆递给立纯。

立纯接过来一看，果然如小月所说。她把纸头轻轻抽出，然后展开，就看到了密密麻麻的字迹。"不错，这办法倒是可行，只是，你射得了那么远吗？你敢保证里面的人能捡到你的箭吗？"

"只能先这么做了，然后再想别的办法，总之要多管齐下才行。走，我们上去！"

立纯跟在小月身后，看到那个噩梦般的停车坪空荡荡的，仿佛昨夜什么都不曾发生过似的。风在周围的树上低吟，太阳躲到云里去了，让漫山遍野的林木显得更加阴郁苍劲。她们穿过一些低矮的树丛，爬上一串陡峭的石梯，又一次站到鹰嘴岩上。

可是，正当小月把箭搭在弓弦上，准备对准瓮城奋力放箭的时候，一排士兵从前面的城墙上站了起来，把黑洞洞的粒子束枪口对准了她们。

10. 美人心计

小月见那么多的枪管对准她们，赶忙把弓箭转向九十度，对准城墙外面的一颗老香樟的树冠，瞄了瞄，嗖的一箭射去，只听唧的一声，一只画眉应声坠落。

立纯赶忙拍手欢呼："射中啦！射中啦！"

小月冲那些士兵露齿一笑，收好箭弓跟着立纯去寻那画眉去了。士兵们被小月千娇百媚的笑容所感染，都一齐垂下枪管，看着她们欢天喜地地消失在树丛里。

又一次在有惊无险中无功而返，小月和立纯都有些泄气，她们决定先回到市区吃过午饭再商量对策。

她们把车开到英雄碑附近的"好吃街"，找了个车位停下来。

英雄碑是渝江市最大的黄金商圈，上百家跨国集团在此设有办事机构，零售额曾经一度排名全国前三强。在由长江和嘉陵江夹送而成的不到 10 平方千米的半岛上，数百幢摩天大楼高低错落，人在其中，仿佛走进了水泥森林，不用打伞也晒不到太阳了。

小月和立纯走在行人稀少的大街上，恍若进入柳永笔下的"冷落清秋节"。她们小时候的英雄碑可不是这样的，那时人山人海、接踵摩肩、热闹非凡的场面至今历历在目。

她们在那个原来经常光顾的酸辣粉儿店铺前停下来，里面的酸辣粉特别好吃，几乎所有的渝江女孩儿都是吃它长大的，那种酸与辣的完美搭配令人叫绝，令所有吃过它的人终生不忘。小月叫立纯在临街的休闲椅上休息，她去买两份过来解馋。

一个报童赶紧跑过来，恳求立纯买一份报纸看，他说他到现在一份都没卖掉。立纯见他有些可怜，就买了份晨报浏览起来。

一条刊登在头版的消息让立纯的心一下子紧了起来——《全国鼠患猖獗，美煞兽药厂老板》。

"来啦！又酸又辣的酸辣粉！"小月端着两碗一看就让人口水直流的酸辣粉过来了。

"这么快呀！"

"是啊，冷冷清清的，就两三个人，原来那种排队等候的火爆场面已成明日黄花了。"

"你看这条消息。"立纯接过一碗，把报纸递给小月看。

小月只看了个题目就压低声音惊呼起来："我的天！这是在为大量生产鼠药造势呢，我们快吃，不然真来不及了！"

她们已经没有心思慢慢品味酸辣粉的独特滋味，三下两下就扒拉完，然后开车过江，回到了立纯的住处。

小月说："我们都先休息一下，让我好好想想，我就不信想不出一个锦囊妙计来。"

经过昨天晚上的羞愤和今天上午的历险，白立纯身心俱疲，和衣倒在床上就睡着了。等她醒来的时候，窗外已是天光暗淡，她赶忙起床去找小月，客厅、书房、厨房、厕所、阳台都找了个遍，却不见了小月的踪影。

这人又搞什么鬼去了，总是神神秘秘的……

立纯赶紧拨通了小月的电话："喂! 小月，你跑哪里去了，为什么不叫上我？"

"我施美人儿计去了，你马上到大都会娱乐城来，我已经把他约出来了，我想只能从这人身上打开缺口了。你过来当一下电灯泡吧，我不想让他一口把我吃了。"

"他是谁？你这样能成吗？"

"你过来就知道了，成不成就看我的了，没有不吃腥的猫。"

"可是，我怕你……"立纯想到了昨天晚上那个可怕场面。

"好了，别婆婆妈妈的了，快过来，我挂了。"

"好吧……"白立纯咕哝了一句，略微打扮了一下，半小时后，便光彩照人地出现在大都会娱乐城大门前。她穿了一件淡紫色真丝套裙，雪白的顾颈上佩一条珍珠项链，手上挽一个白色坤包，一副清新淡雅的淑女形象。

傍晚的大都会广场在周围高楼的遮掩下，已经显得相当阴暗，周围大小商店的霓虹已经闪耀起来。广场上人影寥寥，大都会门口冷冷清清，站在门边的迎宾小姐一脸麻木地站着，就像一尊了无生气的塑像，见了立纯，也只是机械地吐出毫无温度的四个字："欢迎光临。"

立纯走进门厅，小月正从楼梯上下来。小月穿一套贴身的玫瑰红晚装，低低的 V 形领口，把匀称丰满、曲线曼妙的身材展现得淋漓尽致，加上脖子上的白金钻石项链和手腕上的玛瑙手镯，更让她流露出一种高贵气质。

"跟我来吧，他已经到了，在二楼的'风轻云淡'。"

立纯跟着小月进入二楼临街的一个包间，就看见王锐那张娃娃脸笑容可掬地迎了上来："快请快请！菜都快凉了。"

3 人在一种半尴半尬的气氛中吃起来。王锐一边为小月立纯夹菜，一边反复对上午的事情道歉。立纯仍然装着"应激运动症"没有发作前的安静样子，一门心思地享用着桌上的美餐。小月却不能闲着，一边频频地和王锐举杯，一边不失时机地向她的老学长抛着媚眼。几个回合下来，王锐就有些把持不住了，开始在桌下小动作不断。立纯一副视而不见的样子，心里却在恨恨地大骂："色狼！"

王锐显然不满足在桌子下偷偷摸摸地过"手瘾"，他捏了一把小月的大腿："我们去 K 歌吧。"

小月推开他的手："没问题！只是有一件心事始终萦绕在我心里，挥之不去，这恐怕会影响我的心情，到时候可别怪我不给你好脸色啊。"

"什么心事那么严重？你看我能帮上你的忙吗？"

"你知道我爸爸是谁吧？"

"知道！大名鼎鼎的世卫总干事，连我老爸都敬仰得很。"

"你知道他老人家最大的心愿是什么吗？"

"这……你就直说了吧！你究竟要我帮你什么？只要留我一条命，哪怕上刀山下火海我也为你办！"

"很好！这才像大男人说的话，来，小月先敬你一杯！"

王锐喝下满满一大杯葡萄酒，一脸豪气："快说！我帮你办了就是！"

"你知道我哥哥的情况吗？"小月问道。

"有所耳闻，是不是被黑五星党害到'里面'去的那个？听说还在大学里就在 IZ 病研究领域有所突破，真是可惜，连你爸也没能保住他。"

"是的，他已经离开我们 3 年多了，爸爸现在特别、特别思念他，想让我想办法在中秋节前带个问候进去。你知道，以爸爸的地位，他是不便亲自做这件事的。"

"这个……"王锐一脸的豪气渐渐被难色所掩盖。

"你是不是不想帮我？或是说是不值得帮我？"小月逼问。

"男人都是一路货色，关键时刻就成熊包了。"立纯不失时机地插了一句。

"不是我不想帮，关键是我不知道怎么帮。"王锐急迫地向小月表达自己的忠心，"你们也看到了，城堡的隔离措施滴水不漏，城堡内外的通信是两套截然不同的系统，城墙上空有红外光敏激光拦截系统，一万米以下的所有飞行物都别想飞越，瓷城内的物资交接也是完全程式化的，士兵与 IZ 人的肢体接触和语言交流都是绝对禁止的……"

"别说了，这些我们都知道。回忆一下上午的经过吧。"小月把王锐引入自己的思路。她想，成不成就在此一举了。

"你是说……上午你们是有预谋的？是在投石问路？"王锐警觉地望着小月。

"你说呢？"小月镇静自若地盯着他。

"我说……就是是也没什么大不了的，不就为了传达一个问候吗？何况还是为了了却总干事大人的一桩心愿。"王锐满不在乎地说。

小月松了口气，趁热打铁地说："这么说你同意了？"

"没问题！回头我去布置一下，有几个士兵是我的心腹，我只要安排其中的一个接你们的车就行，你们可以直接把存储器和书信什么的摆在座位上。"

"太感谢你了！"小月情不自禁地站起来，向王锐举起杯子，"来！我代表我爸敬你一杯！"

立纯也站了起来，激动地说："我也敬你一杯，代表我们的小星哥哥。"

敬完酒，小月问："你打算安排在什么时候？现在离中秋只有 5 天了，必须赶在中秋之前。"

听小月说必须赶在中秋之前，王锐却有些为难了，"往城堡送食品是每周一次，昨天已经送过了，下次是在中秋之后，恐怕只能安排在那个时候了。"

"这可不行，我父亲特别吩咐要在中秋之前把信送进去呀！"小月着急起来。

王锐看小月着急，狠狠地抹了两把脸，像下了好大的决心似的，说："我看这样吧，我回头和食品公司的尤经理说一下，让他们提前两天送。好了，我们可以上去 K 歌了吧？"

"好的，我们到顶楼去！"小月爽快地答应了。

3 人在顶楼的一个 KTV 包房玩到半夜，王锐见有立纯在场，也不敢过分造次，总算被动地保住了一点绅士风度。但立纯看得出，王锐已经被小月搞得神魂颠倒，大有不吃到这块天鹅肉绝不罢手的架势。俗话说，烈女怕缠郎。立纯还是为小月捏了把汗，尽管小月头脑灵活、善于应付，但王锐也非等闲之辈，谁敢担保在今后的几天里，小月还能从容应对呢？万一王锐要小月拿身体去交换怎么办？同意吧，小月肯定是恶心王锐的，不同意吧，事情肯定搞砸。

立纯觉得事情并非眼前看到的那么顺当，必须有更多的预备方案才好。她决定回家瞒着小月给蓝之星打个电话，先不告诉他实情，把他哄回来再说。

在小月以身体不方便为由，打消掉王锐的非分之想后，他们各自开车回家。

立纯到家时已过午夜，她立即拨通了蓝之星的电话。

蓝之星从纽约出发，经费城、巴尔的摩、华盛顿一路看过来，看到的仍是一派萧条景象。

弗吉尼亚州州长是位华人，是蓝之星在美国的一个好朋友，他听说蓝之星要从他的地界上路过，执意邀请蓝之星去里士满做客。

蓝之星于上午9点到达里士满，正好赶上约翰·李州长带领州议员到几家企业去视察，于是就应邀加入参观队伍之中。

他们先到一个濒临倒闭的夕阳企业去看了看，一脸菜色的老板像见了救星似的，历数企业的难处，希望得到政府的扶持。然后又到一家"朝阳企业"转了转，工厂老板亲自出来迎接，说起话来一脸自信，好像眼前的经济危机跟他们一点关系都没有。原来这是一家专门生产鼠药的制药厂，老板对最近鼠患的猖獗显得津津乐道，他特别要感谢刚刚获得通过的政府采购政策，也就是说，此后一段时间他的鼠药全部由政府包销，他只负责尽最大努力去组织生产。

正当蓝之星准备随州长到一家新型能源企业参观时，立纯的电话打来了。

立纯只说了几句话就挂了电话，听上去情况紧急，要他立即回国。

蓝之星几次打回电话回去追问究竟发生了什么事，立纯都用一句"十万火急，赶紧回来"草草结束。

蓝之星顿感不妙，立即向老朋友简单解释了下，就匆匆赶往亚特兰大，因为只有亚特兰大才有飞往渝江市的国际航班。

而那个事先安排的主要行程之一——参观处于卡纳维拉尔角的肯尼迪航天中心废墟的愿望，就只好等到下次再实现了。

11. 验证清白

立纯一觉醒来，知道自己已经在浑浑噩噩中度过了一个梦魇般的周末。今天是周一，该到研究所上班去了。

渝江大学滨临嘉陵江西岸的沙湾区，距离立纯的住处有十来千米，跨过长江大桥，穿过黄沙溪隧道，再沿着嘉滨路行驶十多分钟就到了。

立纯的车拐进学校大门的时候，看到三三两两的市民正在往学校里走，有的已经走到病毒研究所的实验楼前排起了长队。立纯这才想起，季检的日子又到了。

季检是这个城堡时代的特殊产物，从城堡诞生之初一直沿用至今，并且全球通行。季检在每季度开始的第一个周一举行，所有人都必须到指定地点接受 IZ 检测，凡查出呈阳性者，立即就近送入 IZ 城堡，哪怕你是天王老子也概不例外。季检是保障健康人生命安全的必要手段。二十多年来，检测机制不断完善，操作起来也越来越简便了。

立纯把车停在自己的车位上，有些忐忑地走进研究室。

小月已经在打扫自己的工作台，见立纯进来，道了声"早"。

立纯走到小月身边，有些不安地说："小月，我有点怕，万一我呈阳性怎么办？"

小月安慰："放心好了，那种阻断药的效果你是知道的……，哦对了，晚上你还得陪我，王锐刚才又打电话来约我了。"

"要不你先给我验验，我怕到时候……"立纯还是一副放心不下的样子。

"别疑神疑鬼的了，等会儿到外面的仪器前一站，你就放心了。还是想想晚上怎么帮我应付王锐那家伙吧。"

"好吧。"立纯说着在自己的工作台前坐下来，小月已经帮她打扫得一尘不染。

立纯和小月都是去年被聘进这家研究所的。小月是靠了父亲齐大阳的关系，立纯是因父亲白言冰的影响，加上她立志攻克 IZ 病毒的决心打动了所长。这年头工作太难找，失业大军越来越庞大，好多大学生一毕业就失业，只得靠低保度日。小月和立纯还算幸运，不但有一份稳定的收入，还能和自己所学的专业对上口。只是一年多以来，现实与理想的落差让她们感受到了无奈。人类太渺小了，一个小小的 IZ 病毒就可以把人类搞得筋疲力尽，市场满目萧条，人类却至今拿它一点儿辙都没有。

几分钟后，所长有些怠倦的吆喝声在走廊响起来。全所七八十号人都从各自的研究室跑出来，在门厅前整队集合。然后在所长的带领下，向大楼广场前的 IZ 检测仪走去。

那排 IZ 检测仪被学校的学生们戏称为"清白验证器",一共 20 台,面向广场一字排开,像一排透明的电话亭。每个亭子都是半封闭式的,受检者只需站在里面把左手食指伸进那个圆孔就行了。在一丝如蜜蜂轻蜇般的感觉后,结果马上就会显示出来。绝大多数人都会听到一串钢琴的欢跳声,同时看到视屏上打出的一段文字:你是一个洁身自好的人,你太棒了!这个世界是属于你的!当然,在每年 4 次的季检中,每次都有听不到那段音乐,也看不见那段文字的人。仪器一旦检测出 IZ 呈阳性后,就会立即把一股迷幻烟雾喷向受检者的面部,同时发出刺耳的尖叫,在受检者快要倒地的一瞬间,站在旁边的警察就会冲上前去,把失去知觉的受检者架进隔离室,然后由研究所的工作人员抽血复查。有必要说明的是,这时的"清白验证器"已经相当先进,哪怕人体内有极少量的病毒存在,它都能准确无误地检测出来,而那些老式的检测仪,要人感染 4 ~ 12 周后才能验出结果。

另外,每次季检,总是安排研究所的工作人员先接受检测,然后才是普通民众。

全所七八十人站到了 20 台仪器前,立纯本能地躲到了后面,但她前面却只有小月和另外两个人,按每人 10 秒计算,30 秒过后就要轮到她。这让她越发不安起来,一颗心像被提到了嗓子眼,但这种纠结只是一瞬,很快就听小月叫了一声:"OK!立纯姐,该你了。"

小月闪到一边,然后用一种异样的目光盯了立纯一眼。立纯心里一颤,略微迟疑了一下,但还是抬脚踏进了那个像竖着的棺材似的方盒子。她的心怦怦直跳，她那缓缓伸出的左手也不停地颤抖着，她只能尽力保持平静，把她的左手伸进那个黑乎乎的圆洞。

一秒、两秒、三秒……立纯的头嗡嗡地响着，心里在不停地安慰着自己：没事的，我不会有事的，我还有重要的任务要完成，我还要等着之星回来一起想办法……就在立纯倾心等待那串欢快音符如期响起的时候，一股不该飘来的醉人花香沁入了她的心脾，她感觉自己醉了，缓缓醉倒在一个光影斑驳的花园里……

立纯醒来的时候，发现自己正半躺在隔离室的小隔离间里，手腕上已经多了一副冰凉冰凉的手铐。她当即明白了这是怎么回事，顿时，一阵被困在漆黑矿井下的窒息感向她袭来，她感到胸口被巨石压住，让她无法呼吸。过了好久，她才喘过气来，凄惶而惊恐地仰头尖叫了一声："不——"

她颓然倒地，失声痛哭。哭自己，哭父母，哭小星，哭所有城堡中的 IZ 人，哭还在太平洋上空飞机上对此毫不知情的蓝之星。

不知哭了多久，小月和所长还有好多同事都来到隔离间前。同事们纷纷安慰，希望她安心地进去，他们会加快攻克病毒研究步伐，他们坚信消除城堡隔离的日子已经不远了。所长并不知道立纯的遭遇，以为她是在研究过程中受到了感染，因此不断向她道歉。

小月一言不发，只是一个劲儿地陪着立纯哭，伤心欲绝。等其他人都走了，小月才缓过劲来，隔着铁窗说："都是我的错！我怎么那么粗心呢？竟然拿错了阻断药瓶都不知道，我还有什么资格活在这世上啊？之星哥回来怎么办？我该怎么向他交代呀？立纯姐，是我害了你，要不，我去求他们，让他们把你留下来，作为血样提供者留下来。"

立纯见小月如此伤心、如此自责，心一下子软了下来，一种宿命感同时占据了她的心。她对着泪人儿似的小月，无奈地摇摇头，然后长长地舒了口气说："事到如今，还能怪谁呢？都是命，命中注定的事情谁也变不了，只能认。在我为自己的命运哭泣的时候，我已经想明白了一些事理。我前天晚上遭到袭击，昨天早晨你拿错了阻断药，昨天上午和 IZ 人近在咫尺，今天又被查出感染 IZ，这一切，难道不是有一种神秘力量在冥冥之中精心安排吗？我甚至已经感觉到那股神秘力量的存在了，它的目的非常明确，那就是要我到城堡里去，去见我的爸爸，我的妈妈，还有我们的小星哥哥。同时也顺便把那消息传递进去。对，错不了的，这就是上苍的安排，是上苍赋予我的使命！"

"不！立纯姐，不是那样的！都是我害了你！都是我害了你呀！"

"别争了，我已经看清自己要走的路了，我知道该怎么做的，你也不用去和王锐那色鬼周旋了，刚才还担心晚上不好应付呢，这下你也省心了。"

"立纯姐，我……"小月把双手伸进了铁窗，握住了立纯戴着手铐的手。

立纯任由小月紧紧地握着，继续说道："小月，我进去之后，最难过的就是之星了，答应我，替我照顾好他。"

"我？我怎么照顾他？"小月心里一阵慌乱，想松开立纯的手，但又被立纯紧紧地攥住了。

"不，小月，你得帮他。"立纯捏了捏小月的手，"你要分担他的痛苦，把他从痛苦中拉出来 —— 你帮我找几张纸和一支笔吧，我给他写封信 —— 我手机被收走了。"

12. 李叶生死

大殿内，齐小星坐在白言冰留给他的象征权威的宝座上，不怒自威。

大殿两边，不同职能部门的主管分列左右，一副忠心耿耿的样子。

"把李叶带上来！"负责刑事的主管一声命令，门外的侍卫一个接一个将这道命令传下去，听上去就像不断回荡的回声渐次远去。

不久，一个用木条钉制的囚笼被抬进大殿，摆到众人面前。

囚笼里，李叶形容枯槁，目光呆滞，一双枯手死死抓住囚笼上的木条，好像不抓牢了自己就会飞起来似的。

齐小星垂眼看了看下面的囚笼，面无表情地说了声："开始吧。"

负责刑事起诉的主管欠身出列，开始宣读李叶的罪状：

"李叶贵为老堡主白言冰的夫人，理当修身养德、垂范天下，但李叶一直放荡不羁、装疯卖傻，不断做出辱没老堡主尊严的事情。更于城堡历 22 年 8 月 7 日 15 时，悄悄潜入新堡主夫人寝室行凶杀人……证据确凿，恳请堡主根据城堡法裁决。"

负责刑事起诉的主管是一个青年人，一副文弱书生的样子，他大声念完诉状，抬眼看了看齐小星，随即将诉状递给侍卫，之后退回文职官员队列。

侍卫接过诉状，转呈齐小星。

齐小星满脸肃然看了看状子，又举目扫了一眼在场各职能部门主管，才不紧不慢地说道："各位，你们觉得这案子该怎么断？"

"这……"众人面面相觑，一时语塞。

一阵让人心悸的沉寂之后，负责统筹城堡内所有职能部门的首领出列。他进堡不久，尚未发病，身体健壮，声若洪钟："堡主，这案子不难判决，按《玉山城堡律》第 27 条和 69 条规定，凡杀人者必偿命，不分贫富贵贱，皆不能例外。"

话音刚落，一位司职督察堡内法纪的主管站了出来，他和老堡主白言冰几乎同时进入城堡，对白言冰和李叶都有很深的感情，他的身体已经相当虚弱，但还是抑制不住内心的激动："堡主，李叶是在无意识的状态下杀人的，她当时正值精神病发作期间，不应该为自己的无意识行为负法律责任。"

"堡主，必须按法律行事啊！不然百姓上行下效，命案连连，势必造成社会动荡、人人自危的局面。"

"堡主，望三思后行！老堡主此时正值重病期间，我们需要考虑老堡主的感受！若此时处决李叶，恐怕更会引发不安和动荡……"

"是啊。"少年老成的卫生部门主管附和，"老堡主对城堡的贡献有目共睹，我们能有今天，全都仰仗老堡主的英明领导、励精图治，加之堡主夫人是在无正常意识状态下杀人，就这样处死她，跟滥杀无辜有何区别？"

各职能部门主管纷纷附和卫生部门主管。这卫生部主管在城堡内算得上最重要的职位之一，他的主要职能就是负责组织堡内人员的生殖、疾病防治以及病毒疫苗的研制等工作，一句话，他主宰着堡内人员的健康与繁衍，关乎着城堡社会能否后继有人，能否持续发展，能否欣欣向荣。这位卫生部主管是他母亲肚子里带进城堡的，是城堡中的第一代原住民，他的健康成长是城堡兴旺发达的标志，因此齐小星对其极为倚重。

齐小星原本便不想处决李叶，一来因为她是白立纯的母亲，二来他深知李叶发疯是自己的养父齐大阳造成的——齐大阳不但玷污了李叶的女儿白立纯，并在事后因担心东窗事发影响自己仕途而故意让李叶染上 IZ 病毒，并将其送进了玉山城堡。齐小星曾目睹养父齐大阳在李叶身上注射病毒的过程，他敢怒不敢言，只能把仇恨的种子悄悄埋在心里。后来他常拿小月出气，对她忽冷忽热，让小月神魂颠倒，茶饭不思。也因此，3 年前小月的母亲姚姬才会因为爱女心切，担心小月为情所惑，于是暗中找来黑五星党匪类，对齐小星做了手脚。

既然深知李叶的种种委屈，齐小星自然乐得留李叶一命，于是便就坡下驴说道："那就依各位意见，等老堡主百年之后，再审这个案子吧！"

众人一怔，但随即都长长地松了口气。

而李叶对大殿内关乎自己生死的争议却浑然未觉。直到4名侍卫把她抬出大殿，她都满面茫然，未发出一点声音。

这之后，主管户籍和农业的官员提出了另外一件需要堡主裁决的事项。这位主管是一位健壮的青年，皮肤黝黑，进城堡之前曾是渝江市的一个大农场主，在发展农业生产方面有独到见解。"堡主，今天是'季检'的日子，外边又有一批新人要被送进来，我们该把新人安置在哪个州居住呢？"

齐小星想了想："按规矩该安置到北部州，但那里太远，我不想把他们安到那里去。就把他们安在中部州吧，这里离王城近一些，我可以就近询问外面的最新情况，这对建设我们的'桃源社会'是有帮助的。"

"好的，我这就去为他们安排住房。"

"一起去吧。我也想了解一下堡内人等的居住情况。"

"好的，是坐轿，还是乘马车？"

"马车吧，我们要逐步适应没有汽油的日子，外面对我们的供应越来越少了，看来他们的危机已经相当严重，我们要多养马匹才行呐。"

"好的，我会把你的意思传达给各州。"

"散会。"众人纷纷退出大殿。

齐小星到后面换了一身出巡时穿的便服，然后在 8 名侍卫的护卫下走出王城。

户籍主管这时已经准备好车马。齐小星轻车简从，坐上一辆四轮马车，在几名侍卫的陪伴下，与户籍主管出了王城，穿过玉水河上的文风桥，往南一拐，就上了贯穿南北的州际马路。

临近中秋的阳光明丽柔和，把秋天的原野照耀得澄明透彻，风像柔软的丝绸暖暖地拂面，让人突生一种想展翅飞翔的欲望。两边都是新近开垦的田野，越冬作物已经抽出了嫩绿的幼苗，青青的菜畦翠色欲滴，金黄的稻草像一个个草人，向过往的人们诉说着丰收的喜悦……

齐小星一路上敞开车帘，近乎贪婪地欣赏着种种让外面的人无法想象的人间美景，一幅幅更加美好的未来图景在他的脑海中不断闪现。他在接受白言冰的职位时就已经下定决心，要把 IZ 城堡建成人间天堂，要把这座死亡之城建成充满生机、充满祥和、充满安宁的世外桃源。他们正在一步一步地往那个目标靠近，母婴阻断技术的实施，已经让相当比例的新生儿成为健康人，人口已经稳定在 20 万左右，平均寿命已经超过 35 周岁，这已经足以从时间上保证 IZ 人的正常繁衍。荒芜多年的耕地逐步被重新开垦出来，人均耕地已经达到半亩左右，蔬菜已经可以自给自足，今年生产的粮食也可以自给 3 个月了。治疗 IZ 病的药物也可以自己生产一部分，原料完全靠自己种植。只要再给他 3 年时间，他们完全有能力把城堡建成人们心中的理想王国。这样的王国，是外面那个物欲横流的世界无法比拟的，因为外面的人总是有太多的贪婪和奢欲，对物欲的无止境的追求已经扭曲了他们的灵魂，在他们的国与国之间、人与人之间，只剩下无休止的争斗、掠夺与杀戮。

一小时后，齐小星在玉水河自然形成的一个河湾边停下来。中部州州长已经带领一帮官员在那里迎接。这里属于中部州州府所在地百凤驿管辖，已经看得见远处高低错落的高楼。这里离云山很近，能清清楚楚地看着太阳从外面的天空爬上来，山脚就是那个通往南瓷城的隧道。这里风光旖旎、景色宜人，是百凤驿著名的休闲居住场所，一般只有官员和对社会贡献较大的人才有资格在此居住。

齐小星下了马车，中部州州长和一应官员赶忙迎上来。齐小星问："新人的居所准备好了吗？"

"已经准备好了，因为地方有限，只能安置在玉水河边这一带。"州长犹豫了一下，继续说道，"但玉水河一带历来供官员阶层休闲娱乐所用，就怕这里的官员们有意见啊。"

齐小星显然很不满意州长的这种说法，瞪了他一眼说："这样不是很好吗？以后我们都要做到人人平等，你要逐步把思想转过来，我们的目标就是要建立一个人人平等的理想社会。"

"是，明白了。"

"带我到安置区去看看。"

中部州州长不敢怠慢，赶忙躬身在前面带路，把齐小星带到河湾南面的几幢粉墙黛瓦的小洋楼前。齐小星看了很满意，当即对身旁的户籍主管说："以后我们要让所有居民的住房都达到这个标准，把那些住在高楼里的居民都搬下来。没有电的高楼实在太难爬了，特别是那些住在二三十层上的。好的居住环境对延长民众的寿命是有帮助的，你们说是不是啊？"

"是的，堡主英明，环境决定寿命。"户籍主管马上回应，一副铭记于心的样子。

看到如此舒心的居住环境，齐小星蓦然想到了自己的生母，她住在哪里？她还好吗？她在城堡建立之初的两三年就进来了，她当时是怎样进来的仍然是个谜。齐小星刚进来的时候，曾经到处找过，当上堡主之后，更是动用了全城堡的力量去找，可是母亲是死是活，至今音信杳无。

13. 人肉信使

渝江大学病毒研究所前面的广场上，一队新的 IZ 感染者戴着手铐，被一队荷枪实弹的士兵从隔离室里押出来，往几辆搭着梯子的囚车上送。

那排"清白验证机"依然像竖立着的棺材似的立在广场前，静静地沐浴着下午温暖的阳光，好像眼前发生的一切与它毫不相干。

白立纯从幽暗的隔离室出来，刺眼的阳光晃得她的眼睛只剩一条缝，她一身素衣，齐肩的秀发梳理得很整齐，一步一步爬上囚车，隔着铁栏回望那幢米黄色的研究大楼。那幢大楼曾经是她与 IZ 病毒搏杀的战场，是她放飞梦想的起点。她原本希望经过拼搏，让 IZ 病毒乖乖地臣服于自己的脚下，让那些被主流人类弃之于城堡中的 IZ 人走出城堡，重新回到亲人们的怀抱。可是，从今往后，这一切注定要成为永远无法实现的梦想。她也成了 IZ 人，她已经被主流人类所抛弃……

小月站在警戒线外的榕树下，以手遮额，尽力想把逆光之中的立纯看个清楚。但阳光过于刺眼，她看不清立纯的面容，只看到一个木然的"剪影"被押送的士兵推上了囚车。

立纯默默地站在车尾的铁栏边，极目眺望远处那些送行的人影，却怎么也找不到蓝之星的影子。没想到几天前的分别竟成永别！

囚车开动了，五六辆囚车载着一百多名"季检"中查出的 IZ 携带者，向 IZ 城堡呼啸而去。车上的人都拼命地往车尾挤，好向远处的亲人挥手告别。被拦在警戒线外的亲人们也拼命地往前挤着，奋力呼喊，那场面就跟眼看着装在棺材中的亲人马上要被倾泻而下的泥土掩埋时一般。立纯趁人们把她挤离车尾之前向远处的小月扬了扬手，算是为她俩十多年的姐妹之情画上了一个空洞的句号。

在白立纯被押上囚车前四十分钟，蓝之星乘坐的国际航班在渝江机场降落。飞机刚一着地，他就迫不及待地拨打立纯的电话，但得到的回音是"你拨打的号码是空号，请查证后再拨"。这怎么可能？昨天晚上才联系过的，怎么竟成空号了？他有点不相信自己的耳朵，接着又重拨了一遍，但得到的回音还是那句标准的提示音。难道立纯出事了？蓝之星的心里顿时笼上了一层不祥。于是马上又拨小月的电话，这才得知一切。于是挂断电话后一路冲出候机楼，向马路对面的停车场跑去，连那个装着"华尔街牛"的行李箱也顾不得去取……

冲进停车场，因为心急，蓝之星一时间竟想不起自己的车停在了哪里，在晕头转向地找了好几圈之后，他才想到了遥控钥匙上的找车功能，他赶紧按了几下，才发现他的座驾就在不远处的角落里一边闪灯一边鸣叫。蓝之星几步跑过去钻进座驾，飙车似的往渝江大学开去。

四五十分钟的车程他只用了十几分钟，等他赶到时，正好看见小月的车从大门里开出来。小月认识蓝之星的车，赶忙左打方向紧贴着他的车嗞地刹住，随即降下车窗冲他吼了一句："立纯被送走了，快跟我来！"

蓝之星的大脑"嗡"的一响，顿觉天空一下子塌了下来——天哪，难道此生见她最后一面的机会都不给我了吗？没等他回过神来，小月的车已经绝尘而去，他赶忙掉转车头向前猛追！蓝之星已经明白他的立纯要去的地方，他顺着通往南瓷城的公路一路飞驰，很快就追上了那队有警车开道、有警车断后的囚车队伍。小月的车和好多送行的车都跟在后面，形成一个浩浩荡荡的送行车队。

蓝之星驾着他的座驾左冲右突、见缝插针，550匹马力的八缸发动机疯狂地嘶吼着，尖利的喇叭声和刺耳的刹车声此起彼伏。在接二连三的险象环生之后，他终于挤到小月的旁边与她并驾齐驱，但前面并行的两辆警车挡住了超车的线路，他想超过警车到囚车队伍中逐一搜寻立纯的希望落空了。这让他异常绝望，他猛然转向小月的方向号叫道："究竟发生了什么？快告诉我！"

小月被吓了一跳，手持方向盘的手也跟着哆嗦了一下："你问我，我问谁去？"

"为啥不早点通知我？"蓝之星继续吼道。

"这得问你自己。"

"你们为什么这样绝情,连让我和她见最后一面的机会都不给?"

"求你别吼啦!有用吗?"小月几乎要哭起来了。

"我和他们拼啦!"

蓝之星已经达到歇斯底里的状态,他猛踩油门,往右猛打方向,向右边的临时停车道猛冲过去,嘭的一声,前面的警车被他撞得偏离方向,一头向左扎在小月的车头前面,小月一惊,手脚并用,避开了只差分毫的碰撞。蓝之星不顾一切,继续顺着撞出的空当猛超,还没等被撞偏的警车回过神来,他已经冲到了两辆囚车的前面。就在后面的警车向他鸣笛示警的时候,他看见一个熟悉的背影侧靠在囚车旁边的栏杆上。蓝之星一阵激动,一边猛按喇叭,一边拼命连声呼喊:"立纯!立纯!立纯!……"

立纯仍然侧身坐着,并没有如蓝之星预料的那样应声回头。难道她的神思已经飞入城堡,只把这空空的躯壳留在这囚车里?难道她已经正视了这场注定的永别,因此对蓝之星的呼唤充耳不闻?

蓝之星继续拼命狂喊,但立纯仍然静穆地坐着,仿佛执意要把一个柔弱的背影,在蓝之星空荡荡的心中,坐成一个永恒的定格!

蓝之星骤然明白:就在这一瞬间,他已经永远失去眼前这个他最疼爱的女人了,他们之间所有的恩爱、所有的思念、所有的牵挂,都被眼前这层透明的时空隔开了,隔成了咫尺天涯,隔成了天上人间！

嘭！随着一声猝然的撞击，蓝之星感到眼前有无数的金星在乱溅，随即就什么都看不见了。

立纯感觉到了蓝之星追来，也听到了他撕心裂肺的呼喊，但她不能回头，也不敢回头，她怕在回头的那一瞬间，那四目如炬似闪电般猛击的能量，会把她所有的理智和所有的记忆在顷刻间化为乌有！她也听到了那声猛烈的撞击——那声让她那颗原本脆弱的心为之一紧的撞击，她知道他受伤了，可能还伤得不轻，但那又有什么关系呢？他的一切的一切，都与她不会扯上任何关系了。

在蓝之星发生车祸的地段，已经离南瓮城的"还阳门"不足300米，在囚车鱼贯进入"还阳门"的时候，立纯还挤到了囚车的最后面，她要抓住"还阳门"关闭前的那一瞬间，最后看上一眼她那不知死活的男人。可是，还没等她辨识出那辆再熟悉不过的座驾，"还阳门"就缓缓地关闭了。一切，就这样被无情地关在了外面。

"不——"终于，一声尖利的号叫，从立纯喉咙深处呼啸而出，泪水似洪水决堤一般奔涌，眨眼间模糊了双眼。

在立纯和一百多名 IZ 感染者还在生死炼狱中痛苦挣扎的时候，几辆囚车已经驶过"还阳门"后的广场，在"阴阳门"旁的更衣室前停下来。立纯和一百多号感染者被带进更衣室，押送的士兵为他们打开镣铐，每人发给一套蓝不蓝灰不灰的长袍子。他们就这样当众脱掉所有外面的衣服，并卸下所有的金银饰品，包括结婚戒指。立纯也和其他人一样，毫不羞涩，把整个身子脱得一丝不挂，把蓝之星送她的结婚戒指也摘下来，扔给那个在一旁看得面红耳赤的年轻士兵，然后赤条条地穿上里面发的服装，摇身一变成了一名布衣女子。在整个更衣的过程中，所有人都缄默不语，只听到衣服与身体摩擦的窸窣声和自己心跳的咚咚声。那情景，仿佛是一群看破红尘之人，正在经历着一场难熬的剃度；又像是一群烈火炙烤下的凤凰，正在经受着一次痛苦的从健康人到 IZ 人的涅槃和蜕变。

立纯跟着队列走到了"阴阳门"前，紧接着，那扇长年紧闭的生死之门，就在一阵嘎嘎嘎嘎的怪叫声中洞开。立纯站在那道高高的大门前，略微迟疑了一下，就不由自主地跨了过去。

大门轰然关闭的一瞬，一个清晰的画面，不合时宜地在立纯的脑海中闪现出来——

"新郎蓝之星，你愿意娶新娘白立纯为妻吗……"

"我愿意！一千个愿意！"蓝之星单腿跪地，把那枚象征永恒的钻戒戴在了她的无名指上……

14. 阴阳永隔

那个追尾事故看似严重，但对蓝之星并没造成多大伤害，警察把他从安全气囊上拖出来时，他已清醒过来，并赶上了看"还阳门"缓缓关上的最后一瞬。

蓝之星想奋力挣脱警察的手，想冲到"还阳门"边和立纯告别，不想另一个警察又一把将他死死地按在车头上，接着他就被一个凉凉的东西铐住了。

"别铐他！"小月跑过来，大声喊道，"别铐他！他是蓝之星！"

一个警察把蓝之星推过来，仔细看了看："你真是蓝之星？那个写《IZ城堡——我们的平行世界》的大记者？"

"赶快打开手铐，让他拿证件给你们看！"小月盛气凌人地说。

两个警察迟疑了，其中一个年少的说："可是，可是他擅自冲撞囚车队伍是严重违法事件，我想这个你们也是清楚的。"

"违你妈个法！"小月骂了起来，"你他妈理解他当时的心情吗？眼睁睁看着才结婚一个月的妻子被送到里面去却毫无办法，换你急不急？如果你遇到这样的事情你会怎样？你还有点同情心没有？你的良心让狗吃了啊？你敢担保你这辈子不会遇到这样的事情……"

"呵！看不出来啊，这么漂亮的姑娘说话那么动听！"另一个年长的警察看小月已经骂得满面通红，赶紧用一种奚落的口吻打断了她。

哪知小月一听更来气了，指着那个警察的鼻子大骂道："漂亮就不能骂人了？难道骂人是你们这帮丑八怪的专利不成？你不马上打开他的手铐试试，本姑娘不把你们祖宗八代骂得尸骨乱颤，不把你家燃气灶骂得打不着火我就决不姓齐！"

"好了好了，我们又不是你骂大的，你想骂就骂吧，我们洗耳恭听。"年长的警察来了个以守为攻，一副死猪不怕开水烫的样子。

"你……"见他这样，小月反而不知所措了，"你……"

"骂呀！你骂呀！怎么不骂了？"年少的警察趁机幸灾乐祸。

刚才还是满面通红的小月脸色一下子变得煞白，她不得不软下口气说："你们究竟要把他怎么样嘛？我不骂你们了还不成吗？我给你们道歉，给你们赔个不是，好不好？"

蓝之星见他们闹了这么半天，这时说话了："小月，别求他们了，你这是在为难他们。我认了，随他们吧。"

小月哇的一声哭了。

年少的警察见小月不顾仪态地哇哇大哭，反而急了，用手碰了碰另一个年长警察，悄声说："要不按一般交通事故处理吧，你看行不？"

年长的白了他一眼，轻声嘀咕了一句"过不了美人关的东西"，接着大声说："好了，别哭了，我看这样吧，就按一般交通事故处理，这样我们也好交差。"

小月破涕为笑……赶紧满脸讨好地说："太感谢两位哥哥了，刚才都是我不好，我该怎样感谢你们才好呢？"

"感谢就不必了……"年长警察打开电脑，按一般交通事故为蓝之星办理赔偿、罚款等手续。蓝之星签字后，警察开车离开。

"走吧，我们回家。"小月望着一脸悲戚的蓝之星。

"你回去吧，不用管我。"蓝之星木然地站在他那被撞瘪的车头前，满眼凄迷地望着那扇造型怪异的"还阳门"。

小月只好陪着蓝之星在"还阳门"前痴痴地站着，一直站到太阳落到云山后面，才好说歹说把他劝进自己的车里。30 分钟的车程足足开了 50 分钟，他们才一前一后地开进了蓝之星楼下的车库。

蓝之星垂头丧气地走向电梯，小月亦步亦趋地跟了过去，蓝之星回头对她大吼："别跟着！我不用你管！"

可小月还是厚着脸皮跟了进去，蓝之星把脸扭向一边，不理她。走出电梯，蓝之星再次冲小月大吼："你听见没有？我不要你管！"

小月知道蓝之星心里难过，对他的粗暴一点不在意，等他打开房门还在愣神的当口，就已经从他身边挤了进去。

蓝之星走进这个他亲自设计的新房，看着处处充满立纯气息的温馨摆设，忍不住扑在床上呜呜恸哭起来。这床可是他和立纯还没睡上 20 天的新床啊！

小月牢记着立纯的嘱托，把照顾好蓝之星看成了自己的应尽之责。她走进厨房，把立纯平时穿的围裙系在腰上，手忙脚乱做起晚饭来。立纯是个热爱生活的人，对厨艺十分喜爱，一本翻开的菜谱还摆在电磁炉前面。小月拿过来一看，正好是鱼香肉丝的制作方法。她曾经听立纯说过，蓝之星最喜欢吃的菜就是鱼香肉丝。小月决定照着菜谱做一道鱼香肉丝给蓝之星吃。

忙了一个多小时，以鱼香肉丝为主菜的晚餐摆上了饭桌，一身家庭主妇模样的小月走进卧室叫蓝之星吃饭。

蓝之星已经停止了哭泣，他擦着哭红的眼睛走了出来。他在平时的位置上坐下，小月坐在了立纯的位置上。

小月没敢看蓝之星的眼睛，推了推那盘闻着酸不拉叽的鱼香肉丝说："快吃吧，今天第一次做，可能不怎么好吃，但我以后会做好的。只要你愿意，我天天做给你吃。"

"你自己吃吧，我再也不会吃这道菜了。"蓝之星冷冷地说。

"那我们就不做这菜了，你喜欢吃什么我就给你做什么。"

"别操心了，你能告诉我是怎么回事吗？"蓝之星放下筷子，一双血红的眼睛向野兽盯视着它的猎物。

小月触到了他的目光，心里微微一颤，怯生生地说："我们谁也不清楚，也许是在实验中染上了 IZ。"

"怎么可能？立纯是那么小心细致的一个人，一定另有隐情。"蓝之星一脸怀疑。

"快吃饭吧，吃完饭我有立纯的东西转给你。"

"什么东西？"

"你必须先吃完饭，我才给你。"

蓝之星不再答话，埋头赌气似的大口吃起来，吃得贪得无厌，吃得惊心动魄，像要把所有痛苦和不幸都吃进肚子里，让胃液把它化掉！

蓝之星使劲咽下最后一口饭，把碗一搁，用快噎得背气的声音说："快给我吧！"

"好吧，希望你看了之后别伤心，要扛住。"小月说着走到客厅的沙发边，打开自己的包拿出一封纸质书信递给蓝之星，"这是立纯让我转交给你的。"

蓝之星像捏住了立纯的纤纤玉手似的，把信紧紧地攥在手里，跑进卧室关上门，迫不及待地撕开信封，展开信纸读起来——

之星哥：

请允许我最后一次这样叫你，我多想这样一直叫你到老啊！

我们注定没有那样的机会了，无情的命运甚至不等我们见上最后一面就把我们彻底分开了。

之星哥，你为啥要在7年前的那个夜晚救下我呢？如果在那个生死交错的关口，你没有一把抓住我的手，我们就不会有今天这场令人肝肠寸断的离别了。你预料到这样的结局了吗？你预料到我们连蜜月都不能度完就会天各一方吗？你知道吗？你离开的日子我一直都在忙着操练厨艺，我一气买了3本菜谱，我已经掌握了鱼香肉丝的制作方法，正等你回来给你一个惊喜呢。"上得厅堂，下得厨房"，这是我嫁你后对自己的起码要求，我暗下决心，一定要让你成为这世上最有口福的男人。

之星哥，你可能要说，现在说这些还有什么用呢？是啊，其实已经没有用了，但我还是要对你说，因为从这些烦言琐事中，你可以看出我是多么的爱你！我舍不得你，我放心不下你，可是再也没有机会照顾你了。

之星哥，你是我生命中最重要的人，是你的爱让我在7年前的那个夜晚重生，是你的爱治愈了我心灵的伤痕，是你的爱一路伴我快快乐乐地走到了今天。我忘不了那两千多个有你的白天和夜晚，我忘不了你那宽厚的胸膛和温暖的臂弯，我忘不了云山上燃烧的红叶，我忘不了我们家窗外的长河落日、万家灯火、朝霞满天……我有太多太多的"忘不了"，我该怎么办？！

之星哥,你可能会问,我是怎样染上IZ的。但我现在不能告诉你,你也别问小月,她一点也不知道内情。只有一点是肯定的,我染上IZ纯粹是因为一次意外,我没有做任何对不起你的事情。

之星哥,还有一点我必须告诉你,我这次进入城堡,看似偶然,实际上是宿命,是你我都无法抗拒的宿命,你以后自然会明白的。正好我可以去寻找我的爸爸妈妈,他们也是我一直潜藏于心中的牵挂。你不用担心我,也许爸爸妈妈都还健在,他们会照顾好我的。

之星哥,还有最后一点我不得不说,在你的世界里,从今天起就不会再有一个叫白立纯的女人了,但你还很年轻,你还有很长的路要走,你也需要照顾和眷爱。希望你面对现实,彻彻底底地忘掉我,重新开始属于你的生活。对了,我已经和小月谈过了,她是个和我心有灵犀的好姑娘,我才说到一半她就理解了我的意思,她说她愿意替我来照顾你,我相信你们会幸福地走到一起的。希望你不要拒绝她的感情,她是一个比我更优秀的女孩,你会爱上她的。答应我,不然我会在那边的世界里感到不安的。

之星哥,还有一个小秘密本来不想告诉你,因为我不想你有更多的牵挂,那样你会更难过的。但这是涉及我们两人之间的最后一个秘密了,但愿它能给你带去一丝安慰。我现在就悄悄告诉你:我怀上了你的孩子,你要做爸爸了,你高兴吗?我向你保证,我一定好好地把他生下来,好好地把他抚养成人，并骄傲地告诉他：你的爸爸是位大作家，他叫蓝之星。

永别了，之星哥，最后送你8个字，望你铭记：往事随风，凡事随缘！

不能再爱你的白立纯

15. 初入城堡

齐小星一行视察了新人的安置点后，就在中部州州长的陪同下进入了百凤驿。

中部州州长已经把地处河滨的一家专做"百凤鱼"的餐馆包了下来。"百凤鱼"已经有半个多世纪的历史，是上个世纪百凤驿的一位姓唐的老厨师所创，麻、辣、鲜、香为其最大特色，"糖醋鱼""豆瓣鱼"和"麻辣鱼"为其主要代表，后来又派生出"水煮鱼""酸菜鱼""尖椒鱼""飘香鱼""跳水鱼""粉蒸鱼""火锅鱼"等数十个品种，使百凤驿成为闻名遐迩的鱼乡，全国各地都有它的分号，连美国的唐人街都有"百凤鱼"的招牌。城堡建立后，渝江市为了保住"百凤鱼"这块金字招牌，特地在城堡外面的云山下辟出一块地盘，建了一个规模宏大的"百凤鱼城"，希望借此让"百凤鱼"在其发源地之外发扬光大。但令人遗憾的是，人们再也品不出百凤驿"百凤鱼"的原汁原味，总觉得少了一种百凤鱼独有的回味。人们都认为这跟百凤驿边玉水河特殊的水质有关，离开玉水河的"百凤鱼"就不叫正宗的"百凤鱼"了，这就跟离开茅台镇酿出的茅台酒就绝非正宗的茅台酒一样。城堡里的"百凤鱼"曾一度失传，但最近几年，随着城堡自然经济的发展，人们又回味起"百凤鱼"这个昔日的美味来，幸好有几位老厨师还在，于是，绝对正宗的"百凤鱼"再次在城堡中名声大噪。

齐小星一行走进这家名叫"临渊羡鱼"的小餐馆，眼前的景致令人顿生一种别有洞天的感觉。

餐馆别具风韵，七八间茅亭草舍散落于竹林之中，清风徐徐，竹叶婆娑，玉水河在竹林边低吟浅唱，泛着粼粼波光。

老板是一位二十多岁的漂亮女人，一头直发齐肩，虽一身素装，却丝毫掩盖不住她那风姿绰约的身线和韵致。她一边向齐小星介绍店铺的经营情况，一边把他们带到临河的一个草亭里。

女老板请齐小星点菜。齐小星不假思索点了个"麻辣鱼"，并说吃"百凤鱼"不吃麻辣味就等于没有吃，那种花椒的麻和海椒的辣对味蕾的极度刺激是任何感觉都无法比拟的。说罢，又笑着问那女老板叫什么名字？

女老板抿嘴一笑："你是问我里面的名字，还是外面的名字？"

"当然是里面的，如果你告诉我你外面的名字也行，那是我的荣幸。"

"外面的就不必了吧，外面的名字在这里已经没有任何意义。"女老板说到这里，俏脸上掠过一丝感伤，"我现在叫202812167384（城堡内的人都用编号作名字，这样做是为了让堡内的 IZ 人忘记外面世界的纠葛牵绊……为方便读者记忆，文中此前出现的人物将编号全部略去），我想你记不住的，我都记了好久才记住，最初他们叫我这名儿时我都是充耳不闻的，还以外是在叫别人呢。"

"我已经记住了，20181216 是你进来的时间，7384 是指你是这一年里进来的第 7384 个人。不错，这个数字不错，7384 就是'七生八死'，就是大难不死的意思，对我们来说，这已算是吉兆了……"

"呵呵，我们想到一块儿去了。"

"你在外面是学什么专业的？"

"在外面是学经济学的 —— 普林斯顿大学博士。"

"高材生啊！"齐小星由衷地赞叹。

"那又有什么用呢？"7384 神色一黯。

"当然有用。你能帮我分析一下外面持续已久的经济危机的成因吗？还有就是：我们该如何应对外面的危机对我们造成的影响呢？"

"这……恐怕一时半会儿说不清楚。我先去安排饭菜，边吃边谈吧。"

齐小星见她言语得体，便说："你去吧，等会儿一起用餐。"

等 7384 一走，一直站在身后的户籍主管欠身说："堡主，恭喜！"

"恭喜什么？"齐小星莫名其妙。

"恭喜堡主有新知音了啊。"

齐小星这才明白他们的意思，不觉心里微微一动，但却说出了另外一番话："各位，我想的不是这个，我是想把这样的人才搁在这里是一种浪费，她是学经济学的，我想让她把城堡的经济抓起来。你们看给她个什么职位好呢？"

……

白立纯和感染者们跨过"阴阳门"后，一溜老式客车就载着他们开进了隧道口的"阴曹门"。

在漆黑的隧道里，立纯感到跌进地狱的过程也不过如此。车灯只能照亮很近的距离，两边的洞壁黑黢黢的，伴着惨惨的阴风呼呼退去，前面的黑暗无休无止地迎面扑来，让人感觉是在往一个引力越来越大的黑洞里急坠。

车厢里没有光，所有人都不说话，只有马达的轰鸣被隧道两旁的石壁清晰地反弹回来。立纯的心忐忑着，在这令人窒息的黑暗中穿行了很久……洞口终于出现了光亮，前面豁然开朗，一片绿野连绵的浅丘地带出现在眼前。只见在那些低矮的山坡下，城镇的房舍被浓密的树荫和竹林所掩映，只露出一张张羞涩的粉脸。汽车从昔日的高速路下道，驶进了一条树荫交错成穹顶的林荫大道，树叶的清香和野花的芬芳迎面扑来，立纯觉得呼吸立即畅快起来。

立纯深深地吸了两口在外面的世界无法呼吸的新鲜空气，

郁结于胸的愁闷顿时消解了好多。她开始对这个陌生的世界展开憧憬，她开始设计就要开始的崭新生活，她想到了她的爸爸妈妈，想到了她的小星哥哥，他们都还好吗？她又害怕去想象他们现在的情况，她害怕那些在她头脑中像幽灵一样不断闪现的预感变成现实。但不管怎么说，她已经进来了，"外面"的一切都与她毫不相干了。

在百凤驿郊外那座古老的石牌坊下，身着霓裳羽衣的姑娘们舞着彩绸，扭着秧歌，敲锣打鼓迎接他们来了。立纯他们被带下车，按编好的队列站在牌坊前。一队官员模样的人朗声说道："我是本堡户籍主管，我代表堡主在此迎接各位新人。本来堡主要亲自迎接大家的，但因有要事处理，已经返回王城去了，堡主过后会来看望你们的。下面本官代表堡主向各位新人致欢迎词。"

16. 吐露真相

齐小月正在洗碗，手机响起来。她赶紧擦干手去拿手机，发现是一个陌生号码，一听，原来是王锐打来的，他开口就是一个"小月妹妹"，顿时让小月周身起了鸡皮疙瘩。小月没好气地说了声"打错了"就掐断了电话。

可还没等她转过身，电话又令人心烦地响起来，小月狠狠地按下接听键："你是不是有病？你没见我正在忙吗？"

"呵呵，我是王锐啊，我怎么知道你在忙啥呢？你答应我的事情你忘了？我已经到了大都会歌城了，包间都订好了。"

"我没心情去，你另外找人吧。"

"可是，我已经和食品公司那边协商了，估计下一批食品提前到中秋前送进去是没有问题的，你把要带的信准备好吧。"

"已经不需要了，有人亲自送进去了。"

"什么？亲自送进去了？你开什么玩笑？谁有那么大的本事，过得了我这一关？"

"那些感染者总可以吧。"

"你是说今天下午进去那批？但你不可能有接触他们的机会呀，你怎么可能让他们带信呢？哈哈，我知道你是蒙我的。"

"信不信由你，反正你我没必要见面了。"

"小月妹妹，你还是来一下嘛，我是真心喜欢你。只来坐坐就行，要不你把你那姐姐也带来。"

"你还是自娱自乐去吧。我挂了，再拨我可要骂人了。"

小月啪地挂断手机，把电源也关闭了。

她把厨房收拾停当，走到卧室前敲了几下，没动静，就推门进去了。

只见蓝之星仰面躺在床上，一本婚纱照翻开着被丢在一边，那封小月转交给他的绝笔信已经变成了碎片，撒得满床满地都是。

"哎，你这是干嘛？立纯的信招你惹你了？你怎么这样不珍惜呢？以后你想她了怎么办？你看你看，撕得这么碎，想复原恐怕都不行了。"小月一边数落他，一边弯腰一片一片去捡那些碎片。

蓝之星对她不理不睬，仍然无神地望着天花板。天花板上，那盏装修房子时立纯亲自选定的雕花吊灯像眼睛似的回望着他。

"你不会是在恨立纯吧？她可没做什么对不起你的事，这点我是可以担保的。"小月直起身，把那些碎片放进床头柜的抽屉里。"等我闲下来慢慢把它拼接复原。"

蓝之星还是不理睬她，弄得小月一时不知所措，只好退出房间由着他去。

小月刚刚把门带上，蓝之星突然大吼一声，从床上弹起来掀开房门，拉着小月的一只胳膊怒吼道："快告诉我，立纯她究竟做了什么？！"

小月看着蓝之星没戴眼镜的眼睛凹陷得可怕，像要喷出火来，她赶忙怯怯地说："蓝大哥，立纯没有做对不起你的事，绝对没有，她是无辜的。"

"无辜？什么无辜？看你极力为她辩护，是不是她做了什么见不得人的事？快说！"蓝之星用力摇晃着小月。

小月自知有些漏嘴，赶忙搪塞道："我是说立纯姐是清白的，至于为什么会染上病毒我也不知道，真的不知道。"

"她是不是和别的男人发生了什么？你应该清楚，快说！"

"我真的不知道，我又没天天和她在一起，你快放开我吧，我的手臂都快被你拧断了。"小月的手臂被蓝之星铁钳一样的手捏着，疼得她身子直往下面坠。

蓝之星哪里还顾得了她疼，再次把她提溜起来，一下把她摁到门上，一双眼睛像两只聚光灯似的瞪着她说："我已经打电话到你们所长那里去核实过了，你们所长以他的人头担保，说研究室的防护设施绝对不可能造成研究者染上病毒。这就是说，立纯的感染只有一个途径，那就是和别的男人发生了性关系，他做了对不起我蓝之星的事情！"

蓝之星几乎是一字一顿地说完这最后一句话，吓得小月大气都不敢出一口。

"因此，"蓝之星又狠狠地搋了搋小月的肩膀说，"我奉劝你老老实实完完全全地告诉我，说出来对立纯、对你、对我都有好处，不然，你我都别想活！"

小月坚守的防线终于崩溃。她并不是害怕蓝之星的威胁，而是觉得蓝之星说得完全在理，作为立纯的丈夫，他有权知道造成妻子不幸的一切。

"放开我吧，给你看样东西，但你要有思想准备啊。"

蓝之星放开了手，小月揉了揉被蓝之星搋得生痛的肩膀，到沙发边打开手包拿出一样东西来。"过来，拿去看看就明白了，但你千万别激动，也不要太难过。"

蓝之星从小月手里拿过那枚黑五星，摊在手板心里怔怔地看了好久，之后突然把那枚黑五星狠命地往地板上一摔，然后砰的一声倒在沙发上捶胸顿足痛哭起来。

"立纯啊，我不该错怪你……"

小月从没见过一个大男人这么呼天抢地哭过，她也跟着伤心地哭起来。

小月见蓝之星哭得已经没有力气再哭了，才把立纯遇害的经过原原本本地告诉了他。

蓝之星恨得咬牙切齿，恨不得立即把那个黑五星党碎尸万段！小月在征得他同意后，立即打电话到公安局报了案。

20分钟后，门外响起了敲门声。小月起身打开房门，一男一女两个警察走了进来。那个女警官身材修长，气质非凡，一进门就自我介绍道："我叫田甜，这是我助手小何，本案由我负责处理，希望二位能积极协助我们调查。"

小月把他们让到沙发上坐下，再次详详细细地把立纯告诉她的情况向两位警察复述了一遍。

田甜拿起那枚黑五星对他们说："这又是一起典型的报复害人案，都是黑五星党所为，这次感染者中有十多人都是拜他们所赐，他们的活动越来越猖獗了。你们好好回忆一下，是不是白立纯小姐得罪过什么人？或者是蓝先生您得罪了什么人？"

小月当然知道立纯受到伤害是因为想要往城堡内送信，但却不能说，所以只能回答白立纯和蓝之星从来没有得罪过人，他们与人为善与世无争，融洽的同事关系有目共睹。

"这就不好办了，看来又是一桩棘手的案子。"田甜面露难色，略微思索了一下，随后说，"我先把这枚黑五星带回去化验，你们有什么线索随时通知我。对了，蓝先生，您是一个非常优秀的男人，从您的书里可以读到您博大的胸襟和悲悯的情怀，一定能够正确对待这个突发变故，相信您能挺过去的。"

田甜说完冲蓝之星温婉一笑，然后向小月点了下头就带着她的助手走了。

刚才蓝之星的粗暴让小月的内心很受伤，她见蓝之星应该不会有事了，也紧随田甜他们离开了。

屋子里只剩蓝之星孤身一人，他的心一下子空荡荡的，空得好像五脏六腑都不存在了。他无法接受眼前这个现实，他完全想象不出是谁要害他的立纯。他感到那个敌人在很久以前就一直在暗处盯视着他们，等他一离开就立即下了手。他感到那双盯视他们的眼睛正在黑暗中的某处向他发出挑衅的讥笑。蓝之星发誓要找到凶手，要用他的血去祭奠无辜的立纯。是的，就是祭奠！他无法容忍这样一种现实，立纯明明还活着，但他不得不当她已经死去；立纯明明已经不可能重返这个世界，但他又无时无刻不在幻想着有朝一日与她重逢。这是一种怎样的煎熬啊？

唉，可怜的立纯，你已经安顿下来了吗？你见到你的母亲了吗？你见到你那作茧自缚、搬起石头砸自己的脚的父亲了吗？呵呵，这下好了，连自己的老婆和女儿都搭进去了，真是他妈的"杰作"啊，了不起的发明！唉，也不能全怪他，就算白言冰没想出这史上最大的损招儿，你敢保证黄言冰蓝言冰就不会想出来？这都是被逼无奈！看看这个误入歧途的人类文明——妄自尊大，贪欲失控，弱肉强食，明争暗斗，盲目发展，资源浪费，生态恶化，危机四伏……这个时代最不缺的就是那些大言不惭、鼠目寸光的所谓的政治家，而最缺少的却是能看清生命本质真相，并能指引人类文明向着正确方向前行的思想家。人类文明已经把太多的精力浪费在满足少数人的贪婪和贪欲上面，从几个世纪前诞生的汽车工业、房地产业、交通运输业、金融保险行业等的发展历程来看，无一例外地都成了少数人在"造福人类"等冠冕堂皇的旗号下设计出来的圈钱游戏。他们为了达到最大限度地聚集财富的目的，不惜掠夺耕地、污染江河、毁坏森林、污染空气，他们为一己之私把地球搞得千疮百孔、不堪重负，却把那一座座水泥和钢铁堆砌的"鬼城"和那拥挤在每一条马路上迈不开脚步的"钢铁蜗牛"作为炫耀 GDP 增长的资本！

人类文明跑偏了。

谁能在这关乎人类存亡的十字路口为我们拨正航向，为我们指明方向？靠那些政治家们吗？显然不行，他们着眼的是权谋之术和眼前利益，而他们偶尔提及的"保护环境""可持续发展"等，也仅仅是蛊惑人心的口号而已。靠那些思想家吗？也靠不住，因为当代的思想家大多数已经"失语"，即使有几个能发出声音的，也都是昧着良心为既得利益集团摇旗呐喊罢了。

还记得史书上关于"蝗灾"与"雀害"的记载吗？这都是农耕时代的事了。"蝗灾"说的是蝗虫糟蹋庄稼的事情，成千亿规模的蝗虫队伍像沙尘暴般袭来，所过之处颗粒不留，只剩庄稼的根茎留在土中。而"雀害"则源于大量繁殖的麻雀和人争夺口粮而导致的大规模除雀害事件。而今蝗虫安在？绝大部分被人们喷在庄稼上的农药毒死了。麻雀呢？它们多半在当年除雀运动中，被人定胜天的人们你追我赶，最后找不到地方停歇，活活累死了。几十亿人类的贪欲，是不是也会成为大自然的"蝗虫"和"麻雀"呢？IZ 病的流行爆发，会不会是大自然向人类发起的一场"灭蝗运动"呢？

蓝之星还算不上一个思想家，但他却是一个有思想的作家，他在《IZ 城堡 —— 我们的平行世界》里已经对治疗这个世界的顽疾开出了他的药方，但那还不够，那充其量只能达到一点清热降火的功效，要想根治这个顽疾还需得一剂让人类脱胎换骨的猛药。

蓝之星任思绪之河泛滥成灾，几乎一夜未眠。

第二天一早，他就开始了漫无目的的追凶之旅，他已经把抓到凶手作为让他继续留在这个世界的最大理由。他开始从早到晚地开着他的瘪头奔驰四处奔波起来。

当天傍晚，劳累了一天的蓝之星打开房门，一个信封进入了他的视线，显然是有人从门缝里塞进来的。蓝之星警觉起来，他赶忙捡起来打开封口一看，原来是一个微型存储器！

天！真的被那双眼睛盯住了吗？蓝之星顿时感到背脊发凉。他迟疑了一下，警觉地朝门外的电梯口扫视一圈，连个鬼影都没有！他赶紧关紧房门，直奔书房打开电脑，还没等电脑启动完毕就把存储器插进了插孔。

电脑刚一启动完毕，他就迫不及待地滑动鼠标，打开了存储器中的一个文件夹，原来是一个影音文件，他赶忙打开播放器 —— 天！这是一些多么令人热血冲顶的画面啊 —— 那一幕幕渐次展开的竟然是白立纯被黑五星党人残忍强暴的全过程！

嗡 —— 蓝之星顿觉一股强劲的闪电在眼前一闪，大脑瞬间就成了一片空白……

17. 城堡风情

白立纯，不，应该是 6796（表示白立纯是当年全球被检测出的第 6 796 个 IZ 患者），她和她的同伴们住进了玉水河滨的小洋楼里。这里除了美丽的河湾以外，附近还有一个风光秀丽的云锦湖。在 20 多年前，这里曾是渝江市最负盛名的度假胜地之一，有山，有湖，有河，还有热气氤氲的迷人温泉，好多富人都在这里置有高档别墅，现在却成了 IZ 人的聚居地。白立纯住的小楼面对河湾，一共有 6 层，建在河湾外沿的一个小丘上。她正好被安排在顶楼，从这房子北面的窗户望出去，可以把河湾内侧那个小冲积扇上的景物看得一清二楚。她对这样的安排还算满意，正好让她在无聊的时候有风景可看。

住在立纯对面的是一个有些玩世不恭的男人，从他略显浮肿的脸上，可以看出一些在外面生活放荡所留下的痕迹。他对成为立纯的邻居非常惬意，当村长把住房分配宣布以后，他兴奋得绕着食堂前的花园跑了个圈儿。在吃晚饭的时候，他紧挨白立纯坐下，殷勤地为她夹菜盛汤，还不时说一些带挑逗性的话，这让刚刚从新婚燕尔过来的立纯感到很难为情。当有人问他进来的原因时，他毫不隐讳地说，谁不都一样啊，不就是为了满足下半身那点小小的需求吗？接着就讲起了他染上病毒的风流韵事。他说"外面"的"季检"机制根本无法根除病毒的传播，有好多自己查出染上病毒的人为了避免进入城堡，干脆以虚报死亡的方式来躲避"季检"，而他遇到的那个女人就是这种情况。他后悔自己太贪图安逸，要是不去追求那种没有一点隔膜的肉体融合，也不至于到这里来。

"不过，"他用充满爱欲的目光看了白立纯一眼说，"从见到你的第一眼起，我就不后悔了，咱们有缘，你是 6796，我是6797，住房也是门当户对，天作之合！"

说着举起手中的茶杯站起来，对众人说："来，大家给我们做个见证，到时候我请大家喝喜酒啊，来，干！"

大伙七零八落地举起杯子，有些勉强地和他碰了个杯。

白立纯对他这种自以为是、一厢情愿的做法厌恶至极，这让她身上直冒身鸡皮疙瘩，一张白皙光洁的脸也被搞得红一阵青一阵的。

吃完晚饭，村长为新居民们举行了联欢晚会。两三百人围着河滨广场的一堆篝火唱歌跳舞，火光摇曳，热闹非凡。那些被村长选来陪伴新居民的青年男女，一个个英气勃勃，自信从容，举止优雅，仿佛来自另一个礼仪之邦。

这些刚刚从外面进来的人却显得大大咧咧、随随便便、松松垮垮，特别是以6797为首的几个男人，更是在女人们面前玩世不恭、动手动脚、放荡不羁，把里面的姑娘们弄得左右为难、尴尬不已。

村长怕横生枝节惹出麻烦，不得不提前结束晚会，同时还宣布了一条本该在一个月的适应期中宣布的法律：凡强奸女性者，无论遂与未遂，一律判死刑。

晚会结束后，6797 一直以护花使者身份紧跟白立纯，活像一位已经博得贵妇芳心的绅士。到了房间门口，等白立纯打开房间，6797 伸出右手，柔声说："道个晚安吧，明天就要开始我们的新生活了。"

立纯迟疑了一下，还是把纤细的右手搭了上去，心想，还是与人为善吧，大家都到这个地步了，以后还要好好相处呢。就在她想抽出手转身进门的那一瞬间，那人却抓紧她的手用力一推，把她推进房间，并顺势抱住了她。

白立纯惊叫："你要干什么？" 6797 把她紧紧搂在怀里，呼吸粗重。白立纯奋力抵抗，"啊！别这样！快放开我！我不会喜欢你的！"

她越说不喜欢，反而越发激起 6797 的占有欲。

6797 顿时兽性大发，猛然拦腰抱起白立纯，把她像抛一团肉似的抛在了床上。白立纯被摔得生疼，吓得一边拼命大喊"救命"，一边爬下床来往外跑，但却被对方铁钳似的大手再次抓住。6797 抽出自己的裤带，三两下就把白立纯反绑起来，接着又找来一条毛巾塞住了她不停叫喊的嘴。

白立纯惊恐地看着 6797，看着他一件一件脱着自己的衣裤，像一只贪婪的猫在耍弄着一只到手的老鼠，显得那么故作从容，不急于享用。立纯看着那身肮脏的肌肉渐次暴露，羞得赶紧闭上了眼睛。

立纯认命了，认了那个 15 岁时就一直如影随形的命，这是个什么样的命啊？为什么同样的不幸要在她的身上重演 3 次？为什么到了这个无望的世界命运还不放过她？

立纯紧闭双眼，等待着那个宿命般的厄运再度降临。

就在这时，房门被撞开，接着就听到剧烈的打斗声。立纯睁开眼睛：见两名治安人员已经把 6797 架在中间，精光赤裸的 6797 被铐住了，另外一名治安人员正在咔咔地拍着照片。

"6796，让你受惊了，我们是本村的治安员，你已经没事了。"一名治安员走过来，一边安慰立纯，一边为她解开手上的带子，拔出嘴里的毛巾。立纯惊魂未定地问："你们要把他带到哪里去？"

为他解带子的人答道："你的叫声惊动了房间的监控系统，所以我们立即赶到了。至于 6797，他已经犯下了死罪，我们这就带他到死因牢。"

立纯一阵心悸，心情异常复杂地说："求你们别处死他，他并没有完全伤害到我，我不起诉他行吗？"

"不行，证据确凿，裤带，毛巾，还有他这身裸体，都是他的罪证。你安心休息吧，若有什么不适请随时通知村里管事的，他们会带你去医院的。"

几个治安员把 6797 带走了。临走时，6797 对着立纯大声吼叫了一句："我要你要定了，20 年后我还来找你！"

这就是立纯进入城堡生活的第一幕，这一幕充满了惊险、野性、刺激和肉欲。

白立纯在那一夜几乎没有合眼，在被侵扰的威胁消除之后，她那颗不安的心渐渐平静下来。她想到了她的爸爸妈妈，想到了她的小星哥哥，他们已经近在咫尺，但他们都住在哪里呢？城堡里的人都使用了新的名字，她怎样才能从这 20 万人中把他们找出来呢？她的爸爸已经进来十五六年了，他还健在吗？妈妈进来的时候已经疯了，她还安好吗？他们都还认得我吗？小星哥哥才进来 3 年多，他应该还好吧，应该能认出我吧？

立纯差点把她进来的主要任务忘了，那就是向城堡里的人传递"外面"要清洗他们的消息。但该把这消息先告诉谁呢？人们听了她的消息后会有什么反应呢？他们会相信她说的话吗？不会把她当成一个疯子关起来吧？

想了一晚上，立纯最后决定，先找到父母和小星再说，他们会相信他的，他们知道该怎么对待这个消息。

第二天，立纯和同伴们开始接受为期一个月的适应学习和训练。在新人培训中心，她认识了一个很有学问的青年，他是那里的教师，负责他们的礼仪和法律培训。

经过几次接触，立纯觉得他值得信赖，就把寻找父母和小星的事情托付给了他。就这样，那个尾号名叫 2783 的青年开始利用课余时间，带着她四处打听亲人们的下落。

2783 为她找来一辆山地自行车，这样立纯的寻亲之路就快捷多了，他经常利用课余时间带着她，一起骑车四处去寻访。

正值仲秋时节，晴朗的秋日野花芬芳吐蕊；在稻子收割后的田野，鸭群在里面觅食，嘎嘎的叫声伴着野草的芳香四处弥漫；一垄垄青青的菜畦，泛着诱人的嫩绿；三三两两的农人，在田垄边，在土坡上，把汗水和笑声播撒在迷人的原野里；随处可见的河流、小溪、湖塘清澈见底，有机灵的鱼儿在里面悠闲地游弋。

当然，他们也经常在路上碰到送葬队伍，一路吹吹打打，送葬的人却有说有笑，好像那不是去送葬，而是去接亲。立纯觉得不可思议，这里的人在送别亲人的时候，怎么还那么兴高采烈，像办喜事一样呢？2783 解释说："城堡里的人已经见惯了死亡，已经习以为常了，你看见那些密密麻麻的坟头了吗？那可是城堡里的孩子们捉迷藏的好地方呢。"

当立纯问到 IZ 人的生育情况时，2783 介绍说，城堡只能根据 IZ 病的发病时间和特点来制定婚育政策，现在 IZ 人的发病年限已经延长到 10 至 25 年，因此规定城堡中 IZ 人的结婚年龄为男孩 14 岁、女孩 12 岁，若女孩性成熟早的还可提前结婚。总之一句话，一切围绕繁衍后代着想。城堡中第二代婚育的高峰已过，第三代还处于幼儿期。据城堡里的病毒研究专家预测，大部分新生 IZ 人的寿命可以达到 30 岁以上，平均可达 35 岁左右，也有少数终身不发病者可以因长寿而成为城堡中的智者。

"那你呢？你多大了？有孩子了吗？"立纯问他。这时，她正在把自行车变成低速挡，用力蹬着踏脚，去爬前面的一个小陡坡。

"下来推着走吧，这坡太陡了。"2783 说着从自行车上跳下来，指着前面的垭口，"翻过这个坡，你就可以看到金山湖了，那里有城堡中唯一的教堂，叫露德堂。"

"我听说过。据说是两三百年前法国传教士建的，有哥特式的尖顶，非常漂亮！"立纯已经跳下自行车，推着车在前面走，不一会儿，她就惊呼起来，"嗬！我看到了，那两座乳白色的钟楼好漂亮！简直就像一对守在教堂前的骑士！"

只见一个开阔的湖面占据了画面的中央，湖水湛蓝，波光粼粼；远处的岸边，一身乳白基调的露德堂绿荫掩映，像一位沉吟的牧师在湖边静穆而立；那哥特式的尖顶和巍峨的钟楼倒映水中，像一幅倒置的画图般清晰无比；而此时夕阳的余晖，又像一只神秘的"光影魔术手"，为整个画面涂上了一层奇异而宁静的亮色……

"真是太美了，要是之星见了，不知要咔嚓咔嚓拍多少照片呢。"

"是啊，我就是在这个教堂受的洗礼，我是第一批在城堡中出生的婴儿。"

"你是在城堡中出生的？你是这里的原住民？"

"是啊，母亲怀上我后被查出有病……我生在城堡长在城堡，对外面的世界一无所知。也不知道我爸爸在外面过得好不好？"

"那你母亲呢？她现在好吗？"

"她在教堂后面的山坡上，有她的教友和她做伴，她不孤独。"

"她过世多久了？你现在和谁一起过？"

"她在我很小的时候就过世了，我都记不起她的容貌了。我在 15 岁时就结了婚，我妻子对我很好，已经为我生了 3 个孩子。"

"老大都几岁了？"

"已经 6 岁，开始上幼学了。"

"你们一家子真是太幸福了，我真羡慕你们。"

"本来是很幸福的，可是，她已经发病了，过不了几年了。"

"没关系，过好每一天吧。"立纯安慰他，其实也是在安慰自己。她也想到了自己肚子里的孩子，这个孩子也会跟眼前的青年一样成为城堡中的原住民，也会在 15 岁就结婚，再生一大堆孩子吗？

2783 带着她来到教堂前，一边游玩，一边打听，问到的人都特别耐心、特别热情，都恨不得马上让失散多年的亲人立即团聚。

立纯被城堡迷人的景色和纯朴的民风感染了。她很快迷上了城堡中的一切，差点把她此行的主要目的都忘了。要不是那场即将到来的浩劫，她真会爱上这里的一切的。

18. 漂亮警官

蓝之星一双血红的眼睛盯着视屏：立纯无助的哀求，凄惨的呼叫，痛苦的表情……那个右臂上有文身的黑五星党男人粗暴的撕扯，疯狂的撞击，兽性的咆哮……在悍马车厢内那张吃人的床上，一场狮子与驯鹿之间的搏杀惊心动魄！一场力量悬殊的角力，一场美丽善良被丑恶淫邪撕碎的丑剧！纯洁的肌肤与丑恶的肌肉在光影中交叠晃动，痛苦的呻吟与发泄的喘息在狭小的空间里碰撞交织……

蓝之星啪的一声关掉视屏，挥拳捶胸，失声痛哭。而视屏旁边的相框里，立纯正在向她悲愤的爱人纯真无邪地微笑着，仿佛这一切都不曾发生似的。

蓝之星发誓：不找到那个右臂上有文身的男人誓不为人！不把他剁成肉酱为立纯雪耻誓不为人！

在愤懑渐渐平息之后，蓝之星向田甜报告了录像的情况，田甜要他把录像送到局里，蓝之星拒绝了她的要求，他倔强地说"立纯的身体不可能再让第二个男人看到，你到这里来看吧。"

田甜很快赶过来，没有带助手，而且是一身便装打扮，一进门就差点把蓝之星搞懵了。只见她一身晚装打扮，紫色提花连衣裙竟然跟立纯的一套裙子一模一样，连佩戴的挂件也几乎一样。蓝之星看呆了，还以为是立纯回到了自己的身边。但毕竟田甜的脸没有立纯那么柔，目光也特别敏锐，甚至可以说是犀利，而不似立纯那般总喜欢微微眯缝着眼睛，仿佛有一股淡淡的忧伤要从那明媚眼的眸中往外流淌。

见蓝之星发呆，田甜连忙解释："你是奇怪我这身装扮吧？其实很简单，因为已经下班了，正准备去参加一个晚会。"

"哦，不好意思，劳驾您了，请到书房来吧。"蓝之星回过神来，把田甜带进书房，为她点开了那段视频文件。

那些光影，那些声音，再度出现在蓝之星的眼前，钻进他的耳朵里，钻进他的骨髓中。蓝之星逃离书房，捂住耳朵瘫在沙发上。

那些不堪入目的画面让田甜看得面红耳赤，那些泯灭人性的伤害让田甜义愤填膺。她拍案而起，咬着牙恨恨地说："黑五星党太猖狂了，我不捉住这个男人就算我田甜白活二十几年了！"

田甜回到客厅，整张脸涨得通红，她坐到蓝之星的身边安慰他说："你也别太难受了，这样的事怪不得女人。在那样的时候，女人是弱者，是一块摆在菜板上的肉，只剩任人宰割的份儿。身为女人，我理解白立纯当时那种痛不欲生的心境，她没有去走极端，能够保全自己的生命，已经是不幸中的万幸了。我会竭尽全力去侦破这个案子的，我想也不是太难。那男人右胳膊上有个老鹰的文身，现在大多数人都还在穿短袖，我会把这个特点报告局长的，让他通知全市所有警力。你也可以……"

这时响起了敲门声，田甜起身开门，小月提着两袋中式快餐进来了。

"呵呵，还有客人啊，看来是我瞎操心了，蓝大哥有美女陪伴呢……"

"你误会了，你好生看看我是谁？我们昨天才见过面呢。"田甜接过小月的外卖，把她让到沙发前说。

"是吗？"小月在侧面的沙发上坐下来，"昨天我可没有见到穿这套熟悉衣裙的美女呀。不错，这套立纯在两天前穿过的衣裙穿在你的身上一样漂亮，我都差点把你当成立纯姐了。这样也好，也算是对蓝大哥的一个安慰吧。"

"够啦！"蓝之星冲小月吼了一声。

"你真误会了。"田甜继续解释道，"我是负责本案的警察田甜，穿这件衣服纯属巧合，这是才上市的新款，我和立纯都喜欢这个款式是很自然的事情，但愿我没有让蓝先生更难过。好了，蓝先生提供的新情况我已经掌握了，我马上回去汇报，力争早日破案。"

小月如梦方醒："田警官，你还没吃饭吧，要不你跟我们一起到外面去吃，也好顺便研究侦破对策。"

"不了，我必须赶回去，破案要紧。"田甜走到门边，拉开了房门。

"辛苦你了，我……"蓝之星站起来送到门口 。

"不辛苦，只要你没事就好，再见！"

"再见。"蓝之星送走了田甜，一脸凄楚地坐回沙发。

"别老是这样一副萎靡不振的样子，来，先吃点东西再说。"小月把外卖打开来，搁到蓝之星面前的茶几上，"吃吧，边吃边告诉我发现了什么新情况。"

蓝之星为了找罪犯，连中午饭都没顾得上吃，这时确实太饿了，他端起饭盒狼吞虎咽地吃起来。

小月看了非常高兴，把自己的鸡腿也夹到蓝之星的饭盒里："多吃点，吃完跟我说说那个新情况，我们好……"

"说你娘的头！"蓝之星啪的一声搁下饭盒，起身走进卧室，砰的一声甩上了门。

小月莫名其妙，跑过去拍着门大声问道："你究竟发现了什么情况？为什么要这样对我？我一片好心反而被你当成驴肝肺了。要不是立纯姐托付我，你以为我想管你吗？……"

小月骂了好久，蓝之星还是关着门一声不吭，委屈的泪水从小月的脸颊上汩汩地滚落下来。

小月本想一走了之，但看到蓝之星这个样子，还是不放心。她含泪吃完盒饭，就开始收拾房间。

开着的电脑引起了小月的注意，她好奇地点开了那个影音文件：天啦！这就是立纯姐曾经遭遇的场面吗？小月的心灵受到了强烈的震撼！她开始后悔把那个清洗 IZ 人的消息告诉了立纯，要不是她，立纯就……唉！现在想那些还有什么用呢？

小月走出书房，她知道蓝之星为什么如此难过了，决定不再去打扰他，今天晚上不走了，就在客厅的沙发上守着他。

良久，蓝之星终于平静下来。他打开房门，见小月已经蜷缩在沙发上睡着了。看着这个跟立纯一样可爱的姑娘，一丝隐隐的怜惜在他心底升起。蓝之星回屋拿出一条毛巾被，轻轻盖在了小月身上。

小月原本安详地闭着的眼睛突然睁开了，看着俯身下来的蓝之星。

蓝之星一惊，随即尴尬得脸红："你……你还没睡着啊？"

"是不是以为我睡着了就悄悄打起我的歪主意？"小月含情脉脉地望着他。

蓝之星慌忙站直了身体说："我可没心情和你开玩笑。你到里面去睡吧，我睡沙发。"

小月一骨碌坐起来："还是睡你的床吧，我可不想现在就上你的床。"

"上床？"蓝之星略微迟疑了一下，"那你还是回去吧，现在时间还不算晚。"

"不！这沙发我今晚睡定了。"小月说着拉上毛巾被，砰地躺了下去。

蓝之星见她不走，只好作罢："好吧，你先睡，我还要上网查查资料。"

"是黑五星党的资料吧,我已经在上班的时候下载了一些,在我包里,你拿去看吧。"

蓝之星拿过小月的包,取出一叠厚厚的打印纸。

"我已经看了那录像了,我觉得我们应该商量一下。"小月又一骨碌坐了起来。

"好吧。"蓝之星在侧面的沙发上坐下来,开始翻看那些资料。

"其实那些资料对我们没有多大的帮助,只是一些对黑五星党的一般性介绍,还有就是几个案例分析。他们的作案动机几乎都是受雇于人,手段也很简单,对男性对象一般采取迷药加注射的方式,对女性对象都是强奸,再通过肉体伤害造成感染……"

"让我自己看吧。"蓝之星打断小月的话,快速浏览着纸上的内容。

等蓝之星看得差不多了,小月说:"其实,现在我们可以什么都不管,只管把目标锁定在那个胳膊上有文身的人身上就行。我本来已经请了一周的假来照顾你,现在正好利用这段时间到娱乐场所、沙滩浴场等地方到处转转,说不定会发现一些线索。"

"嗯,我也是这样计划的,只是我们得抓紧时间才行,眼看天气就要转凉了,人们都穿上长衣长裤就不好办了。"

"对了,还有个想法得跟你说一下。你看有这样的可能没有?"

"快说,你有什么想法?"

"今天下午我们开了个全所员工会议，所长在会上特别总结了立纯姐的这次事故，他说幸好不是因为所里的防护措施不当造成的，不然……"

"全是他妈的废话，别再说了，再说我跟你急！"蓝之星气愤地打断她。

小月委屈地看了他一眼，她不明白蓝之星是说所长废话呢，还是说她废话，但她还是接着说："你听我把话说完嘛。所长后来为立纯姐叫了屈，他说像立纯姐这种情况完全应该和其他情况区别对待，如果政府允许，他可以把立纯姐作为病原提供者的身份留在研究所……"

"全他妈的扯淡！这可能吗？"蓝之星提高了嗓门。

"你别急嘛，也不是没有这种可能。我们可以向市政府和卫生部同时递交申请，请求他们把立纯姐作为病毒研究的特别需要释放出来。我再找找我爸爸，我想这不是不可能的。"

"好吧，明天再说，先睡觉。"

第二天，小月跟着蓝之星到市政府递交了请求释放白立纯的申请，随后就开始了茫茫的寻凶之旅。

19. 王城寻亲

经过半个月的寻访，白立纯终于得到一丝关于她母亲李叶的线索。据一位在北部州居住的男人讲，在 6 年前，他们那里来了一位漂亮的疯女人，她经常赤身裸体地到处乱跑，她那绝妙的身材惹得好多男人都差点掉了脑袋。好在没过多久，城堡内的官员就把她接走了，据说不久之后就当上了堡主夫人，她的魅力让我们的前任老堡主昏了头了……

这之后，2783 把立纯带到村长那里，要村长给她开了封介绍信，让她到王城去寻亲。村长同情她的遭遇，爽快地答应了她。

这天早晨，立纯带着村长的介绍信，骑着自行车出发了。她一路上设想着母女见面时的各种场面，这让她的心境变得异常复杂。

堡主夫人？母亲怎么会当上堡主夫人呢？是不是那些人弄错了？如果真的在神志不清的情况下当了别人的夫人，父亲知道后会是怎样的感受呢？但愿父亲根本就不知道母亲来了，这样对他也就不会造成什么伤害。

立纯走的是一条百凤驿通往王城的官道，一路上风景如画，仿佛走进了一条清新宜人的自然画廊。一路上机动车很少，宽敞的公路成了马车和自行车的天下。

当白立纯骑着自行车一路向王城奔来的时候，齐小星正在与新任命的经济部主管，也就是此前在百凤驿认识的那位女老板7384探讨经济问题。

经济主管是城堡诞生以来的第一位女性官员，她能进入堡内管理层都是户籍部主管一手促成的，户籍主管见堡主在巡游百凤驿时对她颇有好感，就以急需设立一个经济部来分担户籍部的某些功能为由，向齐小星提出建议……

齐小星坐在上首，两旁是堡内各部门主管。齐小星问7384："作为研究经济学的博士，你对外面这场旷日持久的经济危机是怎么看的？"

"那我就冒昧直言了。"7384的脸上现出一抹忧患，"外面的世界之所以走到今天这个地步，主要原因在于社会资本的私人所有制，那些本该属于全社会的资本被高度集中在少数人手里，他们利用手中的庞大资本控制货币，操纵股市，制造经济泡沫，打击竞争对手，肆意收割财富。他们根本不把国家和道德法律放在眼里，他们让每一片国土都成为他们进行货币战争的战场，他们把每一滴资源都作为他们进行经济搏杀的弹药，他们把每一个地球公民都视作为他们出产金羊毛的羔羊。资本嗜血成性，唯一的目的就是让资本获利增值，正如一本描述资本如何血腥的书里写到的那样：金钱没有祖国，'道德的血液'对它没有约束，全球的热钱，富可敌国的对冲基金神出鬼没，它们就像一只贪婪的秃鹫，站在高高的山巅，随时等待一次精准的俯冲，去捕捉它的猎物。"

"可是，这又跟这场前所未有的经济危机有啥关系呢？"齐小星问。

一丝绝望掠过 7384 的眼眸，她摇了摇头说："他们太贪婪了，贪婪成性，贪得无厌！他们恨不得把全球的财富都集中在他们少数几个人手里！他们可以利用受其控制的银行滥发钞票，让纸币不断贬值；他们可以为了争夺一点局部利益而不惜发动一场战争；他们可以轻而易举地让老百姓手中的财富变成一捆捆废纸！全球 80% 以上的老百姓都成了穷人，你说谁还有多余的钱去买产品，去消费？这样一来，这一少部分富人手里的资本也减少了获利和增值的空间，他们也同样成了这场财富博弈的受害者。为什么会形成这样一种双亏的局面呢？我们很多人都忽视了一个最关键的问题：人类财富总值中有利于人类文明发展进步的财富占比究竟达到了几成？对这个问题，可能地球上的绝大多数人一辈子都没有思考过。不知道堡主思考过这个问题没有？"

"实话实说，我还真没想到过这个问题。"齐小星回答。其他官员也陷入沉思。

接下来，7384 又对人类财富总值中有利于人类文明发展进步的财富占比情况进行了深入细致的分析。她最后得出结论："这场旷日持久的经济危机是因为人类财富总值中有利于人类文明发展进步的财富占比太小造成的，大部分的人类财富与人类文明发展无关，有的甚至对人类文明进步产生了逆向作用，因此这些财富实际上成了人类总财富中的泡沫，多半体现的是一种虚拟价值，是一种对人类智慧和资源的极大浪费。外面的经济危机已经让人类社会进入了一个无法摆脱的死局，长此以往，人类文明的前景非常危险，只有从制度上进行根本变革，从社会资本的私有制上进行根本变革，人类文明才能看到希望的曙光。"

"那么，你认为我们城堡内部该实行一种什么制度才能避免重蹈外面的覆辙呢？"齐小星顺着她的思路问道。

"个人认为，就目前城堡的生产力水平来看，公有制是最合适的。因为在资源匮乏、物质还不够丰富的情况下，若想让更多的人生存下去且社会创造力不被压抑，最好的方式是在调动每个人的积极性的同时，生产资料公有，统筹安排。"

"太好了，你说到我心坎上了。"齐小星激动得站起来，欣赏地打量着7384，朗声宣布："从即日起，请你立即着手起草城堡制度变革方案，现在是星辉二年，就叫《星辉变革方案》吧。"

7384略加思索，随即拱手应道："没问题！"

经过一个多小时的骑行，白立纯骑着那辆自行车穿过文峰桥，顺顺当当进了王城。

在立纯眼里，一路上她所领略的风光简直就是《清明上河图》的现实版：青石板铺成的大街，横跨玉水河的石拱桥，木结构的店铺，吆喝着叫卖的商贩，穿着朴素、闲散游逛的市民……活脱脱一幅农耕社会的太平景象。

立纯一路询问着骑到王城大门前，支好自行车，走向门前侍卫。

"你干什么的？"侍卫问。

"我找我母亲。"立纯递上介绍信，并进一步向侍卫说明情况。侍卫一听是找老堡主夫人的，慌忙带上介绍信一路小跑跨过几十级台阶，向王城内的大殿奔去通报。

过了十来分钟，侍卫噔噔噔跑下台阶："7384，快随我来！"

立纯万没想到此行会这么顺利，这里可是王城啊，相当于国家元首办公的地方，怎么说进就能进呢！这么想着，她忐忑不安地跟着侍卫迈上台阶。

穿过大殿前厅，一位女侍卫对立纯例行公事进行搜身，在确认她没带凶器后，才带她绕过一个小花园，来到城堡最高统治者办公的大殿前。

7384远远地看到殿内一个高高在上的王座上坐着一个人，内心不免紧张起来，她怯生生低下头。这时，殿内忽然有人说道："妹妹，是你吗？"立纯听声音好耳熟，抬头一看，不由惊叫一声，"小——"

"立纯妹妹！"齐小星这时已从大殿内冲出。

"小星哥！"

两人几乎同时发出了一声久违的呼唤。

齐小星紧紧地抱着立纯，嘴里不停地呢喃自语："太好了，太好了，我再也不要你走了，你再也不会受苦了……"

这之后过了很久，齐小星平定下心绪，告诉各部门主管，白立纯就是老堡主白言冰和李叶的亲生女儿。众人这才如梦方醒，纷纷上前道贺。但白立纯这时却已经从初见齐小星的兴奋中冷静下来，一边心不在焉的应酬着众人，一边用疑惑的目光望向齐小星。

齐小星以为她是急于去看父母，于是说："走，我先带你去看你爸妈。"

"不，找我爸妈可以稍后，还有一件关系到整个城堡命运的消息必须马上告诉你，不然就来不及了。"

"那你快讲，就在这里讲！"

"好吧。"立纯看了看小星，又看了看在场众人，这才把联大已经通过决议要执行"清洁计划"，也就是要彻底清洗城堡的消息说了出来。

大殿内先是陷入一阵短暂的沉寂，随后就是一片躁动的喧哗……

20. 阖家团聚

这是一个不算豪华，但也不能说是简陋的房间。明式的几案、桌椅和床榻，格调简洁明快，而色彩华丽、做工精美的帷幔珠帘，又让人仿佛走进了古代后宫的密闺。

小星把立纯一直牵到床榻前的木椅上坐下，命侍女去沏两杯云山毛峰，然后才在立纯旁边的椅子上坐下来："纯妹，你曾经设想过今天这场会面吗？"

立纯摇了摇头："没有，做梦都没有。完全没想到能在这里见到你，更没想到你竟然成了这里的领导。"

"我却设想过，无数次地设想过，就跟今天的场景几乎别无二致。"

"你真是太神了，你是不是一直期盼着今天这样的结果？"

"不。我其实宁愿一辈子见不到你，也不愿你到这里来。只是我太想见到你了，太想太想。"

这时，侍女端着两杯冒着热气的茶过来，小心翼翼地摆在前面的雕花圆桌上。

小星端起一杯，浅浅地呷了一口："嗯，不错！你品品，看跟外面的茶有啥不同？"

立纯也浅浅地呷了一口，在唇齿间咂了咂："感觉要清新淡雅一些，别的品不出什么来。"

"你算是品出感觉来了，这就是我们城堡内所追求的东西，你以后会慢慢明白的。"

"好吧，我会像品茶一样，慢慢去品味这城堡中的生活。"

"好的，妹妹，以后哥哥天天陪你一起品，我们再也不要分开了。"小星抬手抚了抚立纯的脸，神色却一下子暗淡下来，"可是，我还是为妹妹感到难过，你怎么进来了？你是怎么进来的？是不是专门为送这个消息而来？你快说，是不是？"

立纯的脸只阴了两秒钟，随即又平和下来："不是，是我和小月正愁找不到送信的法子时恰好我染了病毒，是我自己不小心在研究室染上的。对了，我还没告诉你，我在渝江大学病毒所工作，我的任务就是和 IZ 病毒打交道，我们都希望早一天打败它，好让城堡里的人和外面的亲人团聚。都怪我太急了，无意中让装有 IZ 血液的针管扎伤了手。"

立纯不善撒谎，脸一下子绯红，慌忙端起茶杯，又浅浅地呷了口茶。

"真有那么巧吗？"小星从立纯绯红的脸上看出了一些端

倪，"你是不是故意染上的？我敢断定你是故意染上的，你是没有法子了才出此下策。你怎么这么傻，怎么可以拿自己的身体不当回事呢？"

看到小星为自己急，立纯心里反倒安慰了许多，她放下茶杯，平静地说："我知道你是真心对我好，但我确实是不小心染上的，我觉得这就是我的命，这是老天爷赋予我的神圣使命，这个使命必须有人去完成，只不过老天爷选中了我而已。好了，不用为我难过了，我觉得这里挺好的，像世外桃源一样，我会真心喜欢上这里的。"

"真是个傻妹妹。"小星爱怜地拍了拍她的脸，"你如果真这样想我就放心了，好好在城堡里过日子吧，明天我就带你出去走走，让你看看我们的城堡到底有多美！"

"好的。"

"可是，他们……他们怎么会那么狠？"小星显出一脸的无奈和愤懑。

"唉，我也不知道这是为什么，我根本不相信这会是真的。"

"小月是从哪里得到这个消息的？外面的人都知道了吗？他们都有何反应？"

"是齐大阳透露给小月的，他要她务必把这个消息传给你，好让你们早做打算，想办法自救。"

"齐大阳？他会那么仁慈？他干的坏事还少吗？不会是他在

捣什么鬼吧？"

"原来我也这样想，但从小月的表现来看，这事确实不能含糊。"

"嗯，但我该怎样带领大家逃过这一劫呢？我们自己生产的粮食只够吃三个月，如果不吃外面送来的食品，我们吃什么？还有，就算我们不死在鼠药的毒害之下，外面的人岂会放过我们？他们随便使上一招都足以置我们于死地，只要他们愿意那样去做。"

"这！"立纯站了起来，"早知如此，还不如不把这个消息带给你们呢，反正都是死，倒不如让大家在不知不觉中去死，那样反倒省了许多痛苦和煎熬。"

"不，你的消息非常重要，我们不会坐以待毙的，我始终信奉这样一句话：天无绝人之路。好了，不说这个了。"小星说着站起来，"我先带你去见你的爸爸妈妈。"

"我爸爸？"立纯诧异地抬起头，"你说我爸爸也在这里？"

"是的，他原来就是这里的堡主，我的位子就是他让给我的。"

"真的吗……"猝不及防的喜悦顿时让立纯泣不成声。

"别伤心了。"小星用纸巾为她擦了擦脸，"走吧，你一定会让你爸爸惊喜万分的。"

小星命侍女给立纯简单地化了下妆，就带着她向老堡主的寝室走去。

近半个月来，白言冰的身体每况愈下，多数时间都处于昏迷状态，偶尔清醒时，想得最多的，就是自己的女儿……

"爸爸！爸爸……"浑浑噩噩中，白言冰隐隐听到一个声音，这声音仿佛来自空谷之中，飘浮不定，时远时近。他吃力地睁开眼睛，看到一张模糊的脸在眼前晃动。他又努力地睁了睁眼，那张模糊的脸渐渐清晰起来——一张陌生而熟悉的脸。

白言冰嗫嚅了几下嘴唇，却没有发出任何声音。

"爸爸——"看见蜷缩在床上惨不忍睹的父亲清醒过来，立纯热泪奔涌，扑了上去。

白言冰眼睛一亮，伸出一只干枯的手，颤巍巍地拍了拍抽泣中的立纯，然后向侍女示意扶他起来。

"立……立纯？"白言冰含混地吐出几个字来。

立纯一把抓住父亲的手，不住地点头："是，是我，我是立纯，是你的乖乖女立纯。爸爸，女儿已经长大了。"

白言冰微微颔首，一张长满肉瘤的瘦脸露出一丝不易觉察的笑意。

立纯透过朦胧的泪眼，看着曾经那么高大、那么潇洒的父亲变成这般模样，心里像刀割一般。多么无情的病痛啊，它可以把任何鲜活的生命，任何强健的体魄，任何美丽的容颜都变成垂死的挣扎和丑陋的死亡！

"爸爸，妈妈呢？她在哪里？"立纯极力克制住内心异样的刺痛，强迫自己向父亲露出阳光一样的笑容。

"你妈妈……她……她来了。"老王说着,把目光投向门外的花园。

果然,顺着老王的目光,只见一个头发散乱的瘦女人疯疯癫癫地跑进来,嘴里不停地喊着:"齐大阳,我杀了你。"

"妈妈——"立纯大喊一声,把枯瘦得风都能吹倒的妈妈一把搂在了怀里。

李叶抬起头来,异样地看着眼前这张似曾相识的脸,看着,看着,突然大叫一声:"啊——我的立纯!求你放过她,求你放过她!"

说罢拼命挣脱立纯的怀抱,扬起右手向门外跑去,嘴里不停地喊着:"齐大阳,我杀了你。"

看到妈妈变成这般模样,立纯再也承受不起眼前的痛苦,只觉双眼一黑,就仰面倒了下去。

21. 追逐真凶

蓝之星和小月开着车四处搜寻了半个多月，也未能发现黑五星党的任何蛛丝马迹。要求释放立纯的申请也像石头沉入大海，一点反应都没有。

蓝之星再也坐不住了，他凭着渝江市记者的身份，带着小月径自闯进了市长办公室，弄得市长秘书不住地向市长抱怨。

市长坐在他那张宽大得有些离谱的办公桌后面，大度地朝秘书摆了摆手："去吧，蓝先生是我们平时请都请不到的客人，去给我们沏一壶好茶来。"

"不用客气，张市长，我想打搅您几分钟时间。"蓝之星说着在对面的长沙发上坐下来，小月也跟着坐到旁边。

"没关系的，今天我不算太忙。这位小姐是？"

"哦，她是齐小月……"

"哈哈，真是百闻不如一见，早就听说齐总干事有位才貌双全的千金，真是名不虚传呐。"

见张市长夸赞，小月幽默地挤了挤眼睛说："张市长过奖了，小女才疏学浅，登不了大雅之堂的。"

"我们还是言归正传吧。我是来问我妻子白立纯的事情的，不知有下文了没有？"

"这事很难办。市政府倒没什么，只是卫生部那关肯定通不过。"

蓝之星听了一脸不悦，但还想据理力争："这应该在市长的职权范围内吧，把她作为研究标本放出来，别人不会拿你怎样。"

"你这样说就是在为难我了，你是搞新闻的，应该明白，按IZ人管理的相关法律规定，我们任何人都没有权利把送进城堡的人再放出来。你能举出这样的先例来吗？"

说到这里，秘书把茶端上来了，同时把一份文件呈给张市长。在张市长翻看的时候，蓝之星用余光瞄了一眼文件抬头：《渝江兽药厂关于请求渝江市政府协调银行贷款扩大鼠药生产规模的请示》。

蓝之星感到有些蹊跷，一下子回想起在美国里士满参观时的情景。怎么政府都同时对鼠药生产如此重视，鼠害真的那么猖獗了吗？

小月看到这个文件时心里也是一阵发紧，看来是真的了，这都是为城堡中的IZ人准备的呀。不知立纯找到小星他们没有，把消息告诉他们了吗？要不要把这个内幕马上告诉蓝之星呢？

市长看完文件，无奈地摇摇头说："你们看看，我这个市长当得有多难，兽药厂贷款的事都找到我头上来了。唉，什么乱七八糟的！至于蓝先生妻子的事情我是真的帮不上什么忙了，其实小月姑娘应该对这种事情有切身感受的，你哥哥齐小星不是也到里面去了吗？要是能有办法，你父亲齐总干事恐怕早把他放出来了，你们说是不是这个理？"

一席话问得蓝之星和小月都没了言语，他们只得起身告辞。

空荡荡的市政广场，行人寥寥，冷冷清清。蓝之星绝望至极。正这时，那位叫田甜的警察打来电话，要蓝之星马上到公安局，说是发现了一些重要线索。

他们到公安局找到田甜。田甜拿起办公桌上的一份资料递给蓝之星和齐小月："你看看这份材料，这是最近抓获的一个黑五星党匪徒的供词。"

蓝之星快速浏览了一遍，然后问："从供词上看，害立纯的是他们的头目。"

"从目前情况看，供词描述的嫌犯特征跟你们提供的录像上的人的特征的确非常吻合。"

"但那又能怎么样呢？知道这一点对抓住那人根本起不到多大作用，他又没供述那人藏在哪里。"小月有些不屑地插话道。

田甜不满地看了她一眼说："知道这点关系重大，由此我们可以判定此人不会走远，因为他们的老巢就在本市，这样我们就可以缩小搜索范围，抓住他的把握就大了。"

　　"你还是等于什么也没有说。"小月再次打断她，"黑五星党的老巢在本市，这是连小孩子都知道的事情。"

22. 武装叛乱

城堡内，一场关于如何破解危机的辩论正在激烈进行。

经过大半天的紧张辩论，堡内形成主攻和主防两派。

主攻派认为，城堡地形简单，多以低山浅丘为主，很难抵御外面的进攻，因此，只能想方设法突出城堡。具体办法为：利用开运粮返空车出去的机会，把武装人员藏在麻袋下面，每辆车藏20人，40辆车可以藏800人，以突袭的方式迅速攻占瓮城，占据主动，然后再把其他人尽快载出城堡。

主守派认为，堡内虽无深山密林，但二十多年来的停耕已经使城堡内植被茂密，可供人们躲藏的地方比比皆是，因此可以在不吃外面送来的有毒食品的情况下与之周旋，等外面的人以为IZ人大部分都已死亡进而放松警惕的情况下再伺机逃出。该派还指出了主攻派的致命缺陷，就是麻袋里藏人根本行不通，很容易被安装在隧道口的监控设备发现，如果一旦暴露或者瓮城一旦攻不下来，后果不堪设想。

两派都有道理，又都存在缺陷，齐小星一时难以决断。就在这时，一个女话务员突然来报："南部州发生暴动了，请堡主听电话。"

电话是中部州州长打来的，他在耳机里大声告急："堡主，南部州突然宣布独立，南部州州长率领一万多青壮年居民攻打过来了，来势迅猛，我们快要顶不住了！"

"不要慌乱！你先组织居民顶住，千万顶住！援军随后就到！"

齐小星撂下电话，立即拨通了通往外面的热线："喂，云山南瓮城吗？我是玉山城堡，情况危急，请赶快转接关长……您是关长吗？……太好了，我是玉山城堡最高行政长官，城堡南部地区发生了大规模居民暴动，目标是攻入城堡最高行政机构夺权……是的，需要关长您的支援，我们已经危在旦夕……对，按城堡管理法律规定，需要您立即提供一批常规武器……对，这次暴动规模特别大，恐怕要一万支枪才行……什么？你说什么？五千支，恐怕太少了……那行吧，五千就五千，但要快，慢了就来不及了……谢谢谢谢！好的，我们立即派司机到洞口去接……"

打完电话，齐小星大声命令堡内治安官即刻带领10名司机到"阴曹门"处等候，准备接受外面援助的一批武器。治安官喜形于色，领命而去。

其他官员却搞不懂治安官有什么好乐的，他们一个个哭丧着脸，开始你言我语地诅咒起这个内忧外患的多事之秋。

齐小星却一改刚才那副焦急样子，扫了一眼众官员，宣布散会。随后就找白立纯去了。

立纯住在白言冰那里，和久违的父母一起同吃同睡。女儿的到来，激起了白言冰的求生欲……李叶这时虽然仍认不出立纯，但在立纯的呵哄下比原来安静多了，经常像个孩子似的在立纯的拍打下安然入睡。

立纯一边照顾病重的父亲和疯癫的母亲，一边经受着妊娠反应的折磨，肚子里的孩子快两个月了，妊娠反应随之出现。

齐小星过来的时候，立纯正扶着父亲的头一口一口喂药。

立纯神情专注，殷红的嘴唇随父亲干瘪的嘴唇一齐翕动，那样子就像是在哄自己的孩子吃药。

齐小星被这幅父慈女孝的情景打动："立纯，你这么孝顺，你爸爸他老人家也不会留下遗憾了。"

立纯回头冲小星笑笑说："一直没机会陪父母，现在有机会了，就多陪陪他们吧。"

"白堡主，您好些了吗？"齐小星问。

"好多了。见到立纯后，我感觉自己的精气神又回来了。"

"您会好起来的。"

"还得感谢你啊，立纯都跟我说了。没想到你竟是齐大阳的义子——你和齐大阳一点也不像。"

"别提他了，他干了太多的坏事。不过这次却找到个赎罪的机会，他……"小星感到说漏了嘴，赶忙打住话头。

但白言冰还是听出了弦外之音，他追问："赎罪的机会？他带什么消息进来了吗？是不是关于我们城堡的？"

小星惊异地望着白言冰："您……您怎么会这么想？"

"应该是外面对城堡采取什么措施了吧？最坏的消息莫过于想彻底甩掉我们这些包袱，让 IZ 人世界永远成为历史。"

小星更加诧异："您怎么知道的？是不是立纯已经告诉您了？"

"我早在城堡设计之初就想到了这样的后果，只是我一直没有说出来，我不相信人性会沦落到这个地步。没想到，在坚持了 20 多年后还是坚持不下去了……说说看，他们打算什么时候动手？用什么方式来解决掉我们？"

"白堡主，您只管安心养病，堡内的事由我来处理好了！"齐小星不想让白言冰过多担心。

"快说，别让我急……我……吭吭……"白言冰急切间咳嗽起来。

立纯一边为父亲抹胸一边对小星说："你快说吧，别让他急，你是瞒不过他的。"

小星只好将正在发生的一切说了出来……

"真他娘的狠呐……"白言冰又咳嗽起来。

咳嗽声中，远处传来了清脆的枪声，时而稀疏，时而密集。

"这又是怎么回事？"

"南部州闹独立，打过来了。"小星轻描淡写地说。

"那你还不快去组织人手守城？"立纯着急地看着他说。

"哈哈哈哈……"齐小星大笑。

"你笑什么啊？"立纯更加莫名其妙，"你没事吧？"

"这是'苦肉计'，目的是骗取'外面'的武器。只有很少几个人知道，因此看起来很像那么回事。"

接着小星就把他的突围计划和骗武器的过程和盘托出。最后他说："现在就等武器到手了，我还是倾向于攻的方案，初步考虑在一个月后动手。"

听完小星的讲述，白言冰已经很累了，他对小星骗武器的计谋赞赏有加，但对他的突围计划却不甚赞同："你……那个计划……吭吭……成功把握不大……还得另想办法。"

"我们已经别无选择，城堡是您亲自设计的，防护设施可谓滴水不漏，硬攻是根本行不通的。"齐小星这样说着，心里却在责怪白言冰作茧自缚，谁叫他当初把它设计得这般牢不可破呢！

白言冰又是一阵剧烈的咳嗽，立纯担心父亲的身体吃不消："别说这些了，让爸爸静一静吧。"

白言冰好容易平息下来，无力地说："去……去想办法……我要睡了。"

枪炮声更加密集，正在熟睡的李叶被惊醒，懵懵懂懂地看着立纯和小星，随即拍着手跳下床，蹦蹦跳跳地往外跑："走啰！看放鞭炮去啰……"

立纯一把抱住她，大声说："妈，别乱跑！你看看我，看看我是谁？我是立纯呀！我是你的女儿呀！"

李叶安静下来，愣愣地看着立纯，喃喃地说："立纯……立纯……立纯是谁？立纯是谁？哈哈哈哈！我喜欢立纯，我听立纯的话，我听话，我乖……"

李叶一边说一边走回床边，像个听话的孩子似的爬上床。

父亲和母亲都睡着了，小星和立纯又说了好一会儿话。其间，小星提出要与立纯结婚，但立纯却摇头拒绝。她已为人妇，并且腹内已经有了蓝之星的孩子。她爱蓝之星，她希望齐小星能理解她的处境……

说话间，一个侍卫急匆匆地跑来报告："堡主，瓮城来的武器已经运到军械库了。"

"好！马上组织卸货。"齐小星抱了抱立纯，在她耳边耳语几句，便奔了出去。

齐小星赶到军械库时，治安官正在组织卸货。他把治安官叫到一边，悄声说："你马上把所有侍卫和城内青壮集合起来，每人发一支枪，向赶往这里的'南部叛军'佯装猛攻，叫他们别瞄人，往天上打，可以加些鞭炮以壮声威。'南部叛军'那边我自会安排他们缴械和撤退。"

治安官领命而去。齐小星又给南部州州长打了个电话，要求他做溃败状，随后"缴械投降"。

一阵激烈的枪声过后，主城外面恢复了往常的平静，治安官带着大队人马开回主城。齐小星到广场上迎接，亲自督促治安官点齐六千兵马，并钦点六名统领各带一千兵马，分散到王城周围的密林中进行操练。

下午，堡内各主要主管召开秘密会议。齐小星首先嘉奖了治安官和南部州州长，肯定了他们的"双簧"唱得天衣无缝……随后又转达了白言冰对上次会议中两种方案的态度，并发动众人继续讨论。在齐小星的引导下，众人齐心协力，又想出一种新方案。这个方案综合了前两种方案的优点，可以看成是两种方案的中间路线。即：首先集中力量操练那六千兵马，让他们同时具备游击战和攻坚战的能力；然后让堡内其他民众用诈死术把瓮城的守军和"清洁队"骗进来；接着就由埋伏在隧道口附近的一半人马负责攻占城门，一半人马负责消灭进入伏击圈的守军；最后所有人乘坐各种车辆冲出城堡。

众人都认为这是个不错的办法。但也有人指出，如果外面的人一进来就把"阴曹门"关上怎么办？那可是一道足足有 10 厘米厚的合金钢门，照目前城堡的技术水平是没有能力打开它的。

但不管怎么说，总算找到一个看起来比较切实可行的逃生方案。

就在快要散会的时候，外务部门来报：向其他城堡发出的密信均已得到回复，称他们都在着手各自的突围准备，有几个城堡还建议要方案共享，要求把现成的方案提供给他们。

对于这些回复，齐小星和众人都很兴奋，因为这表示他们已经不是孤军作战，有了这些城堡联盟，突围出去后就能造出巨大声势，外面的人就不敢无视他们的呼声，也不敢置他们于死地了。

23. 金蝉脱壳

蓝之星已经把追踪黑五星党看成了自己的主业,反而把他该做的记者工作抛到了一边。小月休假结束,但还是坚持下班后赶往蓝之星的住处,为他烧菜做饭,收拾房间。蓝之星则成天奔波在外,或独自一人,或与田甜一起,四处搜寻黑五星党的下落。

田甜的父母都是警察,算是警察世家,这让她从小耳濡目染,在刑侦方面具有非同一般的天赋,因此深得局长器重。

田甜不喜欢兴师动众四处搜索,也不喜欢坐在会议室里搞那些纸上谈兵式的逻辑推理,她喜欢一个人装扮成职业女性、时尚美女甚至夜店女郎等,深入她认为罪犯可能出没的场所,利用她的独特的气质引诱罪犯上钩。有几个黑五星党成员,都是这样被她捕获的。

田甜身上也免不了一般美貌女子的通病:眼界很高,矜持过度,总认为能配得上自己的白马王子远在天边,往往对近在眼前的青年才俊视而不见。眼看年龄一天天见长,田甜也开始着急起来,她渴望着有朝一日,她的意中人主动送上门来。

这样的机会似乎已经出现。自从蓝之星出现，她就在心中默默认定：就是他了，他就是我盼望已久的白马王子。于是，田甜开始在心中谋划，她必须抓住这次机会，等案子破获之时来它个"双赢"。

案子在一步一步推进，田甜心中的计划也在一步一步地实施。

这段时间天气有些反常，已经快到重阳节了，还像盛夏时节那般炎热。这天，又有一个计划在田甜的心中酝酿成熟，于是她兴冲冲地给蓝之星打了个电话，要他立即赶到公安局。

蓝之星正想一个人到处转转，田甜的电话让他有一种莫名的兴奋，但他很快压住了这种不该出现的情绪，冷冷地对她说："我想一个人转转，不是什么重要的事吧？"

"恰恰非常重要，必须我们俩一起处理。"

"好吧，我这就过去。"

蓝之星赶到公安局楼下的时候，田甜已经一身时尚女郎的打扮站在她的车旁。她冲蓝之星迷人一笑："来吧，上我的车。"

蓝之星坐上副驾驶位置，看了看后座问道："你的助手呢？"

"他得守办公室，就我们俩足够了。"说着发动车子，拐了个漂亮的弧线滑出大门。

"我们去哪儿？"

"到了就知道了。"田甜一脸神秘。

"你又要玩什么花样？"

"你先设想一下吧，锻炼锻炼自己的想象力。"

"我的想象力可没你那么丰富，我是记者，是以事实说话的。"

"但你也是作家，没有想象力怎么写得出东西？"

"我写的是时政作品，不是写小说……"

……

一路上的争辩让蓝之星感到一种久违的惬意，加上天上明丽如洗的秋阳，左边云山上娇艳如火的秋景，右边嘉陵江湛蓝清澈的江流，还有身边这位风姿绰约，一路欢声笑语的美女，一切都是那么和谐而生动，好像人世间一切的美好都在这一刻得到了淋漓尽致的展现。

不知不觉间，他们的车前出现了一片白亮的沙滩，蓝之星不解："怎么开到这里来了？"

"怎么就不可以来这里？喏，后座上有游泳裤，你先换上。"田甜朝后努努嘴，下车甩上了车门。

蓝之星有些迟疑："那边不是有更衣室吗？"

"快去换吧，谁稀罕看你。"

蓝之星钻进后座，发现两个塑料袋里分别装着泳装和泳裤，心里顿时有一种难以名状的躁动。他看了看车头处田甜俊秀的背影，蜷着身子脱掉衣裤，飞快地把泳裤套在了腿上。

蓝之星下了车，轻轻说了一句："我好了，该你了。"

田甜转身，站在他面前足足看了3秒钟："不错，肌肉还看得过去，只是白了点。好，站在这里为我站岗，不许偷看。"

田甜说着钻进后座砰地关上了车门。蓝之星僵直地站在那里，眼睛望着眼前的沙滩。

"好了，可以看啦！"

蓝之星转过身，只见一位身着玉蓝色泳装的风韵女子出现在眼前。

"嗯，泳装很漂亮，就是紧了点。"

"别傻看了，我们走吧。"田甜说着，牵着蓝之星的手往江边跑去。

这是一个在内陆难得一见的天然露天浴场，江流在这里拐了个大弯，江面开阔，水势平缓，一两百米宽的沙滩顺着江流延绵上千米，全是雪白的细纱，平缓的坡度一直从岸边伸进江中。在经济危机爆发以前，每年从"五一"到国庆，这里都是游泳爱好者的天堂。在城堡建立的最初几年，这里一度成为裸泳者们的"天体浴场"。近几年这里却明显冷落了，只有那些豪门公子、富家小姐，还有时尚白领们，还常常驾车前来。

田甜拉着蓝之星跑到水边。此时已近中午，天空湛蓝高远，阳光也格外明丽格外干净，把澄明的江面照得明晃晃的，对岸的公路和路边停靠的车辆清晰可辨，下游有一座斜拉桥像一把竖琴似的横跨江面。

远远地游了一圈回来，田甜和蓝之星上岸休息。这时，一个肌肉发达、皮肤油黑的男人向他们走来。

"嗨——"那男人抬手向田甜打了个招呼。

田甜觉得眼前的男人似曾相识：他怎么会认识我呢？我们在哪里见过吗？

蓝之星也注意到那人，他注意到那男人壮硕粗野的容貌以及手臂上那条熟悉的文身，他一跃而起："就是他！"

这时，田甜已先他一步扑了过去，但那男人似乎早有防备，侧身一闪，躲过田甜的攻击，转身就跑。田甜和蓝之星一起拼命追赶，眼看就要追上时，一辆摩托艇从身后呼地驶到那人身边，那人一个鱼跃飞身上了后座，随那摩托艇向对岸飞驰而去。

田甜气得双脚直跺："都怪你，刚才喊什么喊！"她怒喝一声，就往停车的地方跑去。等蓝之星一上车，她就猛踩油门把车拐上公路，沿着下游一路飞驰。

蓝之星也没闲着，他摇下车窗，眼睛死死盯着那艘在江面飞一般逃窜的摩托艇。不到一分钟，那摩托艇已靠向对岸的一个简易码头，还没等摩托艇完全靠岸，那两个男人已飞身上岸，很快钻进一辆停靠在码头公路上的蓝色轿车。

"他们上了一辆蓝色小轿车，斜拉桥方向！"蓝之星赶忙向田甜报告。

田甜立即接通内部通话器，向局里请求警力支援。

　　两辆车隔江竞速，既刺激又不乏挑战意味，田甜把油门踩到了底，车速已到达极限。只用了3分钟，他们的车就上了那座竖琴似的大桥，风驰电掣地向对岸开去。

　　等田甜驾车下了引桥，早不见了那辆蓝色小车的踪影，前面的3条岔道更让她心急。她迟疑了一下，只得随便选了一条继续往前开，不到两千米，只见右前方有一辆蓝色小车停在路边。田甜举枪下车，飞快移到蓝色小车旁，可车内早没了人影。

　　"妈的，跑了！"蓝之星恨恨地骂了一句。

24. 大白天下

蓝之星回到家，却不见小月的影子，但桌上的饭菜还在冒着热气。"这丫头又在搞什么鬼？"蓝之星拨通了小月的电话："小月，你在哪里？"

"我在南滨路喝啤酒，一个人孤零零的，没男人买单呢。"

"你究竟想干什么？真搞不懂你！"

"搞不懂的应该是我吧？'落霞与孤鹜齐飞，秋水共长天一色'！好一对浪漫的孤鹜哟！"

"你说什么？"

"你自己做的事自己还不清楚吗？"

"我……"蓝之星一时语塞，"你回来吧，我会向你解释清楚的。"

"解释，还有这个必要吗？"

"你……"蓝之星一屁股瘫坐在沙发上，两眼直直地盯着天花板，想着该如何向小月说清楚。正想着，房门吱呀一声开了，小月一脸不快地走了进来。

"你跟踪我，都看见了是吧？"蓝之星问。

"是无意中看见的，没想到立纯姐才离开几天，你就……看来男人真没一个好东西！"

"你误会了，我是为立纯的事才跟田警官去的。我和田警官之间什么事都没有！"

"我看就要'有事'了。立纯姐临走时还口口声声叮嘱我一定要照顾好你，看来她是瞎操心了。"

"小月，你不说这些好不好？我真的难受极了。"

"我偏说！你根本不懂立纯的苦心，你以为立纯仅仅是因为感染 IZ 病毒才到城堡里去的吗？你以为……"

"以为什么？难道她到城堡里还有别的目的？"

"这个……她有没有别的目的我就不知道了，也许她是太想她的父母了，也许是想见到我哥哥。"

"不对，小月，你一定有什么秘密瞒着我。"蓝之星警觉地盯着小月，小月目光慌乱，避开了他的眼睛。

"没有，我没有什么可瞒你的。"小月慌乱中摇头。

"快告诉我吧，你和立纯之间到底还有什么秘密？"蓝之星一副咄咄逼人的样子。

"我不能告诉你，我答应过立纯，也答应过我父亲。"

"你父亲——齐大阳？你答应过他什么？"蓝之星脑海中快速回放着齐大阳在联大大门前那段答记者问，瞬间似有所悟，"是不是关于'清洁计划'的消息？"

"你……你是怎么知道的？难道已经泄密了？"小月吃惊地望着他。

"我原本只是猜测，但你的表情却告诉了我这是真的。快告诉我具体的细节吧，他们打算拿20亿IZ人怎么办？"

"还是不跟你说了吧。跟你说了又能怎样呢！"

"快说啊，小月！"蓝之星催促。

"好吧，我这就告诉你，你看有没有办法去救救立纯姐他们。"

小月终于承受不起这份过于沉重的秘密，把"清洁计划"的内容向蓝之星和盘托出。蓝之星听罢，并没有表现出多么吃惊的样子，他说："从目前的情况看，就算立纯他们不吃外面送去的有毒食品，仍然难逃被清除的命运。一是他们撑不了多久，二是'清洁计划'既然通过，清除是迟早的事。"

"那你有办法吗？"

"保密和沉默不是办法，我们必须把'清洁计划'通过网络公之于众，借助舆论向联大施压，让他们不得不放弃这个计划。"

"可是，万一消息的暴露对城堡不利怎么办？"

"暂时不会有什么不利，我们必须马上行动，先通过网络把消息公布出去。"

"万一那些网民不相信怎么办？"

"我有办法，我会同时通知世界各大媒体的同行，让他们在各类媒体上加以揭露。"

说干就干，当天晚上，蓝之星便将与"清洁计划"有关的信息上传到世界各大网络平台，并通知了世界各国媒体界的朋友、同行。

第二天一早，世界各大媒体、网络都在头版发了"清洁计划"即将付诸实施的消息，各国电视台也在新闻节目中加以报道。很快，全球范围掀起轩然大波，规模空前的抗议活动纷纷爆发。

渝江市也爆发了大规模的游行示威活动，原本冷清的街道一下子拥堵起来，满心愤慨的市民举着各种各样的牌子、标语，纷纷走向街头，一齐向市政府前的人民广场聚拢。

蓝之星和小月赶到人民广场时，整个广场已经成为人的海洋，抗议的口号此起彼伏、响彻云霄。

市政府感到了从未有过的恐慌，他们一边调集警力维持秩序、驱散群众，一边把发生的情况向上级部门通报。

田甜随公安局的大队人马参加了行动，他们用催泪弹、高压水枪、电击枪向愤怒的人群发起攻击，但潮水般涌来的群众前赴后继，一波未平一波又起，把人数上处于绝对劣势的警察逼得节节败退。局面很快失去控制，踩踏事件不断发生……

人民广场流血事件更加激起了渝江市民的愤慨，一场更大规模的游行随即爆发，愤怒的群众向城堡的南北瓮城涌去……

世界各地同时爆发游行的消息惊动了联大，联大秘书长立即召开紧急视频会议。

在联大总部扇形会议大厅里，两百多名各国驻联大代表如临大敌。在前面的大视屏上，瑞士洛桑世卫总部分会场里，齐大阳和数十名世卫官员交头接耳。

会议在联大秘书长亲自主持下召开，议程只有一项，就是讨论"清洁计划"是否还要执行的问题。

联大总部前早已人山人海，要求停止执行"清洁计划"的呼声一浪高过一浪。

瑞士洛桑卫生组织驻地门前也是群情激奋，那些愤怒的市民一边高喊口号，一边焚烧卫生组织官员的汽车。

齐大阳一脸土色，第一个发言，他指出，就目前的局势来看，执行"清洁计划"将得不偿失，如不及时停止"清洁计划"，一场全球性暴乱将不可避免，在世界经济危机已经严重到如此程度的今天，损失无法估量，后果不堪设想……

齐大阳的发言得到了卫生组织内部和大部分联大代表的赞同，反对的呼声显得异常微弱。迫于当前形势，联大以压倒多数的赞成票否决了"清洁计划"。

消息很快传到渝江，数十万游行市民一片欢腾，开始从城堡四周散去。此次游行示威活动历时近 10 个小时，在人潮涌过的大街小巷，商店遭到洗劫，公共设施损失惨重，到处留下被焚毁的汽车和被踩踏得面目全非的尸体。

汹涌的人潮把小月从蓝之星身边冲散，为了免遭伤害，她悄悄跑到城堡附近的树林里躲了起来，直到游行的人群散去，她才从躲藏的地方走了出来。一走上公路，满眼都是被掀翻的汽车，被毁坏的路标，满地的垃圾污渍，三两具面目全非的尸体……此时，太阳已经落到了云山后面，山上的风呼呼作响，浓浓的暮霭正在一点一点向小月围拢过来。

小月孤零零地在公路上走着，看到的人都是死人，看到的车都是不能开动的坏车，加上不时有山鸟凄厉的叫声回荡，更让她的心阵阵发紧。天很快黑了下来，小月又冷又怕，手机已在混乱中丢失，想与外界联系都不可能！天啊，要是遇上坏人怎么办？想到这里，小月在公路上飞跑起来，远远看去，一袭白衣的她就像从城堡中飞出的白色幽灵，反而会把见到她的人吓得三魂出窍。

就在小月快要跑不动的时候，一束雪亮的车灯从身后射来，她本能地停住了脚步，闪身躲到一棵树后面。可是，那车却在她的身边嘁地刹住，接着就听见一个男人的声音："请问，您需要帮助吗？"

小月听那声音有些耳熟，就转身走了出来，只见一位军官模样的男人正探头看她，于是她大着胆子问："长官，你是这瓮城里面的吧？能带我出去吗？"

"哈哈,我说咋遇到嫦娥了呢,原来是小月!非常荣幸为你效劳,快上车吧。"那男人显然认出了她,赶紧从驾驶座上跑下来,有些献媚地为她打开了副驾的车门。

小月听他叫得出自己的名字,知道是遇上熟人了,就上了车。"你怎么知道我的名字?你是王锐的下属吧?"

"我姓李,是他的副官,他老提起你呢,还提到你有一次失约的事。"副官一脸媚笑,起动了车子。

小月一颗悬着的心总算放了下来:"他提我干嘛呢?以他的条件,身边的美女恐怕要用火车来装吧?"

"这你就错了,我们关长可不是那么随便的人……"那位李副官边开车边与小月搭讪着,一直将她送到蓝之星家楼下,这才调转车头离开。

小月一颗心怦怦乱跳着走进电梯。她从李副官口中已经得知"清洁计划"被终止的消息。她现在很兴奋,迫不及待想见到几小时前走散的蓝之星,与他分享这份快乐。她出了电梯,走到蓝之星门外,伸手拍门,但没有反应。小月加重了力度,还是没有反应。他不会出什么事吧?小月开始担心,慌忙掏出钥匙开了门。

蓝之星果然还没回来。小月想到他们一整天都没吃东西了,就打开冰箱,取出肉和蔬菜做起晚饭来。

蓝之星回到家,就闻到一股鱼香肉丝的香味,饭厅的餐桌上,几个诱人的菜肴已经摆好。

穿着围裙的小月开心地奔过来,投入蓝之星的怀抱:"你听说了吧?'清洁计划'终止了。"

蓝之星一脸疲惫地点点头,推开小月:"太饿了,先吃饭。"

小月有些扫兴:"'清洁计划'终止,难道你不高兴吗?"

"高兴。但即便这样,立纯还是出不来!"

"那你就去找她呀!"小月突然吼了一声,然后怔住了,眼眸中顿时蒙上一团雾气……

25．物是人非

第二天，齐小星收到一个相邻城堡发来的消息，说是外面发生了一场全球性的示威游行，"清洁计划"很可能被迫取消。齐小星在得知这个消息后顿感心头压力大减，兴冲冲穿过花园去找白立纯，想尽快让她知道这个好消息。

花园里阳光明丽，风吹得满园树叶沙沙作响，一丛丛三角梅开得正艳，曲径、回廊、吊桥、荷塘、凉亭……一切都沐浴在暖暖的秋阳里。

齐小星绕过花园回廊，沿着玉水河穿过九曲廊桥走到白言冰住处附近，抬眼看见桥心的听雨轩里，有一老一少两个女人坐在美人靠上，那年轻的正手拿木梳为那老的梳头。再走近一些，齐小星看清了是立纯和她的疯妈妈。

立纯这时也瞥见了小星，但她没作声，直到把母亲那丛原本蓬乱的头发理得柔顺了，才放下木梳，回头冲他莞尔一笑："小星哥，你来了？"

"嗯，我来告诉你一个好消息——'清洁计划'可能要取消了！"

"真的吗？"立纯睁大眼睛，一时间竟不敢相信这是真的，"谁告诉你的？"回到大殿，齐小星开始与堡内各部门主管商讨"清洁计划"暂停后的应对方案。危机虽然暂时解除，但依然不能大意。所以齐小星提议堡内新组建的军队不能就地解散，而应分别转入工程水利及工业部门，边练兵边生产，利用这场危机的暂时解除，尽快实现城堡内各行各业的自给自足。

各部门官员深表赞同，都认为齐小星所虑深远，对堡内民众的生存极为有利。这件大事敲定后，齐小星刚要宣布散会，一个侍女突然慌慌张张跑来："堡主，夫人出事了！"

"哪个夫人？"齐小星一怔。

"白堡主的夫人——李夫人昏过去了！"

"怎么回事？"齐小星没等侍女回答，便一路小跑，奔入白言冰寝殿。

室内，立纯正守在母亲的床榻前啜泣，白言冰则躺在对面的床榻上不住地呻吟。

"立纯，你妈怎么了？"小星问。

立纯垂泪："妈妈午觉后突然清醒过来，她一睁眼就认出了爸爸和我，她看到爸爸如今的样子非常痛苦，看到我更是哭得不成人样……后来她不哭了，她说这一切都是造化弄人，要我们认命，还说了很多很多安慰我们的话。后来，我也反过来安慰妈妈，我对她说，我们一家人终于团聚了，有小星哥哥照顾，我们应该知足了。哪知我刚说到这里，妈妈突然大叫一声'完了'，就抽搐着倒在地上，很快就失去了知觉。小星哥，妈妈好可怜，你快救救她吧！"

"好的，别急，你妈不会有事的。"小星放开立纯，赶紧叫人去找医生。

医生很快赶到。测体温，量血压，听心跳……一番忙碌后，又问白立纯："夫人是不是清醒过来过？"

"是的，妈妈好像把从前的事都想起来了。"立纯幽幽地说。

"这就对了，夫人一定是在清醒之后突然意识到了某种无法面对的困境，于是又不得不滑向自我封闭状态。这是一种心理逃避机制……"

"很严重吗？"小星急切地问。

"通常不会有生命危险，不过夫人这身体 ——"医生摇摇头，一声轻叹。

白立纯心里也是一紧。她本人就是学医的，当然明白医生的意思，于是急道："医生，我们这里安神、强心以及相应的激素类药物都有吧？"

"有。希望夫人能挺过来，只要挺过这几天，夫人就有苏醒过来的可能。"

"夫人醒来后还会因为受到刺激失去意识吗？"齐小星问。

"一般不会了，除非有更大的刺激。"

医生说完开了药方递给立纯，便退了出去。

小星这才有时间坐到白言冰床边，把"清洁计划"取消的消息告诉了他，还告诉了他已经把军队划归到相关部门的情况。

白言冰听罢，示意齐小星扶他坐起来，无力地咳嗽几声，说："千万别大意，以我对外面的了解，他们不会就此罢休的……他们目前的举动可能只是个缓兵之计。"

"明白，我会留意的。"

"我日子不多了，堡内所有人的命运就靠你了。还有我的女儿，你要帮我照顾好她。"

立纯从母亲的床边走过来："爸爸，身体要紧，快躺下吧。"

"我放心不下你啊，立纯，你坐爸爸身边来。看着爸爸的眼睛，告诉爸爸，你愿意嫁给齐小星吗？"

立纯望着父亲那两束从肉瘤缝隙间透出的幽光，难过地说："爸，你就不要太操心了，小星哥会好好照顾我的。"

小星也凑到白言冰的眼前："放心，我今生今世只爱立纯一个，我过两天就跟立纯举行婚礼。"

"好。你们忙你们的去，不用管我了。"

立纯把白言冰放到床上，躺好，然后把齐小星送出门。门外花园内，几棵枫树的叶子已经泛红，这才让她猛然想起，蓝之星在美国时曾经答应过她，回来后要带她到云山看红叶，话犹在耳，已物是人非。立纯抬眼遥望云山，只见在氤氲的岚气之上，一丛丛火一样的红叶已经星星点点地在山野间燃烧起来。

26. 晴天霹雳

迷迷糊糊间，蓝之星的手机响了。

"通信不是中断了吗？难道已经恢复了？谁会给我打电话呢？是小月吗？" 蓝之星懒得理会，但手机却不停地响，只好一骨碌爬起来，接通电话吼了一声："你有病啊！"

一阵悦耳的笑声："蓝大哥，你在骂谁呀？"

"你……田甜啊。"蓝之星立即换了语气，"什么事？"

"你还没有回答我呢？干嘛生气？"

"已经没事儿了，快说吧，什么事？"

"我们抓到一个黑五星党的人，看上去跟那天沙滩上那个差不多，你马上过来辨认一下。"

"好，马上到 —— 哦，我车昨天丢了，你方便的话来接我一下。"

半小时后，田甜车到了，蓝之星萎靡不振地上车，田甜见他状态不佳，担心地问："有什么心事不妨说出来吧，堵在心里可不好。"

"没什么，昨天游行累了，还没完全恢复过来。"

"我可是警察。"

"真的没什么，昨晚回家喝了点酒，一直睡到现在，你电话来时我还在做梦呢。"蓝之星作势打了个呵欠。

田甜不满地看了他一眼："好吧，不说算了。"田甜不再说话，沉默间很快到了公安局。

一同走进审讯室，两位警官正在审讯一个犯罪嫌疑人。那人体格健壮，皮肤黝黑，一双桀骜的眼睛露出凶光。

"交代了吗？"田甜问。

"没有，一直硬绷着。"一位警官回答。

蓝之星审视着那人，立纯被强暴的画面再次在他头脑中闪现……蓝之星突然往前一冲，抬起右脚穿过栏杆直飞那人裆下："你个混蛋！老子今天废了你！"

田甜赶忙拉住蓝之星："别激动，我们有办法让他开口的。脱掉他的上衣！"

两个警察从侧门走了进去，按住那人的肩膀，三两下就把他的上衣脱了下来。顿时，一个醒目的文身赫然从那人的右臂上露了出来。

"就是他！他就是强暴立纯的凶手！我要剐了他！放开我！放开我！"蓝之星用力挣扎。

"你以为老子强奸了你的女人，是吗？老子倒是想，但你女人是谁啊？"

"不是你是谁？我一眼就能认出你手臂上的文身！"

"哈哈……"那人一阵狂笑，"所有黑五星党人每人臂上都有这个标记，不然你们再抓几个人来看看……"

"好了，先把他押下去！"田甜命令道。

等把那人押下去了，田甜问蓝之星："能确定是他吗？"

"这……"蓝之星被那人的笑声弄迷糊了，"录像上的光线比较暗，面部特征看不太清楚。"

"录像呢？拿录像做下比对，结果就出来了。"负责审讯的警官提示。

"你们没见受害者的家属在场吗？"田甜瞪了那警官一眼。

两人见蓝之星铁青了脸，连声道歉。

蓝之星没有理会，一声不吭地走出审讯室。

田甜追出来："蓝大哥，我送你。"

"我要去找我的车。"

"好，我陪你去，你车怎么丢的？"

"也不能算丢，昨天参加游行，将车停在了人民广场地下车库里，后来出现混乱场面，踩踏、砸车、放火，人群四散奔走，逃命要紧，就没去找车。"

"这就更好办了，我送你过去。"

很快来到人民广场地下车库，蓝之星和小月的车还停在原地，完好无损，蓝之星松了口气，交了停车费，与田甜告别："谢谢你，我要到报社去发稿，先走了。"

"你不是已经请了长假，不用上班了吗？"

"你怎么知道的？"蓝之星诧异。

"你说呢？"田甜俏皮地反问。

蓝之星没有理会，驶离车库，反光镜中的田甜越来越小。

不觉间，车子开上了黄花园大桥，过了桥往右一拐，就离小月的住处不远了 —— 小月！蓝之星想到小月，心头一震，"我这是怎么了？既然决定去找立纯，我又何苦让小月徒增伤感呢？" 心里虽这么想着，但不知不觉间，车子还是开到小月家门前，下意识地敲响小月房门。

门开一缝，小月披头散发，站在门内。

"小月！"蓝之星叫了一声，小月的泪就下来了！

"小月，都是我不好。我不配，我是来向你道别的，我要到城堡里去了。"

"不行！你不能丢下我！"小月开门，抱住蓝之星，"你就不能成全立纯姐和小星哥吗？你就忍心看着我孤零零一个人吗？"小月全身发颤，泪如泉涌。

蓝之星慌了，一时手足无措，正想安慰一下小月，哪知这时小月的手机响了。

"喂！小月！喂！小月！我是爸爸，你快说话，十万火急！"

"爸爸！我在听，你说吧。"

"联大刚刚召开了秘密会议，'清洁计划'提前，改为武装清洗，20 天后凌晨两点，全球同时执行。"

"什么？"小月一脸惊愕，"不是刚刚宣布取消'清洁计划'了吗？"

"那是掩人耳目的，健康人世界撑不住了，一些人认为，为了避免全球经济崩溃，必须如此！"

"那我该怎么办？还是像上次那样告诉媒体，再次来个大规模游行吗？"

"不行，这样一来，他们会立即采取行动 —— 有人过来了……"电话忽然挂断，只剩嘟嘟的忙音。

27. 故伎重演

齐大阳的电话无异于一个晴天霹雳，把小月和蓝之星击懵了，他们都一下子从亢奋的顶点跌入冰冻的谷底。屋子里静得可怕，好长时间都听不到一点声音。

小月无力地瘫倒在靠背上，双眼无神地望着站在床前发呆的蓝之星。沉吟良久，蓝之星突然说："不能听你父亲的，我们必须告诉媒体，必须让这个消息大白于天下，随即发动更大规模的示威游行！我就不信联大有那么大的权力，他们凭什么可以决定 20 亿 IZ 人的生死！我马上联络我在世界各大媒体的朋友，迫使联大举行全民公投，IZ 人的命运，不能掌握在他们少数几个人手里！"

小月看到蓝之星一副慷慨陈词的样子，心里非常着急，可她已经一整天没吃饭了，加上刚才的折腾，此时的她已无力和他争辩。她感到周身酸软、头晕目眩，突然一阵恶心涌起，禁不住趴到床沿边哇哇地呕吐起来。

蓝之星吓坏了，慌忙扶住她，帮她撩起下垂的头发："你怎么了？是不是胃着凉了？要不先喝口热水？"

小月哪里忍得住，她翻江倒海地呕着，几乎把苦胆都要呕出来，但呕出来的只是一些胃液和胆汁。

蓝之星看在眼里疼在心里："你看你吐的都是些啥？是不是一直没有吃东西？来，先擦擦嘴，再喝水漱漱口。"

蓝之星一边打扫地板一边歉疚地说："都怪我不好，只顾自己逃，没能好好地保护你……要不我先带你到医院去吧，身体要紧。"

"不用了，过一会儿就好。"

"这怎么行，我看你病得不轻。"蓝之星打扫完毕，走过来摸摸小月的额头，"哇，好烫！没到四十摄氏度才怪！"

蓝之星找来温度计，把它放在了小月的腋下。

小月示意蓝之星在身边坐下，说："你想让立纯姐马上死，是吧？"

蓝之星奇怪地看了她一眼："你怎么这样说，我怎么会想她死呢？"

"既然你不想让她死，你就不能把这个消息捅出去。"小月觉得她已经好受了些，因此想尽力说服蓝之星。

"干嘛不能？这是唯一可以阻止'清洁计划'实施的办法。"

"亏你还是时政记者呢，你对时局的洞悉应该比我强吧？你试想一下，联大为什么会在短短的一天之后就推翻刚刚形成的决议？为什么他们要用更短的时间、更不人道的方式解决 IZ 人这个包袱？那是因为他们已经被当下的危机逼得走投无路，再不趁势解决 IZ 人问题，世界经济就要全面崩溃了。"

"你要给我上时政课吗？"蓝之星打断了她，"这些我都明白，但在强大的亲情压力面前，他们也可能会选择听之任之、顺其自然的。"

"绝不可能！要是真正再度爆发全球性的抗议活动，我敢肯定，他们会把对 IZ 人的'死缓'改成'立即执行'，到时候你后悔都来不及。我父亲也特别强调了这一点，显然他们已经做好了应对抗议活动的预案。"

蓝之星感到有些绝望，但还是坚持说："那只是最坏的可能。我们总不能见死不救吧？我还是主张把消息及早透露出去，等你看完病我就立即去做！把温度计给我。"

小月见说了半天他还是固执己见，就有些生气地说："我不用你管！反正立纯姐和小星哥他们马上就要死了，我不如也死了算了。"说着说着就哭了起来。

"怎么哭了？"蓝之星用力掰开小月的臂膀，取出了温度计。"都三十九度八了！走，我带你到医院去。"

"要去你去，我不去！"小月继续使着性子。

"我去干嘛呀？又不是我生病。好了，你说，你要我怎样做你才肯去。"

"只要你听我的，我就去。"

"好，好，你说，只要你说得服我或者有更好的办法，我就听你的。"蓝之星一副委曲求全的样子。

小月抹了把泪，蛮有把握地说："我去找王锐，我说我想见我的哥哥，叫他通知小星在瓮城见面。"

"什么？王锐？你去找他？"蓝之星脑中浮现出一副色眯眯的嘴脸，"那可不行！你这是小羊羔钻老虎嘴——送菜。"

"反正又没人喜欢我，索性破罐破摔，就当是昭君和番吧，这岂不是三全其美？"小月噘着嘴说。

"呵呵！你用处还挺大的哈？说说看，哪三全其美？"

小月一副正儿八经的样子掰着指头说："第一，可以挽救20亿 IZ 人的生命，这条最重要。第二，可以消除你的眼中钉心头刺，让你过上清静日子。第三，可以遂了王锐那色狼的心愿，让他'吃天鹅肉'的梦想成真。"

"我要是不答应呢？"

"你没有这个权利。"

"要是我愿意有这个权利呢？"

"那还要看本姑娘给不给。"

"你给也得给，不给也得给！"蓝之星揽住小月。

小月用力推开他："你是不是答应了？"

"好吧，我拗不过你。不过，我们还得好好探讨一下细节。"

最后，他们想到了一个看似两全其美的办法，那就是分两步走：第一步，在近两天把"清洁计划"提前的消息带给城堡，让小星他们在内部网络上进行秘密传输，想办法各自突围。第二步，在"清洁计划"执行前一两天把消息透露出去，以声势浩大的抗议和对军事设施的冲击分散各国执行者的注意力，迫使他们再次放弃计划，必要时还可以采用自杀式人海战术来阻止计划的执行。

方案基本成型，但还有一个关键问题没能解决，那就是小月的身体安全问题。一提到这个问题，蓝之星心里有点酸溜溜的："无论如何，你不能以身体为代价，这是底线！"

小月扑哧一笑："还底线呢，有啥大不了的，又要不了我的命。"

"你……"

"好了，我会注意安全的，出发吧。"

"别忙！家里有药吗？"

"有，在客厅的柜子里，有个医药包，里面有退烧药。"

服过药，小月感觉轻松多了。她这人就是这样，只要精神上的问题解决了，身体上的病好得特别快。

"走吧。"小月穿戴整齐，化了个淡妆。

20分钟后，他们的车停在了南瓮城前。小月下了车，径自向"还阳门"走去，她刚一跨过离门七八米远的黄线，一个士兵从岗亭里冲了出来："站住！"

小月停了下来，大声对那士兵说："小哥哥，有劳你通报一声，我要见你们的王关长。"

"你是他什么人？"士兵睁大眼睛打量着小月。

小月毫不吝啬自己的笑脸："我是她女朋友，特地来看他的。"

士兵立即满脸堆笑："我马上报告上去。"

几分钟后，"还阳门"旁的小门开了，小月向蓝之星神秘一笑，转身钻了进去。

蓝之星还想叮嘱几句，但话到嘴边还是忍住了。

等待的过程是最难受的。蓝之星在瓮城前的公路上来回踱着步，内心纠结，脑海中满是小月和白立纯的身影……

小月终于出来了，蓝之星正想迎过去，但看到那士兵正奇怪地看着自己，就立即打消了这个念头，反身钻进车里。

小月上了车，也不说话，看上去有些疲惫，蓝之星心里发毛："他没把你怎样吧？"

"就让他拥抱了一会儿。"小月淡淡地说。

"你……你怎么能这样？"

"他提出进一步的要求被我拒绝了，他很扫兴。"

"事情说了吗？"

"说了。"

"他怎么说？"

"他说这是个最大的原则问题，他必须得到让他这样做的理由，他说这个理由就在我的身上，就看我愿不愿意给。"

"流氓，我阉了他！"

"我不会让他轻易得逞的……"

蓝之星猛踩油门，车子箭一般蹿了出去。

28. 虚与委蛇

蓝之星把车开回市区，原准备送小月回家，但小月婉拒了。两人各自回家。

第二天，小月主动和王锐取得联系，约他进城一起共进午餐，没想到王锐竟然以工作很忙为由拒绝了。小月顿时慌了手脚，不得不立马去找蓝之星。

蓝之星一语道破天机："这是欲擒故纵……你就给他来个按兵不动，看谁急！"

"但我们的时间输不起呀，万一他拖个十天八天都不上钩怎么办？"

"依你对他的了解，他忍得了那么久吗？"

"好吧，听你的。"

果然不出蓝之星所料，王锐在第二天一早就打来电话，约小月晚上在雾都宾馆会面。

蓝之星一听宾馆两字，就知道王锐没安好心，于是征得小月同意后，赶紧给田甜打电话。田甜很快开车过来，在听完小月与王锐的事后，说道："小事一桩，只要你们按我的要求去做就行了。"接着就做了一番布置……

傍晚，长江两岸的万家灯火渐渐驱散了薄薄的暮霭，城市又融入迷人的夜色中。

王锐已经打了几个电话催促小月，小月按照田甜的安排故意迟到了半个小时。

当一身华丽晚装的小月款款步入雾都宾馆的前厅时，在场的男宾们都看傻了眼。苦苦等了快一小时的王锐惊喜万分，赶忙迎上前去牵起小月的手。

"大美女，你终于来了。走吧，想吃啥？我来安排。"

小月甩开他的手，娇嗔："海鲜吧。龙虾鱼翅燕窝鲍鱼海参都来一些。"

"好，好，全依你。"

他们来到二楼的中餐厅，在临窗的一个情侣间里坐下来。一位服务生拿来菜单："小姐，先生，请点菜。"

小月一看是田甜，差点笑出声，她接过菜单，很随意地点了起来："这个，鲍鱼烧三参……这个，红袍大龙虾……还有这个，燕窝鱼翅羹……"

王锐心里暗暗叫苦，额上渗出细汗，那张白皙的娃娃脸泛起红晕。这，这不是成心宰我吗？心里虽这么想着，嘴上却说："点，只要你喜欢的，随便点。"

"王哥真豪爽，女人都喜欢一掷千金的豪爽汉子。"

"哪跟哪儿啊，不就几个菜吗。"王锐嘴硬，强撑门面。

"王哥，我求你的事，你想好了吗？"

"想好了，明天上午你到我办公室来，我打个电话叫你哥哥齐小星出来就是，在'阴阳门'边的更衣室里安排你们见面。"

"你找到我哥哥了吗？"

"找到了，原来他就是这里的堡主。"

"堡主？"

"这还不明白？就是城堡里的头儿，IZ人自己推选出来的，负责统管堡内一切事务。"

小月暗喜，为小星哥哥当上堡主而欣慰。看来立纯姐只要找到小星哥就有依靠了。但立纯找到小星了吗？边想，边跟王锐虚与委蛇。

不觉间，小月点的菜陆续上桌，但小月却因为心事重重全无胃口，只随意吃了几口，就不再动筷子了。

王锐却是心疼肉疼，想到这么多山珍海味不吃实在太浪费，于是咬牙好一顿胡吃海塞，还要了瓶红酒，要小月陪着一起喝。

饱暖思淫欲，酒足饭饱之后，王锐一双眼睛直勾勾地盯着小月："走吧，房间我订好了。"一副急不可耐的样子。

还在电梯里，王锐手脚就开始不老实，一进房间，王锐越发不安分起来，小月心慌，挣脱开，佯装娇嗔："你个坏蛋，先去洗洗……"

"遵命，宝贝儿等我，要不要一起……"

"你快去吧。"小月一把将其推入卫生间，之后按照田甜的吩咐，慌张中拿出手机，拨通一个电话，在确认电话已经接通后，随即挂掉。

很快，门铃响了。

"谁呀？"小月隔着门大声问。

"修理管道的。你看一下，你们房间是不是没有热水？"门外，一个男人大声回答。

"好的，你等等。"小月敲了敲卫生间的门问，"修管道的来了，你看有热水没有？"

一阵哗哗的水声过后，王锐只穿个裤衩跑出来："没热水，让他进来，快快修好，不然我投诉他们。"

小月拉开门，一身工作装的蓝之星提着个工具包挤了进来："对不起，打扰了。热水管道临时故障，很快就好。"

"没关系，我们不急。"小月朝蓝之星挤挤眼，侧开身把他让了过来。

蓝之星朝小月会心一笑，装模作样钻进卫生间，乒乒乓乓一阵敲打。

王锐满脸晦气，缩进被窝狂躁不安捣鼓起电视遥控器，频道不停地换，却没一个是他此刻想看的。

小月一会儿装着关心给王锐掖掖被子，端茶递水；一会儿又扶着卫生间的门框，惬意地看着蓝之星在里面装模作样敲敲打打。

修理的时间很长，烦得王锐一个劲儿地打着呵欠，全部兴致都被憋成一泡尿胀在膀胱里。

大约过了一个小时，蓝之星终于出来了，苦着脸抱歉："对不起两位，我已经尽力了，热水管路故障，需要更换零部件，我已经下单了，零部件还要等一会儿才能送达。"

"什么？你们这是五星级宾馆的服务标准吗？给老子换房！"王锐没想到苦等了良久，等来的却是这种结果，气得暴跳如雷，把手里的遥控器啪地摔到地板上，里面的电池摔出来滚了老远。

"对不起先生，换房请找客服，客服电话您房间门后有。"蓝之星鞠个躬，退出房间。

王锐立即打了客房部电话，得到的答复是，已经客满，实在抱歉。

王锐彻底蔫了，怔怔地躺在床上生闷气。

小月上前安慰："没关系的，别跟自己赌气了。你身体那么棒，洗洗冷水有什么关系呢？"

王锐一想也是这么个理儿，美色当前，冷水就冷水吧。翻身起来，迫不及待钻进淋浴室。

等哗哗的水声停下来之后，小月第二次拨出了一个手机号码。依然是接通之后立即挂断。没过多久，门铃声再次响起来。

小月大声问："谁呀，还让不让人安生呀？"

"查房的，开门！"

小月打开门，身着警服的田甜和助手小刘冲了进来。

田甜出示证件："警察，请把你的执业证件拿出来。"

"什么执业证件？我不懂。"小月一副迷惑的样子。

"有血液验证单吗？"小刘问。

王锐听到问话，裹着浴巾瑟缩着钻了出来："你们把她当什么人了，她是我的女朋友。"

"是吗？"田甜肃然打量了王锐好一阵，突然像碰到老熟人似的惊呼起来，"啊，你是王关长吧？我在电视上见过你！"

"是。你们出去吧，这里没你们的事了。"

"好吧，只要这位小姐拿得出证明她身份的证件我们就可以走了。对王关长，该关照我们一定会关照的。"

小月取出随身坤包，装模作样一顿翻寻，结果什么也没找到，最终故作怒意地瞪着王锐："都怪你，催，催，催，我出门证件都忘了带！"

田甜一把抓住小月的手臂："不会是忘了带那么简单吧？对不起，麻烦跟我们走一趟。"转头又望向王锐，"王关长，这事儿马虎不得，按照相关安全法规，我得带走她。此事关系重大，我们可不敢因为大意，让王关长陷入染上 IZ 病的危险……"

说完向王锐敬了个礼，不容分说，带着小月走出房间。

王锐气急败坏，一下把床前的茶几掀了个四脚朝天。

29. 巡游奇遇

一场冷空气过后，天更冷了。原本蔚蓝的天空阴云密布，秋雨淅淅沥沥，漫山遍野黄叶遍地，枫叶则越发红艳，野菊花星星点点开在雨中，黄的温润、白的无瑕，把原野装扮得极富秋的韵致。

立纯随着小星，在城堡内一路巡游，出发时还是一身薄薄的缎袍，没几天身上就加上了一件白狐皮做的坎肩。他们的车队沿着西部州往北部州逶迤前行，一路上迷人的秋景令人陶醉。

这些日子，他们已经视察了中部、南部、西部三州。当地民众安居乐业，农业发展势头不错，好多地方出现了交换农副产品的集市，但由于堡内没有货币，人们只能采用以物换物的方式进行交易。这让齐小星感到发行货币已经势在必行。在西部州长以及其他官员的陪同下，一行人来到西山附近一处山坳旁，那山坳又深又大，呈口袋形，出口却很小，小星在那里驻足良久，问了很多问题，之后建议应该将这处山坳筑坝拦起来，建成一座大型水库，以解决饮水、灌溉和发电问题。他想逐步摆脱对外面的依赖，逐步在水、电和食品方面实现自给自足。

离开那处山坳，车队又行进了两个多小时，来到了八卦山前。这里是中北部州与北部州的交界处，是城堡西北部的一道天然屏障。这里山势相对来说还算陡峻、茂林修竹、湖光山色、相映成趣，原是乌龙湖国家森林公园的主要区域。城堡设立之初，"外面"为了便于修筑城墙和管理，把这片向南突入的区域圈进了城堡。

车队沿着崎岖的山路小心爬行，转过几个山坳，前面豁然开朗，一个墨绿色的湖泊静卧于群山之中，四周山峰俊秀挺拔、倒映水中，景致清幽奇绝。

齐小星牵着立纯下车，来到湖口的一处绝壁前，只见在数十米高的岩壁上，刻着几行宛若游龙的飘逸草书。但因年深岁久，字迹周围已长满青苔，立纯读了几遍都没读通。

"还是我来吧。"齐小星微微一笑，念出声来：

金乌狮子十二峰，

峰峰奇立在卦中。

君若识得此穴位，

子孙代代在朝中。"

"写得真好，像是专门为堡主写的一样。"一位随行官员趁机恭维。

"怎么个好法，怎么就是像是为我写的一样？"齐小星假装不解。那官员顿时哑口，面现尴尬之色，正欲搜肠刮肚寻出一番说词辞来，不料一位披头散发、衣衫褴褛的男人蹦跳着从山路上走过来,一边摇着一个破旧的拨浪鼓,一边反复叨念着一首老掉牙的儿歌:"大月亮,二月亮,哥哥起来做木匠,嫂嫂起来蒸糯米,婆婆闻到糯米香,半夜起来补裤裆……"

齐小星看向那人,心里不由一动,随即不由自主跟着念起来:"大月亮,二月亮,哥哥起来做木匠,嫂嫂起来蒸糯米,婆婆闻到糯米香,半夜起来补裤裆,东一补,西一补,婆婆补了个花屁股。"

"星儿,星儿?你是我的星儿?"那人举着那个拨浪鼓踉跄着向齐小星奔来。

齐小星同样迎上去,一把抓起那个拨浪鼓:"爸爸,你是爸爸!我妈妈呢,妈妈呢?"

那人一把抓住齐小星的手,呜呜地哭起来:"真是星儿,你妈妈她……她已经去世了。"

"去世了?"小星的眼泪汩汩而下,7岁前的经历一幕幕渐次清晰。

齐小星记得当年和父母生活在渝江市郊的一个小镇内,那是一座保留着很多古建筑的小镇。镇上有一条长长的石板街,镇前有一条小河。他的妈妈在镇上的医院工作,整天穿着白大褂忙碌不停。爸爸在镇上的小学教书,常陪他玩,并为他制作过很多有趣的玩具,那个拨浪鼓就是他5岁时爸爸送他的生日礼物。他记得妈妈很漂亮,走在路上时常有男人盯着妈妈目不转睛地看。这之后,小星的童年记忆开始扭曲,出现了一个叫齐大阳的男人。齐大阳连哄带诱将他带到了城里,并让小星叫他爹——

小星从此便和他们失去了联系。后来他曾经两次回去找过父母，但邻居们都说他们已经搬家，不知搬到了哪里。

小星跟着儿时的爸爸，走进了一个四面环山的小山坳。这里苍松翠柏，山花烂漫，在几丛翠竹的掩映下，几间破败的茅屋立于荒草丛生的空坝上，显得冷清而寂寥。在茅屋的旁边，一个开满野菊花的土丘前面有一块粗粝的石碑，上面歪歪斜斜地刻着一行字：爱妻艾菊之墓。

小星泪流满面地站到坟前，屈膝跪了下去。

"艾菊啊，星儿来看你来了？"父亲在一旁悲切地对着坟头说。

"妈妈！"小星一时哽咽得说不出话来。

一行人都陪着小星落泪，都为这样的团聚场面唏嘘感叹。

……

"你们是怎么进来的？为什么会生活在这里？"良久，小星痛心地问。

"既然你已经找来了，我还是告诉你吧……"父亲向齐小星讲起一个在心中沉埋了近20年的秘密：原来艾菊和齐大阳在上大学时便相恋并且怀上了小星。艾菊当时不愿意打掉孩子，不顾齐大阳的反对休学回家，坚持把孩子生了下来。而在这期间，齐大阳另结新欢，已和其他女人好上了。艾菊因此便一人带着孩子在镇上的医院找到了一份工作，之后又认识了一位在当地镇上教书的男人，于是心灰意冷间便和那个教书的男人结了婚……就这样一家三口平静地生活了四五年。但在小星 6 岁那年，齐大阳却带着一帮人找上门来。这时的他官运亨通，已经混到了很高的位置，他是来争取小星的抚养权的。但让齐大阳意想不到的是，任随他用尽种种手段，倔强的艾菊始终不为所动，把儿子像母鸡护雏般捂得严严实实。齐大阳何许人也？这点小事岂能难得住他？几个月之后，爱菊和丈夫在季检中同时被检出 IZ 病毒呈阳性，双双被送进了 IZ 城堡。

至此，齐小星才知道，那个一直以自己的养父自居的齐大阳，竟是自己的生父。他虽然知道齐大阳不择手段、坏事做绝，但在得知这一切后还是吃惊不已、郁愤难平，要狂吼、想发泄……

"你们怎么不住在城镇里呢？"小星哽咽着问他的养父。

"我们进来的时候，下面太乱，你母亲又是那样漂亮，我怕……"

"在这里你们怎么生活啊？连生活必需品都无法满足。"

"山上能找到食物，我们还自己种了玉米和蔬菜。本来你还有两个弟弟和一个妹妹，但他们都嫌这人世太苦，没过几年都先后走了。"

小星的心又被什么狠狠地揪了一下："妈妈呢？她是什么时候走的？"

"你要是早点来就好了，才走不到半年。她累了，她走的时候还一直呼唤着你的名字。"

"妈——妈——"一股热流在喉咙涌动，小星再也说不出话来。

过了好久，小星才平息过来，并提议要带养父回城里住。但养父不肯，他要陪着妻子，生相随，死相依。小星不好勉强，只能安排当地官员照顾养父的衣食用度。然后带着众人离开养父家，再次上路。

一行人刚刚踏上去北部州的大道，一辆车从后边飞驰而至，超到车队前停下。车上跳下一名侍卫，几步奔到齐小星车前，急报："堡主，瓮城来电，请你马上赶到瓮城，有人要见您！"

30.　以身涉险

　　合伙戏耍王锐后，小月有些后怕，万一把他惹恼了怎么办？因此在第二天一早，小月就给王锐去了电话。王锐余怒未消，发了顿脾气。小月则装作很委屈的样子说："你好歹是睡在宾馆里，但我呢，我被警察关了一夜我找谁说理去——我刚回到家就给你打电话，你还想怎么样？"

　　王锐顿时软了下来。急着赔不是："都怪我，都怪我。改天我一定给你赔罪。"

　　"改天是哪天，为什么不是现在？"

　　王锐心头一喜，嘴上却说，"今天不行，今天要迎接军区的检查，晚上谁都不准离岗。"

　　"检查？什么检查？"小月心里一惊。

　　"防务方面的，上面要求最近要加强城堡警戒，警戒个鸟啊，有那个必要吗？真他们的扯淡！"

　　小月心里虽急，但还是强装镇静问道："那我和哥哥见面怎么安排？"

"今天肯定不行了，至少要到明天。"

"那你安排一下，我明天过去找你。"

"这次可不要忘了带证件哟。"

"我就到你那里去，你想怎么就怎么，行了吧？"小月横下一条心说。

"行，你明天上午10点过来，我把一切都安排好，包你满意。"

20多个小时的等待太熬人了，小月和蓝之星开着车到处乱转，几乎跑遍了大半个渝江市。下午，蓝之星突然想起了什么，对小月说："走，我带你去看一个地方。"

他们顺着云山脚下的公路往北飞驰，很快就开到云山军用机场入口处。蓝之星走到大门处，向卫兵出示了他的采访证，那卫兵看了他一眼说："对不起，任何非军事人员禁止入内！"

"我要找你们的江师长，劳您通报一下。"

"对不起，江师长有令，最近不见任何客人。"

蓝之星还有些不甘心，掏出手机拨了江师长电话，听到的却是一串对方关机的提示语。他终于死心并意识到——"清洁计划"已经下达到基层了。

"走！我们到山上去看看！"蓝之星和小月开车向远处的云

山而去。

绕上一段盘山公路，他们把车开到一个观景台边停下来。蓝之星看了看周围的环境，这里大概是城堡东城墙的中段，位于两座瓮城的中间，头顶是那堵 IZ 人无法逾越的城墙，山下不远处就是云山军用机场。只见在空旷的停机坪上，一排 A3 重型轰炸机停在那里，一些车和一些人正围在机身周围不停地忙碌，好像是在往飞机上装载物资。

蓝之星看到这些，回头对小月说："小月，你父亲提供的情报一点不假。看看，都开始装弹了。"

"他们要用轰炸的方式把城堡夷为平地吗？"

"应该是，也许这就是他们认为最干净彻底的解决办法。A3 轰炸机的威力我们都见识过，它曾经在岛屿争夺战中大显身手。"

"他们怎么能对 IZ 人用重武器，这也太残忍太没人性了吧？"

"我们得抓紧了，20 亿 IZ 人的死活就全看你的了。"

……

小月几乎一夜无眠。第二天，她用脂粉和腮红掩盖满脸的倦意，在蓝之星的陪同下去找王锐。

王锐昨天陪军区首长检查防务，陪了两顿酒，一直睡到 9 点才起床。他自恃父亲同样是军区首长的缘故，对那位首长的要求并不上心，因此对上级的一些布置压根儿就没去落实。他从休息室出来，才想起小月今天要来见他，心里顿时一热，赶紧叫卫兵打扫房间、喷上香水。随后便接通了城堡专线，命齐小星即刻出来会面。

随后小月如约而至，王锐欣喜若狂，当即就要让小月兑现承诺。但小月却问："你都安排好了吗？"

"只要是我王锐想办的事，还有办不成的吗？放心好了，我已经通知你哥哥，他很快就会过来。趁他还没到，你该……"

"急什么呢？我必须先看到哥哥才行，我可不想被你白白耍了。这样吧，你陪我先到处转转，我还没见识过瓮城是什么样子呢。"

王锐看小月一脸坚决，只好陪着她绕着瓮城转了一圈，让小月把里面的防守布置都看了个一清二楚。小月有意走得很慢，显得处处好奇的样子，还不时提出一些幼稚的问题，故意给王锐一些卖弄的机会。

一直捱到中午，还不见小星到来，小月有些急了，问王锐是怎么回事，是不是在骗她。

王锐为了证明自己的诚信，赶紧当着小月的面打电话到城堡里询问，才得知是堡主夫人出了点事，要到下午才能赶过来。

这个消息更让小月担心不已，她不知道小星的夫人到底是谁，是立纯还是别的什么女人？她出了什么事？会影响到哥哥来和自己相见吗？

王锐却不知小月在想什么，他邀请小月去吃午饭。小月吃不下，草草吃了几口就到卫生间去给蓝之星悄悄打了个电话，让他再耐心等一等，不要想多了……

31. 再传噩耗

小星在接到"外面"的通知时已经快到中午，他让随行的两位官员继续陪立纯了解堡内情况，自己带着侍卫往南瓮城赶去。

立纯本来要陪他去的，但他说这次会晤有些蹊跷，这是城堡有史以来从未遇到的事情，也不符合城堡管理规范，所以不能带着立纯。但齐小星一行人的车队刚行出 40 分钟，正好进入中部州界，就发现中部州州长带着一群人站在路中央。齐小星知道肯定有事，急忙下车，一问之下，才知道中部州州长刚接到一个电话，白立纯坐的车翻了。

小星大惊："立纯没什么事吧？"

"他们说夫人的马车翻进路旁的沟里去了，夫人受了点伤。"

"伤在哪里？"

"说是伤得不轻，夫人肚子里的孩子怕是没有了。"

"快掉头！"小星命令。

侍卫赶忙掉转车头往北部州方向疾驰，中部州州长也命令他的车队跟随在后。

可小星的车刚开到中北州的地界，中北州州长又带人拦下齐小星，告诉他瓮城已经第三次打来电话，这次是一个叫小月的女人打来的，自称是齐小星的妹妹，叫他火速赶往瓮城相见。

小星心里又一个激灵！小月？小月怎么会在瓮城？她怎么会亲自在那里打电话？她为什么催得那么急？难道"清洁计划"起了变故？白言冰原本就提醒过的——怎么办，我该怎么办？

齐小星略微思索了一下，当即吩咐两位州长快去处理白立纯车祸，他自己则带着几名侍卫往南瓮城一路驰去。

下午3点，小星的车终于驶入通往"外面"的隧道。

隧道尽头，小星的车刚在那两扇厚重的钢门前停下来，一阵闷雷似的声音便从大门与洞壁的交接处传来，接着大门的正中间出现了一丝亮光，亮光越来越宽、越来越亮——外面的世界豁然出现在眼前，一股别样的气息扑面而来！

小星用手半掩着眼睛，迟疑地站了一会儿，这才看清前面的广场，看清了广场尽头的那扇"阴阳门"，看清了"阴阳门"前的一队守城士兵。他看见其中有个军官模样的人正在用力朝他挥手，示意他赶快过去。

小星深深地吸了口气，向前走去。在阴阳门前，两个士兵从头到脚将他搜了个遍，然后才向那个军官模样的人报告："报告关长，没有发现任何异常。"

"请跟我来吧,你只有 10 分钟的时间。"王锐说完,向远处行去。小星紧随其后,内心七上八下。

王锐径自把齐小星带到左侧的更衣室前,冲里面大声说了一句:"我把人给你带来了,你们谈吧。记住,只有 10 分钟。"

小月闻声奔出,一眼看到齐小星,惊喜地叫了声"哥哥",眼圈便红了。近来所遭遇的一切委屈顿时涌上心头,见到小星的这一瞬,她再也控制不住,冲上前便环住了小星的脖子。

"小月!"齐小星内心五味杂陈。他此前已知道齐大阳是自己的生父,那么小月就是他的亲妹妹了。

"小月,"齐小星轻轻拿开小月的双手,"别这样。"

小月感觉到了齐小星的疏远,惶然问:"见到我难道你不高兴吗?"

"我是你亲哥哥,我也是不久前才知道的!"小星眼睛里已经充满了兄长对妹妹的爱怜。

"你说什么?你是我的亲哥哥?这怎么可能啊?"小月懵了,简直不敢相信自己的耳朵。

"是的,我们虽然有不同的母亲,但我们的父亲却都是齐大阳。我也是不久前才知道的。"他把自己的身世和城堡里的现状简明扼要地说了,小月这才恍然,"我说父亲为什么一次两次甘冒身败名裂的危险也要泄露'清洁计划'呢,原来你是他亲生的啊。"

"他是不是又向你说什么了?"

"是，计划有变，他们要用 ——"话未说完，脚步声传来，王锐那张娃娃脸探进门框，"时间快到了。"边说边狐疑地望着房内二人。

"催什么催，一边凉快着去。"小月瞪眼。

王锐不满地看了他们一眼："好吧，快点，时间已经到了。"说完退开。

"快说，不然来不及了？"

"他们改用轰炸机了，17天后的凌晨两点，全球统一行动！"

32. 往事如风

小月从城堡中走出来时，像换了个人似的，显得无精打采，毫无生气。

蓝之星迎上来："见到你哥哥了吗？"

"见到了。"

"把消息告诉他了吗？"

"告诉了。"

"看你很累的样子，我先带你到大都会吃个饭吧。"

"不！送我回家。"

"好吧。"早在小月出来那一瞬，蓝之星就感觉到情形不对，意识到王锐可能对小月做了什么，这时心里不禁生出一股怒意，想阉了王锐的心都有。

车上的气氛显得很尴尬，蓝之星憋屈地默默开了半个多小时的车，才把小月送到了她的楼下。小月下车，见蓝之星还稳稳坐在座位上，就问："你不上去坐坐吗？"

蓝之星这才下车，跟着她走向电梯。一进家门，小月不等蓝之星站定，就扑到他的怀里呜呜地哭起来。

蓝之星木然地任她抱着，心里涌起一股酸酸的滋味儿。过了好一会儿，他才想到小月毕竟是功臣，不安慰一下实在说不过去，于是就抚了抚她的肩背说："别哭了。你已经把关系城堡存亡的消息传进去了，这很重要……"

"那有什么用呢？小星哥哥他们能有对付的办法吗？"

"他们应该有办法的，他们可以把这消息传递给所有城堡，20 亿 IZ 人一定有人会想出办法来。"

小月叹了口气，然后把与小星会面的情况告诉了蓝之星，并告诉他小星是自己的亲哥哥，是齐大阳的亲儿子，当然也包括白立纯已成为齐小星夫人的事。

"我恨齐大阳，他不配做我的父亲！"小月说。

"已经过去了，恨也没用。何况他正在用自己的行动赎罪，原谅他吧。"

"原谅他？你若知道他对立纯姐所做的一切，你还会原谅他吗？"

"你说什么？他对立纯做了什么？不就是虐待她们母女的那些事吗？"

小月从蓝之星的话中听出他还不知道立纯被父亲强奸的往事，她本来打算一直瞒下去的，但父亲对她的伤害实在太大，她再也不想维护他那虚伪的形象了，于是脱口而出："他把立纯强奸了，就在她 15 岁那年。"

蓝之星被小月的话一下击懵了，良久，才满心酸楚地叹息一声："立纯好苦啊——"

"我是不是不该告诉你这些？要怪你就怪我吧，我是齐大阳的女儿，你会恨我吗？"

"不会。小月，我们结婚吧。"蓝之星突兀地说。

"你说什么？"小月以为自己听错了。

"我们结婚。"蓝之星平静地重复了一遍。

"你不嫌弃我吗？"小月盯着他的眼睛。

"不会。等过段日子，等你哥和立纯他们成功脱困，我们就结婚。"

……

33. 山雨欲来

见到小月的喜悦无法抵消那个坏消息带来的震惊，小星马不停蹄地赶回城堡。在得知立纯没有生命危险之后，立即召集众人议事。此事关乎所有 IZ 人生死，十万火急，所以等众人到齐之后，齐小星便直截了当地把刚刚得到的消息告诉了大伙。

众人表情各异。有的恐惧，有的愤怒，有的绝望，有的惊慌失措，有的听天由命，有的无所畏惧……

一阵躁动过后，众人安静下来，不约而同望向齐小星。齐小星同样望着众人，淡定地说道："城堡目前的处境各位都清楚，我们目前面对的就是这样一个绝境。17 天后的那场血洗不可避免，我们必须破釜沉舟、背水一战，必须在很短的时间里想出一个自救的办法来，不然，城堡将彻底完蛋。在座的都是城堡中的精英，全城堡 20 万 IZ 人的命运就掌握在我们这 20 来人手里了。我们无路可退，只能挺身而出。通信部主管，请立即用密码把这个消息发送出去，尽可能让全世界的城堡都获悉这一消息。"

"是，堡主，我立即去办。"通信部主管应了一声，迅速向外奔去。

随后，齐小星开始与另外 20 多位部门主管讨论具体应对措施。讨论了很久，但意见不一，归纳起来不外乎有 3 种。第一种意见比较悲观，认为"外面"力量实在太强大，抵抗只是徒劳，只能寄希望于"外面"出现变故，收回计划；第二种意见主张用躲藏的方式保存有生力量，通过挖地道、钻山洞、潜入深山密林躲过轰炸，然后再伺机寻找逃出的机会；第三种意见是工业部主管提出来的，他坚决主张突围，认为只有在轰炸前冲出城堡，才有活下去的希望……

3 种观点代表了 3 种心态，互相之间辩论激烈，谁也说服不了谁。事态危急，齐小星只好打断众人的讨论，强调说："诸位，我们的目的只有一个，那就是怎样才能活着走出城堡，这是关键中的关键、重点中的重点。我赞同突围的主张，其他方案不必讨论了，我们现在需要考虑的就是，如何突围，活着出去！"

工业部主管见自己的方案被采纳，立即接道："堡主，各位同僚，上次我们曾经提出过一个躲入运输车从隧道突围的方案，但这个方案难度较大，易被发觉……所以最近我又想到一个方法，走水路，从玉水河口突围出去 —— 玉水河是从城堡通往外面的唯一天然通道，尽管那里装有红外线制导激光武器系统，但我有办法让那里的红外线感应器失灵。这样的话，我们只要有足够的船只就可以了……"

"但你怎么让红外线感应器失灵呢？"治安部主管问。

工业部主管略一沉吟，说道："根据红外感知系统对高于环境温度的东西才会做出反应这个特点，我们可以制作一个架空移动水池，把它平移到横跨在河口上的城墙下面，这个水池的宽度必须超过河口上方城墙底面的宽度，以确保能切断照射到河面上的红外线。这样一来，红外线只能照射到架空的水池表面，水池下面的空间就成为一条安全通道可以供人们撤离了。"

齐小星听罢，精神一振："高，这办法实在是高！"

"但这个架空水池怎么制作？又怎么躲过城外军队的岗哨，悄悄移到桥下去呢？"治安部主管继续质疑，"要完全遮蔽红外线感应器，那个架空水池至少需要 30 米宽、50 米长，而且在移动的过程中不能使用机械动力，只能使用人力牵引，这个环节，怎么能保证不被红外线感知系统发现？另外，就算这一步做到了，我们又怎么能做到让 20 万人从几米深的河水中既安全又快速地撤离出去呢？如果遇到拥堵怎么办？如果成千上万的人在那里变成了堵缺口的沙袋怎么办？还有，20 万人云集河口，若被守城的士兵发现了怎么办……"

治安部主管思维缜密，接连发问，众人顿时哑口。

齐小星望向工业部主管："有解决的办法吗？"

"这的确是个问题，大伙一起想想吧。"

就这样，一群人又讨论了很久，都没找到一个应对良策。齐小星无奈，想着这样耗下去也不是办法，于是干脆责成各部门主管分头召集部属，以部门为单位继续想办法。

各部门领命而去。

齐小星这才抽出空隙，去老堡主白言冰那里去关心立纯。立纯已经回来了，这时正躺在母亲的床上，刚从惊吓中平静下来。医生已为她检查了身体，包扎了伤口。外伤并不重，只是些皮外伤，但肚子里的孩子却没了，这对立纯打击很大。孩子没了，意味着她和蓝之星之间最后的纽带已经断绝，不过这样也好，她可以一心一意地与小星一起生活。可是，今天又刚刚得知，小星竟然是齐大阳的亲生儿子，这让她一时难以面对。她害怕从小星身上看出齐大阳的影子，她害怕把对齐大阳的憎恶转移到小星身上，她更害怕以上的害怕都成为现实之后，会像吸上大麻似的离不开小星，这就会让她在憎恶与爱恋交织的炼狱中倍受煎熬……

就在立纯最害怕见到小星时，小星却像幻影般出现在她床榻前。

立纯心头一紧，下意识地问了一句："你……你怎么来了？"

"都怪我没照顾好你。还疼吗？"

"不、不疼了……"

"我杀了你！"这时一旁的李叶突然冒出一句，还用瘦削的手掌对着小星做了个砍劈的姿势，眼中满是恨意——隐隐地，她觉得小星很像一个人，一个她非常痛恨的人！

"真是要命！"小星咕哝了一句，对还在房间里的医生说："你再给夫人看看吧，她好像又发病了。"

"好的，我这就给她看。"

"白堡主呢，检查过了没有？"小星边问医生，边走到白言冰的床榻前。白言冰眼睛睁开一条缝，静静地看着他，"白堡主，您好些了吗？"

医生回答："白堡主情况还算稳定，跟早些天一样。"

"我知道我的病。"白言冰显然不满意医生的回答，开口说话了，气若游丝。

"您会好起来的，我们都会好起来。"小星安慰说。

白言冰做了个要起来的手势，侍女赶紧把他扶起来，斜靠在枕头上。他感觉舒服了，声音也大了些："听说你去见了一个人。"

"是，外边的人传来一个消息，情况有变。"

"是不是'清洁计划'重新启动了？"

"是，改成了用轰炸机。"

白言冰顿了一下："看来他们快撑不住了。"

"是，外面经济危机很严重。"

"他们准备哪天动手？"

"17 天后。"

"有应对方案了吗？"

"目前有一个方案，只是还不完善。"小星把刚才与众人讨论的方案向白言冰汇报了一遍。

白言冰摇头："确实不完美，还得想法子。"

"您老有更好的方案吗？"小星毕恭毕敬地问。

白言冰闭了会儿眼睛："法子倒有一个，就看老天照不照顾我们了。"

"您说吧，留给我们的时间不多了。"

"你们先按那个法子去做吧，成了就用不上我的法子了。"

"能不能现在告诉我，多个方法多条路啊！"

白言冰对齐小星的急切视而不见，轻轻说了句"我累了"就示意侍女把他放到床上躺平，不再说话了。

小星无奈，只好退了出去。

门外，阴云低垂，压着王城，凛冽的北风呼呼刮着。

34. 河口计划

城堡南部州。玉水河滨。一个废弃的造船车间掩映在绿树丛中。

这里原是一个小型造船厂，主要从事内河小型船只的建造，到如今已经停工了 20 多年。车间的顶棚已经破败不堪，连绵秋雨正从头顶那些千疮百孔中泄漏下来，地板上到处是一汪一汪的积水，水泥的缝隙中长满了一两米高的枞树和杂草，锈迹斑斑的车床上爬满了茂盛的藤蔓植物。

工业部主管这时正带领一帮临时拼凑的攻坚人员清理造船车间，接通堡内电力系统，另一批人则正从城堡各地运来建造浮船的材料。

经过反复推敲，工业部主管终于想出了一个办法。他从造船上得到启示，将"移动水池方案"进行了适当调整，于是一个"浮船方案"便很快形成了。

工业部主管站在一堆锈蚀严重的钢板前，向一群工程人员讲解着："'浮船方案'是'移动水池方案'的升级版，它们的原理一样，不过后者便于操作。浮船主要由 3 部分构成：一是承重部分，在浮船的下层，主要起承载整个船体的作用，它的排水量必须超过船只重量、载人重量和顶层水池重量之和；二是水池部分，它在浮船的顶层，能覆盖整个船身，确保不被红外线和激光穿透；三是通道部分，它介于承载部分与水池部分的中间，高约 2 米，能供几十人并排通过。整个浮船长约 50 米，宽约 30 米，不设动力推进系统，由人工牵引和划桨推进，能在神不知鬼不觉中到达河口城墙下方，城墙上屯兵的雉城建在桥头左侧，我们若选在半夜行动，雉城上的士兵应该在呼呼大睡……"

工业部主管将方案向大伙解释了一遍，然后又加重语气强调："大家不要高兴得太早，时间有限，齐堡主只给了我们一周的时间，我们必须在第七天内让浮船下水——各部门，马上行动！"

玉水河口，齐小星与堡内各部门主管来到施工现场，边考察工程进展，边因地制宜，商量具体突围方案。比如，浮船怎样进入城墙下面的桥洞，第一批坐在浮船上的士兵怎样迂回包抄冲上城墙解除雉城士兵的武装，后续的大队人马怎样有条不紊地上船，如果不小心被守卫的士兵发现该如何应对，等等。齐小星等人边商量边向前走，不知不觉间离城墙渐近。

河口与城墙相交处仅有五六十米宽，一座离河面高七八米的钢筋混凝拱桥横跨在河面上。拱桥之上，两边顺山势延绵的城墙在这里交会，并在左侧的桥头形成一座雄伟的雉城，那雉城里驻守着一个排的士兵，他们凭借先进的感应系统和火力系统把河口变成一道天堑，让城堡内的人无法逾越。

在城墙上，经常有电动巡逻车在上面穿梭游弋，但那仅仅是守城士兵的一项例行公事，因为他们压根儿就不相信城堡中的人有能力越墙而出，因此晚上他们会停止巡逻，将执勤重点放在红外线监控室内。

渐近城墙，齐小星指了指桥头碉楼，对治安部主管低声吩咐："你们要好好研究一下先头部队攻击方案，看怎样才能在不被发觉的情况下先拿下那个碉楼，这将是这次突围能否取得成功的关键所在。"

治安部主管面露难色："我们目前只能看见碉楼的侧门，若是能搞到城墙守军的布防资料就好了 —— 我担心打草惊蛇，若是出现闪失，没能顺利拿下它，我们就危险了！"

"困难肯定有，办法大家一起想。另外，你是堡内治安官，全堡武装力量一直都是你在指挥，危机时刻，突出重围的任务，主要靠你们了！"

"是，是。我一定想尽办法克服困难，确保突围成功！"

"回吧。去看看造船厂进展。"说着，齐小星和众人往回走。几千米外，造船厂车间内一群人正忙得热火朝天。工业部主管见齐小星一行进来，急忙迎上去。

"能确保如期完成吗？"齐小星问。

"应该可以。重点是那个移动浮船，玉带河并不深，我怕到时候吃水太深出现搁浅……"

"水深测量过了吗？"

"现在是深秋季节，雨量偏少，特别是最近半个月，相比往年雨量更小。我已派人一路潜水到距离红外探测器100米附近，可以确定的是，以移动浮船的理论吃水深度计算，基本不会出现搁浅事故。"

"基本不会？要是到时候出现了呢？"齐小星用不满的目光盯着他问。

"我再复核一下数据，若有问题立即改进！"

"那就好。"齐小星点头赞许。

参观完造船厂，齐小星又与堡内其他主管开了个碰头会，经过紧张讨论，"河口突围计划"终于成形，大概步骤如下：

突围时间：一周后的午夜。

突围地点：玉水河口。

具体步骤：

一、筹备阶段。造浮船一艘，载人木船、木筏一百艘。

二、突围阶段。

第一步，浮船顺流而下，锚定于城墙桥下。

第二步，突击队穿越浮船，攻占桥头碉楼，解除守军武装，破坏防卫系统。

第三步，将木船、木筏搭建成河上走廊，组织所有人依序突围。

第四步，突围后，组织所有人包围当地机关，要求给予生存权利。

35. 跳虫效应

与齐小星见面后的第三天，小月主动给王锐打了个电话。一来感谢王锐甘冒风险让她和哥哥见了一面，二来感谢王锐的"宽宏大度"，那天没有借施恩于人强行与她发生关系……

王锐听小月这么一说，顿时心花怒放，立即向小月发出了邀请。小月推说工作很忙，等过两天空了一定去瓮城看他。

两天后，王锐等不及了，亲自开车来到小月楼下，把她接进了瓮城。

在车上，小月一路夸赞王锐有才，说他如此年轻就当上了瓮城的关长，是年轻人的典范……还夸王锐有定力，知道疼女人……王锐被夸得满面春风、心情畅快，心里充满一种"抱得美人归"的成就感，并暗自庆幸上次没有勉强小月。

再度进入城墙上的休息室后，王锐轻轻揽住小月："小月，你不用害怕，从现在开始，我王锐决不再强迫你，我觉得我对你的感情已经升华，我起初对你只有欲说不上爱，但现在完全不同了，我现在最大的希望就是与你白头偕老，相伴一生。"

王锐说着，在她光洁的脸颊上亲了一下，就把她放开了。

小月见王锐对自己的威胁暂时解除了，显得非常开心，她用近乎感激的眼神望着王锐："谢谢你这样待我，我会在未来的岁月里用行动来回报你的。房间里有点热，你带我四处走走可以吗？"

"当然可以，这里对你是完全开放的。"

"你真好，早知道你是这么好的人就好了。"

"现在也不晚啊，你跟我相处得越久，你就会越觉得我对你好的……好了，我带你去开开眼界。"王锐牵着小月的手往外走。

两人在防区内随意走着，王锐像一个称职的导游，不停地向小月介绍瓮城的神奇之处。小月见王锐一副心无城府的样子，便趁机问了一句："听说这里有个神秘地方，很少有人去过，能带我去看看吗？"

"你……你听谁说的？谁告诉你的？"王锐的眼中闪过一丝警觉。

"传闻，民间很多人都这么说啊，不然我怎么能知道？看来是真的了，放心，我不会为难你的。"

王锐略一沉吟，想着瓮城控制中心戒备森严，就算让小月看看也没什么大不了的。为了博得小月欢心，实在不好推辞。于是说："这有什么为难的？我可以毫不夸张地说，除了那扇通往城堡的'阴曹门'你不能进以外，我这瓮城的任何一道门都对你敞开着。走吧，我带你到瓮城防御控制中心去看看。"

小月暗暗欣喜，但嘴上却说："算了吧，这么重要的地方，我去怕不太方便吧？"

王锐生怕扫了小月的兴："有什么不方便的，我还信不过你？"

"不会对你产生不利影响吧？"

"在这里我说了算，我说行就行。"

王锐牵着小月的手，顺着城墙顶的甬道向瓮城东北角一路小跑，几分钟后就来到一座独立的塔楼前。这塔楼有一个伊斯兰风格的穹顶，塔身呈圆形，四面无窗，有一道飞桥和旁边的城墙甬道相连。在飞桥入口，有两个荷枪实弹的士兵把守在那里。

王锐向那两个士兵扬了扬手，士兵识趣地退到一旁。王锐回头冲小月一笑："来吧，就在这里了。"

小月一阵紧张，跟着王锐快步走过飞桥。到了门口，王锐把食指往门上的感应器一按，吱吱几声轻响，那道厚重的铁门向旁边滑开。想到马上就要窥探到城堡控制中心的秘密，小月既兴奋又紧张，她兴奋的是没想到这么容易就进到了瓮城核心区域，紧张的是生怕被王锐发现她别有用心。

王锐见小月还在迟疑，回身把她拉了进去："进来吧，不用紧张，有我呢。"

进入门内，里面是一个圆形的控制大厅，各种控制仪器顺着圆弧形的控制台摆了一圈，各色指示灯不停地闪烁着，大厅很静，听得见各种仪器运行的嗡嗡声。屋子里没有窗，也看不见灯，但却有极自然的光线从天棚和四壁发出，把整个大厅照得亮堂堂的。

小月一副好奇的小学生模样，不断询问着那些仪器的名称和用途。王锐不厌其烦地给她讲解，事无巨细、毫无保留。他还特别提到了那台安放在正中的仪器，那仪器不停地闪着绿光，看上去有些灰头土脑，他说："你别看它毫不起眼，它可是这瓮城中的心脏，它与本防区的所有感应系统和武器系统相连，任何地方出现异常情况，都能在屏幕上显现出准确位置和引发原因，并能自动完成对异常目标的精确打击。有了这套系统，就算防区内没有一兵一卒，城堡内的 IZ 人都别想逃出来……"

"这也太先进了吧！"小月暗暗心惊。

"为了确保健康人世界的安全，这是必需的。"

"那万一这套控制系统出现故障怎么办？"小月进一步试探。

"据我所知，自从这套系统投入使用以来，还从来没有发生过故障。就算它偶尔失灵，也不会对城堡的防卫有任何影响，因为城堡中的 IZ 人经过这么多年的尝试，已经知道了它的厉害，就算我们现在把整个系统关闭不用，他们也不敢去翻越周围的城墙。这就是所谓的'跳虫效应'。你看着，我现在就把它关掉。"

王锐说话间，已经把手伸向中间那个红色的主按钮，啪地关掉。刹那间，所有指示灯都停止了闪烁，连那轻微的嗡嗡声也听不见了。

"啊，你真关掉了，你就不怕城堡里的 IZ 人一涌而出吗？"

"肯定不会,他们已经变成瓶子中的跳虫了。对了,你知道'跳虫效应'吗?"

"好像讲的是被装进瓶子中的小虫子,它们在瓶盖盖着的时候,每跳一次都被碰下来,每跳一次都被碰下来,这样次数多了,它们就不敢跳那么高了,随后就算把瓶盖取掉,它们也不会跳出瓶子了。"

"对。那些 IZ 人就像这些跳虫一样,最开始,他们曾一次次尝试逃出,但都遭到了毁灭性打击,他们深知此路不通,就不会再尝试了。"王锐说着又打开了那个主控系统的开关,随即转身抱住小月。

"别。"小月试图挣脱,但王锐却不松手,小月只好任其抱着。她已经知道了瓮城防务的许多机密,对城墙上的感应系统、火力系统和城门开启系统等,都已经了然于胸 —— 她现在越发需要王锐,因为她需要王锐帮她与哥哥齐小星再见一面……

小月在瓮城整整转了一天。直到晚上,王锐才意犹未尽地将她送回家。

蓝之星上午在暗处已经看到王锐接走小月的情景,心里虽不乐意,但却没有办法。他唯一能做的就是到小月家去等她。一直等到晚上,等得蓝之星内心焦急,正打算开车去寻她时,门锁忽然一动,小月推门而入,兴奋之情溢于言表。

"怎么才回来?"蓝之星埋怨。

"我去王锐那儿了，瓮城布防细节全部搞到手了。"

"真的吗？"

"这还能有假？"

"都探听出什么了，说说看。"

小月立即把在瓮城中了解到的情况告诉了蓝之星，之后又说："瓮城戒备森严，特别是那套防御系统，完全是智能化的……"

"看来还得委屈你啊！"

"我知道，我还得去找王锐，求他让我和小星哥再见一面。"

36. 河口突围

自从"河口计划"展开，便开始下雨，一连多日不停。这给计划带来了诸多麻烦。但城堡内的人却没时间抱怨天气，他们顶着风雨，加班加点，日夜不息，克服重重困难，终于在 7 天内把移动浮船建成了！

成败在此一举。这天，天还没亮，离河口较远的北部州、西部州和中北部州就开始悄悄向河口方向移动，其他各州以及王城的民众也做好了突围准备，各种能够派上用场的车辆已经加满了油。

这时有两个难题却难住了齐小星。一是他养父不肯离开，他要留下来陪着"地下"的妻子；二是白言冰病情加重，已经经不起路途颠簸，因此立纯也不想走，她想留下来陪着父亲。

小星知道立纯的脾气，深知劝也没用，于是横下一条心，想在行动开始时，干脆将其强行带离。

转眼间，一天时间匆匆流逝。傍晚时分，齐小星赶到造船厂，指挥浮船下水。现场很多人，个个脸上洋溢着兴奋，但却没人敢高声说话。

"下水吧。"齐小星看了一眼工业部主管。

"好。"工业部主管挥了挥手，众人各就各位，同时发力，在缆绳的牵引下，足有两层楼高的浮船顺利滑入水中，平稳地泊入河湾的船坞里。接着，工程人员用几台电动水泵给浮船顶层灌水，很快，一个波光粼粼的水池出现在浮船顶层。

"原计划不变，今晚准时行动，注意安全……"小星向负责突击任务的治安主管交代了几句，然后趁天还未黑透，又匆匆赶往白言冰那里去找白立纯。

他希望立纯能够跟他一起突围。但立纯依然不为所动，默默坐在父亲的床边，注视着病入膏肓的父亲一言不发。齐小星急了，命令侍卫："把夫人给我带走！"

两个侍卫立即一左一右，不由分说架起了立纯。立纯挣扎，眼泪簌簌落下，齐小星视而不见，俯身来到已经昏迷数日的白言冰身边，说了声"对不起"，便拉起李叶向外面走去——时间不等人，容不得半点犹豫。

来到车前，立纯已经被强行带上后座，齐小星将李叶安排到立纯身边坐定："立纯，别怪我，非常时期，我只能替你做主了。"

车队出发，齐小星与随行众人带着城堡内二十几年的行政资料，趁着夜色一路向南，向玉水河口驰去。一路上没人说话，只有风在车窗外发出不安的呼啸。

一个小时后，车队在河口上游的集结地停靠下来。人事部主管立即上前，把他们安顿到树林中的临时帐篷里。

齐小星吩咐侍卫照看好立纯和她的母亲李叶，然后带人出去察看情况。茂密的树林中，影影绰绰到处都是人，他们都安静地坐在划定的区域里，依序等待着河边的木船把他们送往幸福的彼岸。

"人都到齐了吗？"齐小星问人事部主管。

"河口附近区域目前安排了 5 万多人，附近州县的人仍在原地待命，等这里的人走了，附近州县的人会依序向这边移动。"

"很好，这样安排很合理，辛苦你了。"

说话间来到河边，治安部的突击队已经准备就绪，整装待发。

"都准备好了吧？"齐小星问负责突击任务的治安部主管。

"浮船顶层已经灌满了水，中间的通道上已经进入 300 多名突击队员，由南部军统领亲自率领。按计划，半小时后解开浮船缆绳，浮船顺流而下，20 分钟内就可以到达河口桥洞下锚定。"

"很好，干得漂亮！"

"还有，"治安主管又指了指停在浮船后面的那些大木船，"运送人员的 100 艘木船也准备好了，5 000 名兵士已经列队等候在旁边的树林里，只等先头部队一得手，他们就立即将木船首尾相连接成一条水上通道，然后迅速突出城堡，登上城墙阻击城墙两端过来增援的守城士兵。"

"那部队各分队之间如何联系有办法了吗？"

"有办法了，先头部队攻下碉楼后会立即通知我们，各作战单位都配备了步话机，是工业部门的技术人员用堡内电话和相关器材组装的，已经试过了，通话效果不错。"

"好，午夜 12 点准时行动。"一切都在按部就班进行，齐小星紧张的心情略微放松了一些，他转身走向临时帐篷，他想趁此时间上的空档去安抚一下立纯。

立纯坐在帐篷的一个角落里，正陪着刚睡下的母亲，微弱的烛光照着她的脸，看上去已经平和了许多。

小星蹲下身，柔声问："冷吗？"

立纯摇了摇头。

"让她睡吧，等她一觉醒来，我们就已经出了城堡了。"

立纯怔怔地看着他，突然冒出一句："你真的不管爸爸了？"

"我们都冲出去了，轰炸就会停止，堡内相对来说就安全了。再说你父亲现在这种情况，的确经受不起路途颠簸。堡内类似你父亲这样的情况还不少，我已安排留守人员照顾他们。"

立纯低下头，把脸埋进母亲枯草般的乱发里，不再理会小星。

小星也累了，本想忙中偷闲闭上眼睛休息一下，但却不放心突击队的情况，索性走出帐篷，向河滩旁边山上的指挥所行去。本次突袭任务总指挥、治安部主管已经先小星一步到了那里，正和其他主管商议着实施过程中的一些细节。

"指挥所的位置选得不错,居高临下,视野开阔!"小星由衷地赞了一句,主要目的当然是鼓舞士气。

众人向齐小星致意,其中一位主管说道:"这里山势突出,形成了一个探入河心的悬崖,站在这里既可以看见上游河湾的情况,又可以看见河口处城墙附近的情况,既便于统揽全局,又便于向两边传递信号。"

"前面那团黑乎乎的东西就是'浮船'吧?"

"是。等浮船在桥下锚定后,指挥所可以移到那里去,便于更近距离地指挥先头部队的行动。"治安部主管回答。

午夜12点整,那艘停在河湾口的浮船动起来了,像一座移动的房子,向下游漂去。在浮船两侧的岸边,几十名纤夫拉着缆绳,小心翼翼地控制着浮船的方向和速度。不到10分钟,浮船就漂到了河口桥洞附近。这时两岸的纤夫悄然后撤,以避免被红外系统发觉,而浮船中潜藏的部分突击队员则悄然潜入水中,借着浮船上层水池的掩护,悄然推船前行——黑森森的桥洞上方,一排密布的红外线照过来,像一幅柔美的红色珠帘挂满桥洞。浮船在桥洞上方红外线扫描下似短暂犹豫了一下,接着就闯到桥下。这一刻,如果站在桥洞上方,会看到那些红外线瞬间变短,就像被齐齐削短了一般。那些被削短了的光束,把浮船顶层的水池照得流光溢彩、波光粼粼。这之后,经过几分钟的调整,浮船终于稳稳地锚定在城墙下方的桥洞下。众人屏息凝神,良久,城墙上毫无反应——计划成功了,一条通往外界的生命通道顺利开启。

这之后，浮船上的突击队员发来信号，一束手电光连闪3下，治安部主管知道浮船已经锚定，于是用手电对着上游河湾闪了3下，命令早已准备就绪的后续部队乘木船开拔。

治安部主管发完信号后，齐小星带着一众指挥人员站到了那块悬崖巨石最前端，他要见证奇迹，要亲眼见证城堡士兵的这次胜利。

几百米外的桥洞下，有轻微的划水声隐隐传来。浮船上的士兵正在利用浮船上的预备设施迅速搭建通往城堡外面的接岸浮桥，再过几分钟，他们就会神不知鬼不觉地摸上岸去，从城墙的外侧用云梯登上城墙，然后把睡梦中的几十名守城士兵一一解决。

时间仿佛停了下来，在这紧张到摄人心魄的几分钟内，小星和众人的心都提了起来。就在这时，一阵不祥的枪声骤然响起，接着就看见城墙上灯火通明，守城的士兵纷纷从碉楼里跑出，手里端着各种先进武器，一齐向城墙外面猛烈扫射……接着，桥洞下面陡然亮起一排耀眼的蓝光，那艘集中体现城堡智慧和想象力的浮船突然间冒起白雾，然后是几束诡异的蓝焰，一阵嘶嘶声中，蓝焰很快化为一团火球……浮船很快挣脱铁锚，失去控制，向桥洞外边顺流漂去。而更要命的是，满载士兵的木船这时已经接踵而至，一船接一船地向桥洞闯去，就像一辆接一辆刹车失灵的载重汽车……

小星被眼前的情景惊呆了，他焦急间大声吼道："快发信号，停止前进，赶快后撤！"

作为这次行动的总指挥，治安部主管也慌了神，他赶忙举起手电向下面河中的木船一阵乱扫，只见在手电的光束中，船上的士兵全都惊慌失措，纷纷跳进河里逃命。

眨眼之间，守城的士兵已经把枪口对准了河中的木船，一阵密集扫射过后，河口附近的城堡士兵伤亡惨重，几分钟内就有数千人殒命河口。

小星急得眼睛都红了，慌忙带着他的指挥班子往山下的河湾奔跑，那里已经乱成了"一锅粥"。

37.触目惊心

一连数日的会议让王锐晕头转向、昏昏欲睡。会后，尚在回城堡的路上，他就迫不及待给小月打了电话，约小月到城堡里去见他。

小月也在盼着王锐的召唤，他要再不回来，她和蓝之星制订的援救计划就要泡汤了。压抑着内心的激动，小月风驰电掣赶到城堡。

见到小月，王锐的目光瞬间闪亮："终于又见到你了，这几天开会一直脱不开身，太想你了。"说着不由分说抱紧小月。

小月被他箍得喘不过气来，用力拍打着王锐的背说："快放开！要死人啦！"

王锐还不想放，这时一旁的副官却是满面焦急之色，轻声报告道："关长，河口守卫排凌晨打来电话，说河口出现大规模突围事件，已经被他们平息了，请关长尽快过去看看。"

王锐放开小月，有些气恼地说道："这群煞风景的'跳虫'，简直是找死！走，看看去！"

小月一惊：天，难道小星哥他们已经开始行动了？怎么就不能等一等呢？若是他们的贸然行动引来"清洁计划"提前该怎么办？城堡中的人不是通通都死定了！

王锐见小月脸色苍白，以为是自己刚才的鲁莽弄疼了她，赶紧道歉："对不起，是不是把你弄疼了？"

小月回过神来，嗔怪地看了他一眼说："可不是，骨头都差点散架了。"

"对不起，对不起，都怪我太想你了，下次一定温柔点。好了，跟我一起去河口看看，顺便欣赏一下城堡风光，也算是给你赔罪吧。"

这正是小月求之不得的，但她嘴里却说："这样太便宜你了吧？看我回来不好好治治你！"

"好！我等着，看你到时候怎么治？"王锐嬉皮笑脸地说着，见巡视车已经开过来，就拉着小月上了车。

这车看上去跟公园里的观光车别无二致，用电瓶驱动，除了金属支架以外，四周和顶棚全是透明的防弹玻璃，人在里面很安全，视野也很开阔。

小月坐在王锐身边，心里直打鼓。她看着巡视车从王锐办公室前的甬道出发，顺着瓮城南墙西侧的斜坡平稳上爬，很快就爬上了山顶，随即往左一转，进入城墙顶端的巡逻通道。顿时，城堡内的山川河流、一草一木跃入眼帘，原始而蓊郁，仿若世外桃源一般！

小月忍不住惊呼："啊，里边原来这么美。"

"确实比我们外面美多了，但那是 IZ 人的世界，就算是天堂，也不会有人主动地往里钻吧？除非大脑进水。"王锐不以为然地说。

"那可不一定。"小月不满地打断他说，"也许我的大脑就进水了，我若真想住到城堡里，去过一种安静祥和的生活呢？"

"真那样，你会闷死的。"

"也许吧，人真是一种奇怪的动物，一切有距离感的，一切可遇而不可求的，一切望尘莫及的，一切还没得到的，都是最美的，都是最想要的。我真的很想到城堡里去看看。"

"会有那样的机会的，将来城堡也许会被开辟成一个风景区，成为外面的人梦寐以求的度假胜地。"

"你说什么？你说我们可以到城堡里去度假？什么时候？"

"我想应该快了。"

"怎么可能？城堡管理法是铁律，谁都无权打破吧？"

"不是有个'清洁计划'吗？总有一天会被通过的。"

"你希望它通过吗？"

"我无所谓，但真有那一天，也许我这个关长就没得当了，到时说不定要改行到城堡内搞旅游开发呢。"

"算了，不说这个。"小月最关心的还是这次河口突围事件，

"刚才你的副官说昨晚有人突围，此前发生过类似的事儿吗？"

"发生过，但通常都是一些个体出逃事件，但这次情况不同，看样子像是一起有组织的大规模外逃事件。"

"他们为什么要逃出来呢？里面不是很好吗？"

"暂时还不清楚。"

"上面不会追究你的责任吧？"

"又没人成功逃出，为什么要追究我的责任？"

"也不晓得我哥哥知不知道这件事，外面会追究他的责任吗？"小月担忧地望着王锐。

王锐握了握她的手，安慰说："应该不会，外面一直对里面的做法持放任态度，只要没有造成大的后果就没事。"

小月趁机说道："要不干脆把哥哥叫出来，当面询问一下，也好让我放心。"

"没问题，等回去再说吧。"

有了王锐这句话，小月心里踏实了许多。

不觉间，巡视车已经顺着一串下坡，开到了河口的碉楼前。车刚一停稳，守卫排长就从碉楼里跑出来，向王锐行了个军礼，随即大声喊道："欢迎关长光临。"

王锐下车，象征性地回了个礼，轻描淡写地问："问题不大吧？都处理好了？"

"报告关长，托您的福，一个也没逃出来。"

"好吧，带我看看。"

"是！关长！"守卫排长带王锐和小月走到碉楼外侧，向下看去。只见在玉水河的河道里，有十几艘木船的残骸横七竖八地堵在桥洞前，船身已经被烧成了木炭，有的还冒着淡淡的青烟，在没有翻沉的船舱里，躺着一具具烧焦的尸骸。在两岸的河滩上，散落着更多尸体，估计不下千具……

小月看到这些，心里很不是滋味，她不知道小星会不会也在那些尸骸中，她强忍着不适拉了一把王锐："太恐怖了，我们走吧。"

王锐真以为小月胆小怕看死人，就说："你先到车里去吧，我布置完就走。"

小月听王锐说要布置什么，只好强忍着内心的不安没有离开。

王锐问守卫排长："估计有多少人突围？"

排长想了想说："夜里看不真切，从船的数量看，应该有上万人。"

"他们是怎么混过来的？"

排长指指远处被击碎的大船："他们应该是用那艘大船，给大船加了个顶，在上边蓄入水，这样红外传感器就没法发现他们了——那艘大船停在桥下后，就会形成了一个屏障，彻底挡住红外传感器扫描。"

"这些 IZ 人还真他妈的聪明！居然想到了这主意。可以确定没人逃脱吗？"

"绝对没有，碉楼下面的河滩是片开阔地，我们发现情况后，立即用火力将那片开阔地封锁了，另外，城头支援部队赶来得非常快……"

"这就好，不然我们都无法交代了。接下来，你打算怎样弥补红外传感器的这个漏洞呢？"

"这个……我们会加强夜间巡逻，增设岗哨。同时也请关长跟上边申请一下，尽快给每个巡逻队员配备夜视仪，以确保万无一失。"

"没问题，我马上办。你们自身也要给我多加一万个小心。"

……

王锐布置完这一切，带着小月回到瓮城。在小月的再三央求下，王锐便给城堡打了电话，要小星马上到瓮城对突围事件做一个合理的说明，并顺便再见一下小月。那边接电话的说，他们的堡主对这一事件极其震怒，正在处理那些带头的叛逃者，等处理完毕就立马赶往瓮城。小月听那边说小星还在忙，心里悬着的一块石头才算落地。

瓮城打来电话时，小星刚刚才从突围集结地回到王城。在突围失败后的五六个小时里，小星和所有 IZ 人都经历了从天堂跌入地狱的痛苦，他们在惊惶、绝望、悲怆的气氛中撤退、逃离，混乱的局面一度失去控制，好多人在拥挤和踩踏中失去了生命。据事后估计，在这次突围行动中，城堡部队损失了上千人，一般臣民死亡近两千人，多数是妇女和儿童。要不是十几名侍卫拼死保护，立纯和她母亲也难逃厄运。

对瓮城的约谈，城堡内所有主管都持反对意见，都劝齐小星别冒这个险。但小星说不去反而表示心虚，表示他们已经知道"清洁计划"的真相，而全世界的 IZ 城堡是有通信联系的，若他们知道了，其他城堡自然也会知道，这会导致全世界 20 亿 IZ 人陷入被动，甚至会导致联大提前统一展开行动……所以他必须去，并见机行事，把这次事件说成是南部州的一次有组织的叛乱，正好此前他们就攻打过王城……

众人见齐小星坚持前往，说得又入情入理，便不在执意阻拦。

小星在几个侍卫的陪同下，驱车上路。刚到隧道口，后边一群侍卫开着车追了上来。侍卫带来的是一个令人不安的消息：瓮城约见齐小星的安排被取消了，原因不明。

原来，就在齐小星赶往瓮城的途中，王锐突然接到军部通知，要他立即前往军部开会，约见小星的事只好临时取消，小月因此只能很无奈地回家。

第二天，一个更让人震惊的消息在各大媒体被曝出：河口前日深夜发生大规模突围事件，南瓮城关长被隔离调查。

38. 另辟蹊径

河口突围失败后，绝望的气息笼罩了整个城堡。堡内人心浮动，一种不安气氛迅速在堡内漫延……

齐小星不想坐以待毙，不想让城堡中 20 万人无辜惨死。他想到了白言冰，想到白言冰曾经对他说过，如果河口突围方案行不通，他还有其他办法。念及白言冰正处在弥留之际，耽搁不得，齐小星急忙向白言冰的住地奔去。

进到房间，李叶和白立纯都在。二人安静地坐在白言冰床边，面无表情，一副无助的样子。

"立纯，你父亲还没醒过来吗？"齐小星小声问。

"没有，我们回来后一直在这里坐着，父亲一直没醒。"立纯幽幽地说。

"医生呢？"齐小星转身望向一个侍卫，"快找医生，看看能不能尽快唤醒老堡主。"

白立纯诧异地望着齐小星："有什么事吗？为什么要尽快唤

醒我父亲？"

"他老人家也许还有挽救城堡的办法。他此前曾对我交代，若'河口计划'有失，他还有个主意。都怪我当时认为河口计划万无一失，疏忽了，没有进一步追问老堡主下文。"

"但父亲都昏迷这么久了，怎么办？"

"医生呢？"

"医生刚刚来过，说父亲恐怕熬不了多久了，他也回天乏术。"

"那怎么办呢？"齐小星顿足。

立纯见他心急，便俯身轻轻去摇父亲的肩："爸爸，你醒醒，醒醒啊，小星有重要的事找您。"

白言冰的手指微微动了一下，立纯感觉到了："爸爸的手动了，说明他听得见我们说话，爸爸，你能睁开眼睛看看我吗？还有小星哥——我们遇到了大麻烦，需要听你的意见……"

白言冰的嘴动了两下，眼睛终于微微睁开了一条缝，但却没有发出一点声音。齐小星赶紧俯下身凑过去，握住白言冰的手："白堡主，我知道您听得见我说话，您先别开口，听我说，我们突围计划失败了，情况非常危急，您上次不是说还有其他突围方式吗？堡内20万人的性命，全都指望您了。"

白言冰的嘴唇又嗫嚅了一下，但还是没有发出任何声音。

齐小星更急了，附着白言冰的耳朵说："你想说什么？我听不见，你对着我的耳朵说吧。"

　　齐小星把耳朵贴到白言冰的嘴边，可白言冰嗫嚅了半天，还是没能发出一点声音。在场的人都陷入深深的绝望中，并隐隐意识到，白言冰大限快到了，他拯救全堡生灵的办法也许要带到坟墓里去了——城堡没救了！

　　可齐小星还是不甘心，他叫立纯注意父亲的神情和口型，看看能不能猜出父亲想说什么。立纯却实在不忍心，她怕这样的过分催问会让父亲走得更快。她强忍着眼泪，啜泣着："爸爸，你别急，先缓口气，歇一下。"

　　白言冰对女儿的话明显有了反应，他嘴唇吃力的翕动，嘶哑的气流从喉腔中溢出，立纯把耳朵凑过去。白言冰胸口一阵起伏，口中终于挤出一个声音："书——书。"与之相伴，他的肩膀随之抖动了一下。

　　"书？父亲好像在说书？"立纯听出来了。

　　齐小星略微愣了一下，联想到白言冰刚才有一侧肩头动了一下，立即反应过来，伸手顺着白言冰体侧的肩膀一路摸下去，果然发现他手里握着一本书。

　　找到了，是这本书吧。齐小星拿着一本破旧的《陶渊明诗文选》，在白言冰眼前晃了晃，白言冰努力将眼睛开了一道缝隙，然后又缓缓闭上。

　　"看来就是它了。"齐小星一阵兴奋，哗哗地翻动书页，但从头翻到尾，却没发现任何异样。

　　"是不是这书中的内容暗含着什么奥秘，爸爸要我们去破解它？"立纯提醒。

"不可能。你父亲深知自己情况，又深爱着堡内众生，如今大难当头，他又怎么会跟我们打这种哑谜呢？那可是要花时间去猜的呀！"齐小星果断否定。

"报——"正说着，一个侍卫气喘吁吁地跑进来，"堡主，中部州发生大规模骚乱，有一万多人向王城这边涌来了。"

"怎么回事？"齐小星吃惊不小，"王城治安部队知道消息了吗？"

"知道了。王城治安军正在调拨守卫力量。"

"马上通知王城守军，查明骚乱原因，尽量安抚，必要的情况下，不惜一切代价也要将骚乱迅速平息！"

"是！"侍卫领命而去。

立纯听说发生骚乱，心里更加着急，再一次俯身去呼唤父亲，希望父亲能够清醒过来，帮助齐小星摆脱困境。但当她的脸贴近父亲的面庞，却感到了一种异样的宁静，一种不祥的感觉蓦地涌了上来。她慌忙用手指去探父亲的鼻息，手指却感觉不到一丝气息的存在，再摸脉搏，心脏已然停止跳动！

"爸爸！"立纯一声撕心裂肺的呼叫，大哭起来。

齐小星一把抱开立纯，对两个侍女喊了一声："快！照顾夫人！"

随即上前亲自摸了一下白言冰的手腕，然后对门外的侍卫说道："白堡主往生了，快去通知人事主管为白堡主料理后事！"

顿时，白言冰房里哭声一片。立纯更是哭得死去活来，李叶好像也明白了什么，守在白言冰的床边哭个不停。

人事主管等一干人很快赶过来，一边安慰立纯母女，一边商议如何为白言冰操办后事。

齐小星采纳了众人的意见，对白言冰的去世暂不发丧，先秘密筹备，等突围的事情有了眉目再说。

鉴于情况危急，小星指派人事主管具体操办白言冰后事，并照顾好立纯母女，自己则带领众人回到城堡主会议室。

齐小星将那本书也带了回来，让众人轮流翻看，看能否在其中发现白言冰想说而未说出的突围方案。这办法果然有效，城堡监察主管在细翻书页时，从书的最后一页的空白上发现了一幅简笔画，只有两根曲线和一个似是而非的汉字。其中一根贯通书页的曲线有三个起伏，看上去像一座起伏不定的山，在那"山"的下面，另一根曲线从下向上、再向右、再向下，形成一个山洞的形状，在"山洞"的下面，有一个写得勉强可以辨认的"谷"字。

这是什么意思？白堡主想告诉我们什么？小星和众人面面相觑。

过了好一会儿，治安主管猜测道："这好像是让我们从隧道突围啊，这应该很明显了，你看山和山下的隧道都画得很清楚。"

"可是，那个'谷'字又作何解释？是否另有所指？"工业部主管质疑。

"这……"众人猜测良久，提出种种可能，但先后都被否定。

这之后，通信部主管忽然说道："既然我们没办法从这本书上找出答案，是不是可以换个思路，问下全世界其他城堡内有没有可靠的突围方案呢？"

"好，那你快命人跟各城堡取得联系。"小星吩咐。

"是。"

半小时后，通信部主管拿着一叠电文跑回来，递给众人。众人一一查看，但却没有一个适合玉山城堡突围的好办法。只是有一个城堡利用废弃矿井秘密突围的办法引起了小星的注意——"矿井"，齐小星心里一动，"那个'谷'字会不会指的是一个藏有秘密通道的地方呢？"齐小星望向众人。

城堡治安主管接道："对呀，各位都快点想想，城堡中都有哪些带'谷'的地名？"

工业部主管掰着指头说："堡内虽有山谷，但带谷的地名却不多见，只有西部州有个谷家场，中部州有个谷家沟……"

"谷家沟？是不是云山下的那个谷家沟？"齐小星问。

"对。"工业部主管突然眼睛一亮，"那里有一个废弃的煤矿。"

齐小星大喜："这就对了，白堡主一定是想让我们从谷家沟那个废弃的煤矿突围，不会错的。这么大的事，他肯定不会跟我们打哑谜，怪只怪一开始，我们没往这个方向想……"

经齐小星这一说，众人顿时明白过来，其中一人激动地说道，"我对那谷家沟早有所闻，早在城堡建立前，那里就有一座废弃的煤矿，它的井道四通八达，贯通云山整个山体，只是不知年深岁久，那些通道是否还能……"

"能不能寻到出路只有挖开了才知道。"齐小星打断那人，当即指派城堡治安官立即调动三千人马，开赴谷家沟，摸清洞口位置，立即挖掘。

治安主管一脸苦相："堡主，我手下目前只有不到两千人，其他三千人马刚刚出发，去镇压叛乱了。"

"那你就先带两千人去，工业部门的工人随后也会赶过去。只要找到可以突围的办法，叛乱自然会停下来——大伙都是为了活命。"齐小星果断下令。

……

天黑前，治安部门两千军人以及工业部门一千多工人陆续赶到了谷家沟，沿着山脚至山腰的范围展开大范围搜索。很快，一队士兵就在沟底附近的山脚下发现了封堵的痕迹，经过现场勘察，确认正是矿井的入口。于是，一场大规模的挖掘行动迅速展开。不到一小时，一个约六平方米大的洞口出现在人们面前。工业部主管带领一队人打着火把钻进山洞，发现里面虽然阴暗潮湿，洞顶支板上还不时有水滴掉下来，但大范围的塌陷却不多。人们走在其中，像走大路似的，砰砰的足音令人既紧张又兴奋，一直进入七八百米，才发现通道断了。借着手电光亮细细一看，问题不大，是塌方造成的，但塌方范围有多大不得而知，能不能再次打通是个问号。

那就挖吧。既然已经无路可走，那就重新开辟出一条路来。

39. 兴师问罪

第二天早晨，云山顶上刚刚露出一抹鱼肚白，齐小星已带着两名侍卫来到谷家沟。

他们的车在一个巨大的矸石堆旁停下来，前面就是洞口，有隐隐的光亮从里面透出。在洞外的山坡上，砍树声此起彼伏，一队队士兵正把一根根木头往洞里搬运。

治安部主管把小星迎进巷道，侧着身子在前面带路。巷道中人来人往，搬木头的搬木头，运土石的运土石，一派繁忙景象。

他们很快来到施工现场，齐小星指了指前面用密密麻麻的木头镶嵌起来的通道问："进展如何？"

治安部主管信心十足地回答："进展很快，已经向前掘进了30多米，估计余下的不会太长了。"

"还不错，这样下去我们就有希望了。"

"但也不能盲目乐观，我们目前面临着极大困难。"工业部主管擦擦头上的汗说，"根据这已经掘进的几十米来看，这里的地质情况比较复杂，垮塌的岩石非常坚硬，如果遇上大石挡道，我们几乎没有办法。在这样的地质情况下，又不敢放炮，因此施工进展不可能很快。还有，如果遭遇流沙地层，我们刨多少它来多少，那样的话，我们就……"

"别尽往坏处设想！"齐小星打断他的话，"我们不会运气那么差！当务之急是提高工作效率，合理安排人员，洞内实行 24 小时不间断作业，洞外要加强隐蔽，土石方要倾倒在隐秘处，避免白天被外面的侦察设施发现。"

"可是我们已经倾倒了一些在洞口附近，天马上就要亮了，怎么办？"治安部主管着急地说。

齐小星火了："还能怎么办？马上组织砍树的士兵停止砍伐，先把暴露的土石处理好再说！我们应该吸取教训，在河口突围刚刚发生的情况下，外面必然会有所警觉。"

治安部主管额头直冒冷汗，急匆匆跑了出去。

齐小星也跟着走出洞外，亲自组织士兵们站成一条条长龙，把土石一筐筐传进附近的松林里。

巨大的石头还没有搬运一半，天就大亮了，齐小星立即命令停止搬运，叫士兵们拖来树木的枝丫，遮盖在暴露的土石上面。

处理完这一切，又向两位主管做了交代，齐小星这才返回王城。

刚一走进办公区，外面的电话就打进来了，说他们明天要派调查组到城堡调查河口事件，希望配合调查，还问到了谷家沟出现的异常情况，希望城堡能给他们一个合理解释。

齐小星一听，冷汗直冒，心想：这下彻底完了，再没有机会了。但他还是尽量用平静的语调表示欢迎，并对河口事件和谷家沟的情况做了初步解释，他说河口事件是南部州一部分人秘密组织叛逃所致，谷家沟那里树木粗壮，人们正在那里砍伐树木，准备再建一些房屋，改善堡内民众居住条件。

放下电话，齐小星立即召集众人开会，对这个刚刚出现的意外情况进行紧急研讨。

经过讨论，最后形成两条应对措施：第一，对河口事件，动员南部州州长出面承担责任，承认是自己秘密组织部分民众突围，然后听从发落；第二，对谷家沟的情况，一方面继续大造伐木声势，用树枝隐蔽煤矿洞口，一方面立即在王城西北角破土动工，拉开搭房造屋的架势。

措施明确后，小星立即派人飞驰南部州，去做南部州州长的工作，让他以大局为重，牺牲自己，挽救 20 万 IZ 人的生命。

造房工地也立即动工，数千名工匠被召集起来，挖土，搬石，运木头……一切都安排得天衣无缝。

忙完这些，齐小星才有时间关注白言冰的后事。白言冰的住处这时已改成一个巨大的灵堂。灵堂内苍松翠柏，黑纱满目，白花点点……白言冰的遗体安放在鲜花丛中。

齐小星在遗体前跪下，双手合十，向白言冰虔诚叩拜，悲戚说道："白堡主，您安息吧！我们已经按照您的指引，找到了突围的出路，请您相信，我们一定能冲出城堡，重获新生！"

齐小星说完，又向白言磕了三个头，这才站起来安慰白立纯："立纯，等那山洞打穿了，我会处理好爸爸的后事的。你和母亲都要保重身体，我们很快就要自由了。"

"自由，我们还会有自由吗？"立纯一脸凄楚。

"会的，一定会 ——"刚说到这里，齐小星突然感到后脑一疼，砰的一声，身子向前一倾，栽倒在地。

立纯惊叫："好，你这是干什么？"她看见母亲手里拿着一把羊角钉锤，眼露凶光，嘴里念念有词，还想继续向倒在地的小星身上猛砸。

"住手！"一名侍卫大喝一声，冲上前来一把抱住她，夺下李叶手里的凶器。

立纯扑倒在小星身边，抱起他的头颈大声呼喊："小星哥，小星哥，你没事儿吧，没事儿吧？"

小星已经昏迷了，嘴角吐出白沫来。立纯见势不妙，慌忙命令侍卫快叫医生。

几位医护人员很快赶到，把小星送往医院紧急救治，初步诊断为钝器所伤造成的脑震荡。

立纯心如刀割，不停地质问母亲："你为什么要那样做，为什么要那样做，究竟为啥，为啥啊？"

面对女儿愤怒的质问，李叶露出一丝惧色，瘦得薄如纸片的嘴唇无声地翕动着。

立纯拿她毫无办法，自己的三个亲人一死一伤，另一个则早已疯癫，她简直不知道自己下一步该怎么活。她甚至想到若自己也像母亲一样疯了或许更好！更要命的是，齐小星的昏迷在城堡内引起一片混乱，众人害怕群龙无首，纷纷找到堡内二把手拿主意。好在二把手老成持重，他一边安抚那些惊慌失措的同僚，一边命人严密封锁齐小星昏迷的消息……

第二天早晨，医院传来消息，齐小星醒过来了。立纯立即赶到医院，坐到小星床边，柔声问："你好些了吗？"

"头晕得厉害，比晕船还难受。" 小星头缠绷带，说话显得很吃力。

立纯心疼极了，眼泪簌簌落下："都怪我不好，没有看好母亲。"

"她也可怜，她心里始终有一股无处发泄的怨恨，我们不能怪她。"

"是啊，她恨你的父亲，那是永远都无法消除的恨。我也是，所以我对你……"

"别说这些了，我和父亲是不同的，我有信心消除你心中的阴影。"

"你快好起来吧，众人离不开你，我们都需要你。"

"好的，我会很快好起来的。对了，有件事情需要你帮我办，可我想不起来了。"小星着急起来。

"你别急，想不起就算了，以后想起来再说吧。"

"可是以后想起来就晚了，我现在必须把它想起来。"

立纯见小星这样着急，怕对他刚刚清醒的大脑不利，就悄悄向门边的医生使了个眼色。那医生领会了立纯的医生，走过来对小星说："堡主，您该休息了，不然可能会引起严重的后遗症。"

小星更急了："不行，我必须马上把它想起来。"

这时，堡内二把手走了进来，小声对小星说："堡主，南部州州长已经答应了，他请堡主放心，一切由他担待，只是，他有一个愿望希望堡主能够满足他，这样他就死而无憾了。"

"他有什么愿望，我可以满足他。"

"他说，希望我们能厚待他的家人，希望能在突围的时候让他们优先出去。"

"你已经代我答应他了？"

"是的。"

"你做得好。你立即派人把他的家人接到王城来，等突围时让他们跟我一起走。"

"好，我这就去办。"

"对了，我还有一件很重要的事情马上要办，但怎么想都想不起来了，你能帮我想想吗？"

"是不是应付外面调查的事？"

齐小星心头一亮："正是这事。此事就交给立纯去处理吧，她才从外面进来，对外面的情况和规矩比我们熟悉，请你协同她一起去解决，一定要消除他们的怀疑，千万不能让他们到谷家沟去。"

"好的，我替你去应对外边的检查。你放心好了，不懂的我可以向副堡主请教。"立纯安慰小星。

调查组说来就来，他们一行 20 多人，开着四辆防弹车进来了。立纯和副堡主坐着齐小星的专车把他们带到了河口，陪他们察看河口附近的情况。

外面进来的 20 人。领头的是一个四十来岁的中年男人，他见接待她的居然是位美貌女子，内心不免好奇。一问之下才知道立纯竟是白言冰的女儿。白言冰在堡内堡外都是显赫人物，名声一直不错，那人对白言冰自然不会陌生。此时既知道了立纯是白言冰的女儿，又知道了白言冰刚刚过世，自然不愿刻意难为白立纯……

其他调查组成员对立纯的印象也不错，兼之立纯有问必答，不卑不亢，应对得恰到好处，同时调查组也没有发现河口突围是全堡统一行动的证据，最后便把河口事件定性为"一次由个别人组织的异想天开的叛逃事件"。这之后，白立纯又主动提出，正准备对河口事件的组织者南部州州长进行严惩，但如果调查组想亲手惩治南部州州长，她也没意见。说罢，便将已经病入膏肓、奄奄一息的"南部州州长"押了过来——调查组人员见是一位垂死老人，互相看了几眼，不免摇头暗笑：对这种濒死之人还有惩罚的必要吗？就任其自生自灭吧……

　　调查完河口事件，立纯又邀请调查组到王城去转了一圈。看到城内一派宁静祥和的世外桃源景象时，20多双眼睛都露出了惊讶与羡慕，同时也暗暗隐含着一丝怜悯与惋惜。至于谷家沟的事，他们只是大致问了几句，听说是要伐木盖房，便未深究。

40. 古刹历险

王锐被调离，和小星见面已经不太可能。蓝之星和小月心急如焚。他们已从云山空军机场的情况觉察出异样，因为其中那数十架 A3 重型轰炸机已经装弹完毕，正整齐地排在停机坪上蓄势待发。

蓝之星还从江师长家人的口中，进一步证实了"清洁计划"执行的确切时间。一切都明朗化了，谁也无法阻止这个计划的执行，任何侥幸的想法都只能是一个天真愿望。

蓝之星和小月再次开车来到南瓷城下，大门前的岗哨已经换成了一个班，围墙上的射击孔里伸出黑森森的枪管。小月死心了，绝望地说："我们无能为力了，我恨父亲，恨所有参与执行'清洁计划'的人！"

"恨有什么用？人是地球上最自私的动物，随着我们的世界面临崩溃，这种自私只会变本加厉。"

"那借助舆论呢，会不会有效果？"

"别在这里讲这些，免得被人听到。走，到山上的龙隐寺去。"

"去那里干吗？"

蓝之星不答，掉转车头往山上开去。

龙隐寺建在山腰的一块平地上，前有照后有靠，两棵数人环抱的雌雄银杏立于山门左右，为寺庙平添了几分古韵和灵气。据传此庙始建于隋朝，原名金栗寺，后因明代建文皇帝曾到此避难，故此更名龙隐寺。

蓝之星把车停在莲池下的停车场，和小月下车跨上了莲池中的小石桥，只见两树金黄的银杏立于寺庙前面，树冠遮天蔽日，仿佛一片金色祥云。但小月和蓝之星却没心情欣赏这景致。他们踏着满地的黄叶，走进山门，来到大雄宝殿的观音像前。

庙里香客稀少，一个老和尚坐在一旁敲着木鱼，口中念念有词，供台上香烟袅袅，几个蔫不拉几的供果落满了香灰。

蓝之星和小月感觉无趣，绕出大殿，踏出山门。"我们再往上走走吧。"蓝之星说。

"还向上走啊？"

"往上走走看呗，看看山顶是否有士兵把守。"蓝之星还是有些不死心，心里还在想着如何营救城堡中的人。

但也就是这时，远处突然传来阵阵刺耳的警笛声，蓝之星一惊："该不会是来抓我们的吧？"

"怎么会呢？我们又没犯法？"小月大咧咧地说。

"但你通过王锐向城堡内传过信，你不会连这些都忘了吧？"蓝之星提醒小月。几乎与此同时，口袋中传出短信提示音，蓝之星打开一看，拉上小月就跑。"快，真是来抓我们的！"

风在耳边呼叫，黄叶在身后飞舞，他们箭一样穿过满池落叶，跃下石阶，飞快钻进汽车，发动引擎向另一个下山的方向飞驰而去。这时，两辆蓝白相间的警车已经出现在反光镜里，和他们的车距越来越近。

小月莫名其妙地看着手忙脚乱的蓝之星，吃惊地问："真要抓我们吗？"

"田甜刚发来信息，说警方怀疑我们勾结城堡危害健康人社会，市公安局已经下令逮捕我们。"

"看来我被王锐出卖了。"

"应该是这样，也许王锐把什么都说了。"

"那怎么办？"

"田甜叫我们在下面二道拐处下车，从小路下去上另一条公路，那里有辆白色轿车接应我们。"

蓝之星加快车速，突然拐向另一条路，警车被甩出了视野。

不到两分钟，他们的车就开到二道拐的拐角处，蓝之星猛地刹住车，拉上小月就往密林中的一条小道往下飞跑。穿出一片树林，果然有一辆白色轿车在公路边停着，车门已经打开，发动机处于起动状态。

"站住！不站住就开枪啦！"他们身后突然传来大声的喊叫声。

蓝之星回头一看，只见追兵已经跟着冲出树林。蓝之星和小月不敢有半分迟疑，立即钻进白色轿车后座，关上车门。车子立即启动，箭一样冲上马路，一拐弯就消失得无影无踪。

蓝之星和小月松了口气，这才看清了驾车的是一位年轻女孩儿，看上去不过十八九岁。

"是田甜姐叫我在这里等你们的。"女孩说话了，声音很甜美。

蓝之星搭腔："辛苦你了。"

"辛苦说不上，只是可惜了一场好梦，我正睡觉呢，就被田甜姐的电话吵醒了……"

"真不好意思，给你添麻烦了。回头我帮你把好梦找回来。"蓝之星打趣。

"呵呵！"女孩乐了，"看你们被追得够呛，我的好梦早变成了噩梦，出了一身冷汗……现在我啥也不想了，能完成田甜姐交代的任务，安全地把你们救走就已经是万幸了。"

小月见那女孩比自己还年轻，有点不放心地问："他们若在沿途设卡怎么办？你这车太惹眼了。"

"放心吧，我自有办法。"女孩说着把车往旁边的一条支路一拐，开到一幢别墅前停下来，"快下车，上那辆黑色轿车。"

蓝之星和小月连忙跳下车，上了旁边的一辆黑色轿车。那女孩冲门厅上的一个男孩喊了声"把车开走"，就发动黑色汽车冲上支路，往相反方向飞驰而去。

蓝之星和小月这下彻底放心了，并由衷佩服这小女孩的机灵。

"小妹妹你真是太聪明了。"蓝之星称赞。

"雕虫小技，跟田甜姐比差远了。"

"比起我们来还是强多了。我们还不知道该怎样感谢你呢。"

"谁稀罕你们的感谢？我是看田甜姐的面子，并且觉得刺激才答应田甜姐的。"

"肯定是要感谢的。"小月说，"不如这样，等会儿你把我们送到家，我送你一样好玩的礼物吧，我家里的一切，你可以随便挑。"

"啊？"那女孩吃惊，"回家！你就不怕警察正在你家门外布下天罗地网吗？"

"那你要把我们送到哪里？"

"到时候就明白了。"

车很快开进了市区，然后顺着一条城市主干道穿过一座大桥，向江北方向开去。

20分钟后，车在一个住宅区里停下来。

"到了。"女孩轻盈地跳下车，"跟上，快！"

"你要把我们带到哪里去？"小月有些不放心。

"公安局。"女孩邪魅地一笑。

"你？"小月被惊得说不出话来。

女孩扑哧一乐："看把你吓的，快跟我走吧。"

二人忐忑不安地跟着那女孩，硬着头皮上了电梯。

电梯在 41 层停下来。走出电梯，女孩径直走向对面的房门，掏出钥匙打开。

他们跟进去。这是一套一居室的小房子，小客厅、小卧室再加小厨房、小厕所，一切都是小的。3 个人在客厅一站，房子就显得拥挤起来。

墙上的一张黑白素描肖像进入蓝之星的眼帘，画中人好眼熟！田甜！一定是田甜！

女孩见他看画，说："你大概知道这是哪里了吧？"

"田甜的住处？"

"正是，不然我刚才也不会说带你们到公安局了。"女孩促狭一笑。

"你也太顽皮了，刚才差点把我吓死。"小月仍心有余悸，正要再继续说下去，门外响起清脆的脚步声。

41. 山洞方案

立纯把调查组的人送出王城后，差点晕倒在办公楼前的台阶上。幸好侍卫眼疾手快扶住了她，才没让她顺着台阶滚下去。侍卫把她送到医院，医生要为她做个全面体检，但她拒绝了。她叫大家放心，说自己只是累了，休息一会儿就没事的。

立纯一直牵挂着齐小星，她真怕母亲的重击会给他留下后遗症。她走进齐小星的病房，见他正斜靠在椅背上看着一张地图，就坐到旁边轻声说："你怎么不好好休息？你这伤是需要静养的。"

齐小星抬头望向立纯："都打发走了吗？"

"都解决好了，南部州州长保下来了，谷家沟他们没去。"

"那就好。快说说，你是怎么把他们打发走的？"

立纯把应付调查组的过程简单叙述了一遍，齐小星听罢长出一口气："看来没有后顾之忧了，麻烦你去把堡内相关主管都找来，是制订详细突围计划的时候了。"

"你还是好好休息吧，让堡内各部门首领先商议，有了成熟方案再跟你汇报吧。"

"不行，时间紧迫，我必须亲自参与。"

立纯见拗他不过，就对守在门外的侍卫说："快去把城堡内各部门首领找来。"

侍卫却站着没动，眼睛有些游移地看着立纯。

"怎么，你听不见我说的话吗？"立纯很不满地看了侍卫一眼。

侍卫结结巴巴地说："不……不是的……是……是……是医生不允许堡主过分操劳。"

齐小星一听火了："你听医生的还是听我的？"

侍卫只得把他听到的情况说了出来："上午工业部主管派人来报，谷家沟矿井遇到流沙，死了30多个人，说是很严重，隧道可能挖不通了，医生觉得这个消息会给堡主带来打击，怕堡主受不了，就叫小的通知副堡主，副堡主已经带领一队人马赶过去了。"

"糊涂，是我一个人的命重要，还是全城堡20万人的命重要？快备车——谷家沟！"

立纯见齐小星的架势，知道已经拦不住他，慌忙叫医生："医生，快带上必要的药品和设备，跟着堡主！"

20分钟后，两辆轿车在谷家沟煤矿洞口前的矸石堆附近停下来。这时已是下午，灰蒙蒙的天空飘着毛毛细雨。在洞口周围的山坡上，漫山遍野都是伐木的士兵，他们正在砍树，然后顺着山坡滚下来运走。运往王城的只是掩人耳目，因此稀稀拉拉没几棵，大部分被堆积在洞口，先由工匠锯成一定的长度，再悄然运到洞里去。这时的洞口已经被隐蔽起来，齐小星一行在一个头目的带领下，穿过一段由树冠搭成的林荫才走到真正的洞口前。

洞中人来人往，走了大约一刻钟，才走到发生事故的地方。治安部主管和工业部主管见一身病服、头缠绷带的齐小星进来，赶忙上前迎接、问候。

齐小星看见前面十来个人正在工作面不停地铲着砂石。边铲，边又有砂石从上面不断地滑落下来，便问："这样铲下去能解决问题吗？"

工业部主管难堪地说："没有更好的办法了，只能来多少刨多少，刨到最后，但愿上面会形成一个锥体结构，四面的力互相挤压，将这个锥体挤实，这样就不再会有山石垮下来了。"

齐小星皱眉："如果上面下落的砂石止不住呢？想过别的出路没有，比如打个岔洞？"

"这倒没想过，我们只顾着不分昼夜地挖，想着总有挖通的时候。"工业部主管说到这里，看看左右，然后附在齐小星的耳边说，"我和治安部主管已经想好了，万一刨不通，堡主可以到这洞里来避难，到时候……"

齐小星顿时火冒三丈："我再说一遍，如果不在轰炸前挖通山洞，我们一块死！"

两人不住点头称是。立纯则从旁劝说："别生气，有话慢慢说，他们够努力了，一起再想想办法吧。"

齐小星平静下来，但还是有些痛心地说："我知道你们已经尽了很大的努力，还死了那么多人，但这一切努力必须要看到结果才行。我们已经开始制订突围计划，但这一切都是以打穿这个山洞为前提的……"

工业部主管感到了前所未有的压力，他想了想说："在我们身后还有几个被封堵的岔洞，要不我们把它们打开来同时掘进，哪条能通走哪条？"

齐小星脸色缓和下来："就这么办吧，大不了多调集些人手，这些洞原本就是相通的，我相信总有一个洞和外面相连。"

众人无不点头称是，大伙开始分头行动。

齐小星忍着呛人的粉尘亲自督阵，看着士兵们把一个个岔洞打开。工业部主管分出几队士兵进洞察看。十来分钟内，一队一队的士兵先后回来，带回的不是"独洞"就是被塌方堵死的消息。20分钟后，最后一队士兵欢呼着从一个洞口跳出来，他们说他们畅通无阻地走了很远，最后被一堵水泥墙堵住了，估计那墙就是山那边洞口的位置。

齐小星激动得抓住其中一个士兵的肩膀，啪啪拍了两下："太棒了，这是我今生听到的最好的好消息了！快行动吧！就看你们的啦！"

找到出口的消息很快传遍了整个谷家沟，数千名士兵欢呼雀跃。

齐小星带着工业部主管和治安部主管一起回到王城，立即召集各部门主管开会：

"离'清洁计划'实施还有 5 天时间。上次河口突围暴露出不少问题，单是因惊慌引发的踩踏就死了上千人，我们不能让这样的悲剧重演。还有，突围出去之后怎么立足，要占领哪些要害，攻打哪些部门，我们都必须事先做好安排，制定出一个详尽的方案，大伙都说说看吧……"

众人经过反复酝酿，最终形成了一个意见一致的方案——山洞方案。这个方案的具体内容，齐小星要求众人必须严格保密，事先不得走漏半点风声。

开完会，齐小星带着众人来到白言冰的灵堂，再次参拜了白言冰的遗体，并向一旁的立纯交代："明天我打算向全体民众宣布白堡主去世的消息，召集堡内所有人等，来为白堡主送行！"

立纯没有参加会议，一时间被搞糊涂了："都什么时候了，我们哪里还有时间为父亲大操大办？就简简单单葬了吧，我不会怪你的。"

"那怎么行，一定要隆重，所有的车辆都要组织起来，所有车辆必须黑纱白花，气氛必须庄严肃穆。还有，在发丧的同时，我们还要向瓮城通报一下，以免引起误会。"

"你这是怎么了？是不是谷家沟又没希望了，你……"白立纯不解。

"放心，谷家沟那边一切顺利。"

"那你？"

"听我的就对了，先别问那么多，我心里有数。"

立纯茫然地点了点头。

42. 脑筋急转弯

那女孩儿刚把蓝之星和小月带到田甜家，田甜就推门进来了。

田甜告诉蓝之星，外面到处都是抓他们的警察，他们目前哪里也不能去，只有躲在她这里最安全。

"但你们为什么要抓我们，总要有个理由吧？"蓝之星试探。

"我们得到的命令是，你们频繁接近城堡，有违反《城堡管理法》的嫌疑。"

"可他们……他们难道不是严重违反了《城堡管理法》？他们的做法简直——"

"小月！你瞎说什么？"蓝之星赶忙阻止她说下去。

"他们——他们是谁？"田甜敏感地问。

"她是说河口事件，他们杀了很多人。"蓝之星替小月解释。

"哦，那也是事出有因。我奉劝你们别去掺和，那对你们有害无益。你们先在我这儿躲几天，避下风头再说吧。"

"得躲多久？"蓝之星问。

"至少要等 5 天，等戒严时间结束了再说。"

"戒严？为什么要戒严 5 天？"

"我们得到的命令是：为了避免河口事件引发市民情绪，酿成不可预测后果，自今日起，戒严 5 天 —— 你们先在这里住几天吧，小雅是我的朋友，她会照顾好你们的。千万不能出去，出去肯定被抓。"

蓝之星这才知道那个营救他们的女孩叫小雅。

在之后的几天里，田甜白天出警，小雅就照料他们的生活，俨然成了一个家庭小保姆。尽管蓝之星和小月暂时安全无虞，但心里却一直为城堡着急。只有 5 天时间了，立纯他们想出突围的办法了吗？总不能成天在这里干耗着，坐看立纯他们死于非命吧？

蓝之星和小月虽不能出门，但他们还是决定要为立纯和齐小星他们做些什么。两人趁小雅外出之机，开始商量利用舆论发动民众再次抵制"清洁计划"的可行性 —— 两人最终决定，在"清洁计划"执行前 24 小时，将消息通过网络快速扩散出去……

夜很深了，蓝之星还在电脑上完善着他的"舆论传播计划"。包括需要通知哪些媒体，如何瞬间造势，形成有效转发等，作为记者，这是蓝之星的强项。

这边蓝之星正在客厅忘我地筹备，那边，一直睡不着的田甜趁小月熟睡之机，悄悄摸出卧室，一把从后面抱住了他。蓝之星吓了一跳，压低声音斥责道："小月，在人家家里，你怎么能这样？"说罢头也不回地继续工作。

田甜听他这么说，心里一阵微酸，正想发作，但"舆论传播计划"的内容已被她看到了："天啊！这难道是真的？难怪他们要追捕你们！"

蓝之星这才意识到身后不是小月，第一反应就是关掉页面，慌忙回头搪塞："是田甜啊，我还以为是小月捣乱呢。你快去睡吧，我闲着没事，突发奇想，想写篇小说。"

田甜拉过一张凳子在他身边坐下来，直视着蓝之星："你是在编小说呢，还是在编谎言？你不会觉得警察都很蠢吧？"

蓝之星知道骗不过田甜，于是道："想立功我成全你就是了，"说着伸出双手，"铐上吧，放心，我不会反抗，只要你能官运亨通就好！"

"谢谢。"田甜意味深长地望着蓝之星，却没动手。

"随你吧。只要你能心安，只要当你长夜里无法入眠时，能够承受全球 20 亿无辜冤魂对你的无声凝视，我无所谓。"

"你这么说对我全无作用，我是无神论者。"

"但是你的心不会疼吗？"

"我是执行公务，你这样做严重违法，从我的角度来讲，逮捕你也没错吧。"

"那你就逮捕好了，我保证不会反抗还不行吗？"

"但我说要逮捕你了吗？我只是说作为警察，我若要逮捕你并没错。"田甜怒了，"你以为凭你们两个就可以拯救 IZ 人吗？我可以明确地告诉你，舆论声援这次无效，警方已接到任务，已制订出防止大范围舆情扩散和大规模示威的预案，本次戒严便是预案的一部分。你这样做只会产生更多的流血冲突，只会造成更多无辜的人流血伤亡，你懂吗？"

蓝之星被田甜呛得一时无语。

"堡主，测出来了，水泥墙的厚度大约 6 米。"工业部主管报告。

"太厚了！现在已掘进了多少？"

"不到 1 米。"

"太慢，以这样的进度，时间上肯定不够……"齐小星面色阴沉，"快想想看，还有其他办法没有？"

工业部主管一脸苦涩："这道墙是由高硬度特殊水泥筑成的，其间还筑入了大号合金钢筋，这是掘进困难的主要原因……"

齐小星火了："我现在不需要听你说困难，我需要知道的是解决方案。"

工业部主管低头沉思良久："那我再想想吧……"

"都别闲着，生死关头，我们每个人的头脑都要转动起来。"齐小星催促众人。

"堡主，我倒有个主意，或许可行。"关键时刻，经济部那位前不久刚任命的女主管走上前，一双好看的丹凤眼凝视着齐小星的眼睛。而周围所有人的目光，则齐刷刷聚焦在这位女主管身上。

"什么主意？"齐小星直视着她的眼睛问。

女主管微微一笑，扫了众人一眼，然后说道："人慌无智，极易陷入思维误区。我现在只想问大伙一句话：如果我们走在路上，迎面遇到一块巨石，我们若想最快通过，该用什么办法呢？"

"当然是绕过去了！"其中一个嘴快的作答——众人如梦方醒。

"对。我们应该绕开那面水泥墙，从旁边开凿一条新的通道。"

"你真是太聪明了，我们这些五尺男儿怎么就没想到呢！你这个脑筋急转弯转得好，转得正当其时。"齐小星赞道。

众人同样兴奋，赞叹之声不绝于耳，都被这位漂亮的经济学女博士彻底征服了。

"下面的事就要看我们这些男人了。只剩 3 天时间，还来得及吗？"齐小星望向这次掘进任务的工业部主管和治安部主管。

工业部主管说道："为了加快挖掘进度，还可以采取化学腐蚀法，我们工业部门还有一些强酸和强腐蚀化学制剂，在掘进过程中，若再碰上岩石等硬物，我们可以先用钢钎打眼，然后灌注强腐蚀化学制剂，进展会更快。"

"好！我立即调集人手，将堡内所有对岩石有腐蚀作用的强腐蚀制剂运往谷家沟，为你提供后援！"齐小星挥挥手，示意大伙立即行动。

……

有了化学制剂辅助，挖掘进度加快许多，很快就有了一个侧洞的雏形。

但这些高浓度的腐蚀药品使用起来却很危险，由于腐蚀性太强，好多士兵的手脸都被烧得惨不忍睹，强酸气体熏得士兵们睁不开眼，喉咙和肺部像刀割一般。不到半天下来，就有上百名士兵受伤。但没人退缩，一波一波的士兵轮番上阵，他们用一些破布、塑料袋等简单遮掩一下手脸，便迎了上去。伴随着一滴滴血汗落地，一条 20 万 IZ 人的生命通道，正在一点一点地向前推进。

43. 冲击机场

　　蓝之星和田甜的争执吵醒了小月，但她却没有起身，而是继续装睡。小月知道田甜喜欢蓝之星，同时也明白自己此时不能掺和进去，否则会更乱，所以她心里虽有一丝酸涩，却只能忍下来 —— 在全球 20 多亿 IZ 人的生死面前，个人恩怨情仇实在太微不足道了！

　　蓝之星并不知道小月已经醒来。他正在集中精力想着如何应付田甜。

　　沉吟良久，蓝之星忽然问了一句："田甜，你的家人或亲戚朋友，有没有在城堡内的？"

　　"地球就像一条漂浮在太空中的大船，IZ 病毒变异覆盖全球，我们同在地球这条航船上，哪有不受病毒侵害的群体和家庭！"

　　"对不起，刚才我误会你了。"

　　"不完全是误会，直到现在，我的内心仍然很矛盾……"

　　"我理解。但我们这不是在帮别人，我们是在帮自己，帮自己的内心。"

"嗯……"

田甜的加入给蓝之星提供了强大助力。在随后的几天里，田甜先后几次到瓮城和云山机场打探情况，还把市局应对示威游行的预案透露给了蓝之星。

"清洁计划"执行前33个小时，当地时间晚上8点。蓝之星、齐小月、田甜和小雅围在田甜家里的电脑前，准备精准实施"舆论传播计划"。此前，他们已经对该计划的实施时间进行了反复推敲，考虑到若按原计划提前24个小时发动舆论攻势，正值当地时间早晨5点，很多人尚处在睡梦中，消息根本无法及时传播，因此决定提前33个小时行动。

四双眼睛盯着电脑上的时间显示器，7点59分50秒，倒计时开始，四张嘴同时发出声音：10、9、8……3、2、1——发送！

蓝之星握着鼠标的手点了下去，这是经过精心设定的群发，其中还设置了上千个虚拟中继站，一指点下，瞬间便会被全球上万家媒体、网红、大V、各行各业知名人物及自媒体接收，为了瞬间形成巨量转发，这些天里蓝之星做足了功夫……一条足以让整个世界无法平静的消息，像一支支指向精准的光剑，在信息高速公路上穿梭，短短十几分钟内，便因为巨量转发，传遍了世界的每一个角落。

"看哪，蓝大哥，我手机上出现你刚发的那条消息了，是我中学时一个同学转过来的！"小雅兴奋地搂住蓝之星的脖子。

蓝之星拿开小雅的手，望向小月和田甜："你们呢，快看下手机。"

"我的当然会有了。"田甜淡淡一笑。

小月却皱着眉，面现焦急之色："怎么就我没有呢？"

蓝之星解释："这并不奇怪。你在科研医疗单位。你们这个群体的人累了一天，到了晚上，很多人会选择洗个澡先休息一下……不同群体的人，在接受互联网信息时，因时间段不同，会出现起伏不定的信息潮涌，最迟明天早上，你一定能收到的……"

"那你快转给我，我转发我的同事、同学、朋友，我现在就把每个人'骚扰'一遍……"小月兴致颇浓。

"我转给你，转发完就要准备后续行动了 —— 蓝哥的信息正处在互联网发酵阶段，明天才是最关键的一天，肯定从上午开始就会出现大规模的抗议浪潮……"田甜顿了顿，略微思索了一下，"我是这样考虑的，明天上午我的任务是在市内巡逻，没有被固定在某一个地点，这样就比较灵活，你们可以悄悄坐在我的警车上见机行事，必要时还可以到云山机场和瓮城去。"

"这样的安排很好，但愿明天声势会比上次更大。"蓝之星感激地看了田甜一眼，接着说，"舆论发酵阶段，需要必备的引导，具体到我们这座城市，要重点关注虚拟空间中的同城网络系统、比如同城购物、家教、家装、快递、校园内网等，我们要引导人们向 3 个地方集结，一是市政府，二是云山机场，三是瓮城方向 —— 重点是云山机场，要想法让那些轰炸机不能起飞。"

小雅一听兴奋起来，"原来这里边还有这么多门道，我明天就去机场，组织人挡飞机，我找几个胖子，躺在飞机轮子下边……"

小月马上打断她说："你还太小，明天就在家里守着等我们的消息好了。那可不是闹着玩儿的。"

"不！我要去，我的姑姑也在里面，我必须去。"

"好了，别争了。"蓝之星止住他们，"我看这样吧，时间还早，小月和小雅守在家里，利用网络尽可能通知更多认识的人，我和田甜出去察看一下动静……"

蓝之星跟着田甜来到下面的花园，一阵冷风吹来，他们都禁不住喊了一声好冷。

车子很快开上大街，向着市中心方向徐徐驶去。

大街上灯火辉煌，行人稀少，被细雨打湿的路面光影斑驳，轻轨列车安静地驶过，明亮的车窗里几乎看不见乘客。车子经过嘉陵江上的一座大桥，路上迷人的灯饰像五彩的裙边，把城市的夜色装点得分外漂亮，轮船的汽笛从空旷的江面传来，让人听出了一种异样的震撼。

一切都是那么平静，平静得仿佛一切都不会发生。

田甜知道蓝之星这时最想去的地方是哪里，就径直把车开到渝江报业集团的大门前。蓝之星叫田甜在车里等他，一个人来到渝江晨报总编室。他的老同学兼铁哥们儿章化正在审核明天报纸的小样，一眼看见蓝之星站在门口，不觉一惊，立即起身把他拉进去关上房门："你怎么还敢到处乱跑啊？不是在到处抓你吗？对了你到底犯了什么事儿，快说说，看我能不能帮你想想办法。"

蓝之星听他这么一说，知道他多半因为正在审核报纸小样，还没来得及看那个消息，收肯定是收到了，因为这是当地最有影响的媒体之一，于是说道："先不说我的事情，有更重要的事，重大新闻——你先看下自己的手机。"

"什么消息？看把你急的。"

"联大再次决定执行'清洁计划'，现在离执行时间不到33个小时了。"

"什么？"章化跳了起来，"是谁发布的，可靠吗？"

"我发布的，绝对可靠，是齐大阳二十来天前通过他女儿透露出来的——齐大阳啊，你懂的。"

"真他妈不够意思，你为什么不早点说！唉，我明天的报纸啊！"

"早说了联大若提前动手怎么办，拖到现在是为了给城堡内的人一个准备的机会，也是为了给联大一个措手不及。"

正在这时，外面响起敲门声，蓝之星一时间不知所措。

"谁呀？"章化大声问了一声。

"信息部小刘，有重要信息报告。"

"别怕，是我的心腹。"章化对蓝之星悄声说，然后冲门口提高声音："进来吧。"

一个二十多岁的小伙子急匆匆进来，见有生人，迟疑道："这、这……需要单独跟您汇报。"

"是关于'清洁计划'的吧？"

"是。"

"你立即通知要闻部，把这条加到头版头条，其他的随便撤哪一条都行。注意，要让读者一目了然，要将读者情绪调动起来……还有，通知保安部密切监视制作过程，严格保密，出了问题我一人承担……"

"是，章总！我立即去办！"说罢急匆匆走了。

有这家当地最有影响力的报纸助力，蓝之星心里踏实不少，口中连连称谢："谢谢，没想到你和我想到一块去了，刚才我还怕你不肯冒这个风险呢。太感谢你了，明天早上晨报一发，那些不上网的市民就知道这消息了……"

章化用手指梳了梳稀疏的头发："这是每一个有良知的新闻工作者都应该做的事。在这件事上，全球各大新闻媒体都不会沉默的。"

第二天早晨，在街谈巷议中，"清洁计划"即将执行的消息几乎成为唯一话题。街上的人渐渐多了起来，车流开始变得不够流畅。上午9点过后，街上的人流已经变成涌动的游行队伍，一幅幅反对"清洁计划"的旗帜和标语打了出来。

蓝之星和小月坐着田甜的警车，早已赶到市政府前，等聚集的人差不多了，蓝之星和田甜立即下车，取出事先准备好的大幅标语打了出来："到云山机场去！坚决阻止轰炸机起飞！"

成千上万的市民在标语的指引下，大规模地向云山机场涌去。人们边走，边用电话、短信相互转告，人流越发壮观，像一条条长龙向云山机场奔涌。

中午时分，云山机场外面的所有公路都挤满了弃置的车辆，到处是涌动的人潮，他们高举着反对执行"清洁计划"的标语，示威的声浪一浪高过一浪。

小月和蓝之星很快就被潮水般的人群冲散了。小月拼命往机场入口方向挤着，她此时心中只有一个信念：冲到前面去，冲进机场，冲到轰炸机下面去！人潮的力量实在是太大了，常常会在猛然间形成一个个人流的旋涡，把那些弱小者卷到下面，随即把他们淹没在黑压压的人海中。有好几次，小月都差点被挤到了旋涡的中心，都是靠信念的支撑，才让她拼死站稳了脚跟。

近了，她已经看得见大门立柱上的编号了，她奋力向前挤着，她要冲到最前面去带领人们冲开大门。就在这时，只听哐当一声，那两扇紧闭的大门被生生地推倒，潮头般涌动的人流汹涌而入，小月觉得自己像是被一股涌动的浮力托着、推着，不由自主向前奔涌。冲进大门的人流像决堤的洪水四散开来，很快把那排威猛霸气的轰炸机团团围住。后面的人流还在源源不断涌来，不到半个小时，偌大一个机场已被人群填满。

机场局势严重失控，空军师部江师长召开紧急会议商讨对策……

随后，机场的高音喇叭响起了女播音员柔美的劝说声，意思是空军方面只是奉命行事，他们必须执行上级的命令，希望市民们珍惜自己的生命，立即从机场撤离，政府将不再追究他们的违法责任。

这段播音反复播送了两个小时。在这两个小时里，市民的情绪持续高涨，要求停止轰炸的声浪盖过了高音喇叭的声音。

两小时后，高音喇叭换成了一个男播音员强硬的声音："各位市民，我们已经做到了仁至义尽，并已请示了上级，你们还有一小时的撤离时间，如果不听劝阻，你们将成为全民公敌，后果自负！"

这段播音一出，人群中出现了小小的骚动，有一小部分人开始往大门外挤去。但也就是这时，不知是谁喊起了口号："你们才是全民公敌，你们才是全民公敌……"这口号一出，人群纷纷应和，最终形成一个巨大声浪，席卷云天 ——"你们才是全民公敌……"群情激愤，那些靠近飞机的人索性开始采用各种手段破坏起飞机来，但无奈那飞机太高大，他们多半只能用脚踢踢那几个巨大的飞机轮胎出气。

一小时很快就到了，高音喇叭又换了一个声音："时限已到，马上清场！赶快撤离！马上清场！赶快撤离！"

那声音只播了3遍，3遍一完，就看见无数的催泪弹射向人群，顿时，机场内弥漫出一股股刺鼻的气味，人群中发出阵阵惊惶的尖叫。

小月无助地随着人潮往外涌着，橡皮子弹和催泪弹划弧飞过，一瞬间，小月心头闪过一丝心悸与茫然，她从来没有感到死神离自己那么近。她被人流挟裹着，也不知跑出多远，渐渐地，人流开始分散开来，向四方逃逸，她才终于意识到：自己安全了。跑到山上的一片树林里时，天快黑了，她昏昏沉沉地不知道自己到了哪里，她摸了摸口袋，手机还在。她随手打开功能页面，想给蓝之星打个电话，却发现有一条新信息，她立即点开，竟是父亲齐大阳在中午发来的："清洁计划"提前到明天凌晨一点执行，我遭追捕，逃往渝江途中。

44. 暗度陈仓

下午，山那边传来激烈的枪声，齐小星明白，多半是小月他们组织的援救行动开始了。他当即决定，全城堡所有民众立即跟上送葬车队，为白言冰送行。

整个城堡哀乐低徊，送葬的车辆挂着挽联，排成长龙，挤满了城堡的每一条公路。所有人都怀着一种复杂的心情，挤在各式各样的车里，等待着一个时刻的到来。

傍晚时分，笼罩着城堡的阴云越压越低，凄清的风开始刮起来，不一会儿就落起冰冷的雨丝，凉凉地打在那些无助的人脸上。立纯和母亲坐在白言冰的灵车上，走在队伍的最前面，看不见头尾的队伍向着谷家沟方向，缓缓行进。

出口处的砂石已经掘进了 5 米多，还有不到 1 米就要打通了。工业部主管已经两三天没有合眼，一直坚守在山洞中督阵。这时全城堡能找到的腐蚀剂已经用完，士兵们正在用钢钎铁锤拼命掘进。齐小星给他们下了死命令，必须在今晚 12 点以前打通出口！

至于出去之后的计划，齐小星此前已经与众人商定。出洞之后，城堡武装力量将分成3队，各2000人，兵分三路同时袭击云山军用机场和南北瓮城。攻击过程中，所有子弹涂上IZ人血，齐声高呼"吃我人血子弹，还我自由之身"。等瓮城得手后，所有车辆按事先确定的行进方向，向南北两个隧道迅速突围。

晚上10点，山洞内传来消息，洞口打穿了！

而这时，白言冰已被安葬在谷家沟内，送葬的全堡民众都在附近，于是齐小星立即带领众人快速有序地向山洞靠近。来到洞口前，工业部主管已经等在那里，见齐小星一到，身子一软差点摔倒，激动中眼泪滚落："堡主，山洞打通了，打通了，我们有救了，有救了！"齐小星赶紧把他扶住，用力搂了搂他的肩："辛苦你们了，千言万语一句话除了谢谢，还是谢谢！侍卫，帮个忙，快扶咱们的大功臣找个帐篷休息一下。"

两个侍卫应声而出。

随后治安部主管全副武装迎上来："堡主，部队已集结完毕，随时可以出发。"

"好，我们先出去探探路。"

众人在山洞内七弯八转，走了约半个小时，终于见到了天上的星光。空气潮湿冰凉，有一股淡淡的枯枝败叶味道，但与山洞内相比，却是出奇的新鲜。齐小星深吸口气："总算出来了。"

"是啊，真不容易。"治安部主管接口。

"前边还有很长的路要走，不能停。"说话间，众人穿过一片荆棘林，前面豁然开朗，一条盘山公路出现在眼前。

齐小星细致地察看这里的地形，发现这洞口原来处于离山脚两百米左右的山腰上，距盘山公路只有几十米远，但被荆棘林掩住了，而盘山公路恰好连接山下的云山机场，机场上的跑道灯和一排飞机的剪影历历在目。

"大家快看，那就是云山机场。两个瓮城在它的南北两面，都在四五千米之内。我们运气还不错，这么近的距离，借着山林掩护，……"刚说到这里，一个侍卫突然示警，"不好，有人过来了！快隐蔽！"

众人赶忙伏在草丛中，看着两个女人从公路下方走上来。

"要不要把他们抓来询问情况？"治安部主管悄声对齐小星说。

"嘘！"齐小星做了个噤声手势，"听，她们在说什么？"

两个女人边走，边小声说着话。

一个说："急死人了，蓝大哥不见了，电话又打不通，我们该怎么办啊？"

另一个说："小月姐，别急，蓝大哥肯定没事的。"

齐小星听出来了，是小月！

只听小月又说："我怎么不急呢？我父亲发来消息，'清洁计划'又提前了，离执行时间已不到 3 个小时，小星哥他们还蒙在鼓里呢，还以为要到明天早上才执行。如果他们真等到那时候，一切都晚了。"

小星再也按捺不住满心激动，从草丛中一跃而起。两个女孩吓得大叫。

"小月，是我。"

"小星哥，我不是在做梦吧？你们怎么出来了？"

"我们是从一个废弃的旧煤矿的巷道出来的 —— 先不说这些，小月，听你刚才说'清洁计划'又提前了？"

"这是父亲下午发来的消息，说执行时间提前到明天凌晨一点，你们还来得及吗？"

"我们已经在废弃煤矿中打开了一条通道，6 000 名士兵很快就可以冲出来。准备兵分三路，攻打瓮城和机场。但我们对外面的情况所知有限，正想抓个人来问一下呢，你们就来了。"

"攻打瓮城和机场 —— 要快，今天外面大乱，瓮城和机场都遭到了游行队伍的冲击，那些人累了一天，现在正是最疲惫的时候 —— 小雅，你对机场熟悉，待会儿你带路吧，把机场的布置告诉他们。"

小雅小孩心性，也没细想，痛快地答应了。

"那瓮城呢？我们对那里也不熟。"

小月蛮有把握地说："南瓮城由我带路，我对里面的布置很熟。"

"那北瓮城呢？谁带我们去？"小星继续问。

"那里就不用去了，只要把南瓮城攻下来，再把那个防御控制中心一解决，整个城墙的火力防御系统就失灵了……快行动吧，晚了就来不及了。"小月催促。

"好。"齐小星转头命令治安部主管，"给你半小时，立即把部队调过来！"

治安部主管应了一声，走出几步，掏出堡内自造的步话机开始调动军队。齐小星则趁这段时间向两个女孩交代他们的攻击方案，以使二人明白，当攻击开始时，她们应该怎样配合。

小月边听边认真思考，并根据自己所了解的情况，不时提出一些疑问或建议："小星哥，我刚才跟你讲过的，云山机场和南瓮城是重点……"

"那3个分队就重新分配一下，2 000人攻打机场，3 000人攻打南瓮城，500人埋伏在北瓮城附近，他们若出来增援南瓮城，露头就打，余下的500人保护洞口和指挥机关的安全。"

"哥哥你可以把指挥所搬到小雅家的别墅里去，就在那边不远，那里居高临下，可以把下面的机场看得清清楚楚。对了，小雅，你赶快回家布置一下，再准备几个手机用于联络，我带着小星哥随后就到。"

"好，分头行动，小雅你先去吧。"齐小星说罢，又跟治安部主管重新调整了一下攻击方案，并跟踪了一下部队出山洞的进度。部队出来得很快，半小时后基本上能全部到位。

处理完这些，小雅打来电话："小月姐，一切都布置好了，我爸同意你们来我家。带小星哥他们来吧！"

"好！我们这就过去。"

小星吩咐几名侍卫去接立纯母女和堡内其他领导的家人，又留下几名侍卫在原地接应，这才带了两名侍卫跟着小月到了小雅家。

小雅的父亲是渝江大学的教授，他对"清洁计划"深恶痛绝，对IZ人敢于抗争的做法非常赞赏，他非常热情地接待了他们，并愿意为他们提供一切方便。

小星把他的临时指挥所设在了面对山下的大平台上，小雅已经把几个手机和一架望远镜摆在了中间的一张方桌上。齐小星当即取了几个手机递给侍卫，让其最快速度送给前线指挥人员。

晚上11点整，6 000名士兵已经全部集结于洞口前的盘山公路上，目标太大了，迟疑不得，但齐小星这时却犹豫了。他的阅历和人生经验并不足以支撑他完成如此艰巨的使命，他望着小雅的父亲，一位受人尊敬的历史学教授，问了一句："教授，我们今天的行动是正确的吗？历史将怎样记载今天发生的一切？"

小雅的父亲给他打气："你们今天所做的一切是完全正确的，所有反压迫、反奴役、反灭绝的行动都是正确的，历史会对此做出公正的评判。"

齐小星拿起手机（小雅在这段时间内已利用手机组建了一个战时通信组），发布命令："各攻击部队，按既定计划——出击！"

45. 城堡突围

第一分队由小雅做向导，抄小路很快赶到了机场附近。这时，示威的人群还没有完全散去，他们聚集在机场的围墙外，仍在不停地呼喊、抗争。因为踩踏以及其他原因，几百具尸体散落在机场周边，看上去给人一种虚幻的感觉，好像这一切都不是真实的，而是在一个怪诞的梦境里。

机场里的士兵仍在忙碌，清扫现场各种垃圾、废物、追逐个别潜藏在机场与他们苦苦周旋的"顽固分子"，士兵们的神经已绷了一整天，此时已经疲惫不堪，无暇他顾。

小雅带着城堡内的士兵悄悄潜入机场兵营后面的树林里，分队长接受了小雅的建议，把士兵分成两队，一队由副队长带领潜伏到机场南侧的停机坪外，负责破坏那些要置人于死地的轰炸机，一队由他自己亲自带领，翻越围墙去分割包抄那些正在清理机场的士兵……

第二分队由小月带路，他们顺着山脚的公路向南瓮城一路急行，谁也不说话，只有踢踏踢踏的脚步声在山间回响。这是一支名副其实的杂牌军，包括攻击机场的那 2 000 人，他们甚至不能被称为军队，但在生死危机面前，他们只能临时组织起来，捍卫自己活下去的权利。

在小星等待两支队伍到位的间歇，立纯和母亲已经随着一群家属走出了山洞。

望着城堡外的天空，立纯万千感慨一齐上涌，两行清泪夺眶而出：之星，我出来了，但孩子没了，我该如何面对你啊？还有小星，你和他见面之后又该如何呢……"立纯纠结起来，内心一片茫然，跟着领路的侍卫来到临时指挥所，默默地站到了小星身后。小星正焦急地举着望远镜，时而向云山机场的方向眺望，时而又转向南瓷城的方向。

良久，齐小星才回过头来，一眼看到立纯母女："立纯，你们先去休息一会儿吧，我这边正忙着呢。"

立纯点了点头，带着母亲去屋内休息。齐小星的手机这时却响了，是小月打来的。

"小月，你们到了吗？请讲。"

"我们已到达南瓷城预定区域。"

"好，告诉你身边的指挥员，听到机场方向枪响，立即发起攻击！"

小星挂断电话，内心一阵悸动，身体微微颤抖起来。他长嘘口气，努力调整了一下自己，然后拨通机场方面的电话："喂，机场分队吗？南瓮城方向已到达预定地点，攻击开始！"

电话一挂断，就听见山下传来一阵密集的枪声，只见在机场的南北角，火光四起，杀声震天，有两股飓风般的人流向机场内突进。

突如其来的打击粉碎了空军的行动计划。城堡士兵高呼着"吃我人血子弹，还我自由之身"的口号，一路杀向敌阵。那些机场守军多是奉命行事，没几个是成心跟城堡里的人过不去的，眼见对方不顾性命往前冲，顿时丧失战斗意志，纷纷撤离掩体为对方让出进军通道。机场战斗异常顺利，关键区域很快被城堡军攻占，只有空军师部的十几名军官还在拼死抵抗，他们凭借手中的先进武器冲向轰炸机方向，试图保护飞机不被破坏。

这时，城堡军一位副分队长已带领1 000多人冲到轰炸机的附近，他们见十几位空军军官冲过来，赶忙趴在光秃秃的草坪上还击。

"不好！他们想上飞机！"副分队长大声命令："向飞机射击，向飞机射击！"

近千支枪立即掉转方向，向几十米外的庞然大物一阵猛射。但那些冲锋枪子弹打在飞机表面皆被弹了回来，飞机居然毫发未损。

"停止向飞机射击！击毙那些空军军官！"副分队长一跃而起，第一个向那些已经走到旋梯旁的飞行员冲去。但刚冲出几步，一束幽蓝的激光横空一扫，他便像折断的木桩似的变成了两节。

"队长！"七八个城堡士兵几乎同时冲出，但瞬间便被那种恐怖的光能武器团灭！

后面的士兵都不敢动了，眼睁睁地看着几十名飞行员钻进飞机，自动舷梯开始缓缓收起，接着就有一种震耳欲聋的轰鸣声响起，整个大地开始剧烈地颤抖起来，世界上其余所有的声音都被完全淹没了。

完了，只要轰炸机成功起飞，城堡内尚未撤出的人便彻底完了……

通过望远镜，齐小星眼睁睁地看到了这一幕的发生，局势变化太快，他甚至没来得及想到发出阻止轰炸机起飞的命令——飞机的轰鸣声越来越大，一架满载炸弹的飞机正在缓缓滑向跑道。

"完了！"小星以手抚额，痛苦地闭上眼睛。

第一架轰炸机进入跑道，开始滑行。后面的轰炸机也动起来，接二连三滑向跑道……

"堡主，快传令未撤离的人，叫大伙立即隐藏起来。"政务官提醒。

"快，快传，隐蔽，隐蔽！"

第一架轰炸机机头一昂，腾空而起。突然，一束耀眼的蓝光在机身闪了一下，那庞大的机身瞬间便化作一团巨大火球，随即传来一声响彻云霄的巨响——飞机爆炸了，分崩离析的碎片带着光与焰，向四周飞散……

紧接着，第二声巨响、第三声巨响、第四声巨响……不断传来，一团团刺目的烈焰次第升起——整个云山军用机场顿时化为光的世界、火的海洋！

齐小星呆呆地看着一架架轰炸机爆炸，愣了很久才反应过来。其他人也被这意外的惊险转折骇住，其后才是如梦方醒的欣喜若狂……他们互相抱着、跳着、笑着、哭着，就像一群神经病人的集体发作。

过了好久，齐小星才压住这份从天而降的意外惊喜，提醒众人："大家安静，瓮城方向还没结束战斗呢！"

众人安静下来，凝神望向南瓮城方向。奇怪的是，那边一片黑暗，声息皆无。

"怎么回事，怎么连灯光也没有了？难道停电了？"齐小星疑惑间赶忙给小月打电话，刚才他们这些人只顾关注机场方向的惊险，竟忘了南瓮城也是主攻方向之一。

"小月，小月，你们那边怎么样了？"电话一通，齐小星便急切问起来。

"我们现在是两眼一抹黑。很诡异，机场那边传来枪声，发生爆炸时，我们这边随即发动冲锋，向南瓮城山顶冲去，但刚冲到半山腰，南瓮城城墙上的灯便全部熄灭了，我们这边主持进攻的分队长疑敌方有诈，怕被抄了后路，于是分出 1 000 人守住后路，另外 2 000 人则继续往南瓮城山顶移动——是的，是移动，太黑了，瓮城城墙灯光一灭，我们什么也看不到了。算了，还是让分队长跟你说吧。"小月将手机递给分队长。

分队长汇报道："堡主，城上灯全部灭了，现在是敌暗我明。一来我们没有准备照明设备，二来现在就算有照明设备也不敢使——我们就在敌人的枪口下边啊！"

齐小星万没想到，攻击南瓮城行动竟然变成了摸黑爬山，这太诡异了，完全超出城堡内所有人的预料。齐小星思索良久，终于下定决心："你们撤下来吧，现在云山机场轰炸机被毁，城堡内未来得及撤出的人暂时已经没有危险。我们可以从云山机场方向突入城市，南瓮城已成摆设，你们没必要冒险强攻了——带领部队，迅速向云山机场集结，与机场部队会合。"

46. 大获全胜

齐小星命令南瓮城方向军队向云山机场集结后，自己也带着城堡内部分官员和几名侍卫奔向机场。途中，小月再次打来电话："小星哥，告诉你一个好消息，是蓝之星蓝大哥刚从报社的朋友那儿得到的消息 —— 南北瓮城守军全跑了，在强大的舆论攻势下，瓮城守军军心动摇，特别是今天 —— 不，过了深夜12点了 —— 特别是昨天上午云山机场对示威群众的弹压……导致瓮城士兵人心涣散，他们不想将枪口对准平民百姓，于是，哈哈，你明白了吧……"小月在电话里笑出了声。

"你们现在到哪里了？距机场还有多远？"齐小星尽量压下内心的兴奋。

"我打电话来是想告诉你，我们准备折回去，打开南瓮城城门。那里的驻军有个军械库，分队长的意思是打开军械库，武装全堡民众，所以要向你请示一下。"

"不用请示了，你们行事吧。城里见。"

天色微明，5 万 IZ 人浩浩荡荡进城。几乎不废一枪一弹，便迅速攻占了电视台、电信大楼、报社、公安局、粮库、电厂等要害部门。早上 9 点，齐小星带领他的领导班子进驻了市政府办公楼。而在平时，这正好也是政府工作人员上班时间，不过现在却换成了另一群人。

齐小星坐在市长办公室，通过视频首先向英勇无畏心有大爱的渝江市民表达谢意，因为若没有渝江市民的大规模声援，也就没有了城堡内 20 万 IZ 人平安走出城堡的可能……之后齐小星又通过视频对心怀恐惧的当地公务人员进行安抚，表示 IZ 人绝无恶意，更不会仇视社会，他们只是想争取活下来的机会，只是想坐下来和所有渴望安宁的人一起共建美好家园……

小星的视频讲话刚发布不到一个小时，便收到了渝江市辖区内其他 7 个城堡的消息，其中已经有 5 个城堡突围成功，还有两个受阻，亟待增援。于是，小星紧急调遣了 2 万人前往增援。

第二天，渝江市 8 个城堡近 200 万 IZ 人悉数获得自由，小星向 7 个堡主发出邀请，请他们迅速进驻市政府共商大事。7 个城堡首脑全部赶到，大家一致推选小星主持渝江市的工作，他们都愿意听其调遣。小星没接受众首脑的推选，只承诺暂时代为主持渝江市工作。他认为目前的当务之急一是安顿好走出城堡的 200 万 IZ 人，二是安抚好那些健康人，让他们安心照常生活。这件事说起来简单，但具体实施起来却与现实情况差距甚远。

开完会，7 个城堡的堡主刚刚散去，被分派下去安置 IZ 人生活的官员便纷纷传来消息，说健康人正在大规模撤离渝江，因为他们不愿和 IZ 人混居一起，怕感染病毒 —— 那些健康市民此前上街示威声援 IZ 人是出于同情，但当 IZ 人全部进入城市，影响到他们的健康和安全时，他们就没法接受了。

"怎么会这样？同为人类，难道我们就不能和睦相处，共同建设一个繁荣兴旺的新世界吗？"齐小星一时无计……

这里是市公安局后院里的一个临时羁押室，只有两米见方，除了一把椅子外，角落里还有一个抽水马桶，四周是冰冷的墙壁，临着院子有一扇开了一方小孔的铁门，这小孔是连接外界的唯一途径，除了饭菜可以递进来以外，还可以透过它看看院子里的风景。院子中也没什么可看的，只有一丛枯叶斑驳的芭蕉树。

蓝之星被关在这里已经快两天了，从昨天早晨有两个馒头从小孔递进来，至今他 30 多个小时没有吃东西，现在已经饿得不行。田甜被关在隔壁，他们是一同被捕的，前天机场大乱，正好在机场来不及撤离的他们被赶来维持秩序的人抓到，之后就送到了这里，分别关入两间相邻的囚室。

他们还不知道外面究竟发生了什么，前天夜晚的剧烈爆炸和持续的枪声让他们心急如焚。他们从那剧烈的爆炸和密集的枪声判断，IZ 人可能危险了 —— 他们认为那剧烈的爆炸显然是轰炸机在轰炸城堡，随后响起的枪声则是轰炸后的清剿。这让他们非常绝望，特别是蓝之星。但第二天关他们的院子外的枪声又让他们倍感蹊跷，这里怎么会有枪声，难道 IZ 人打进来了？蓝之星心跳加快，盼着那些 IZ 人来搭救他们。但枪声响过之后，一切又归于平静，静得只剩雨打芭蕉的淅沥声。

时间一分一秒过去，眼看着院子中的天光暗淡下来，那丛芭蕉变成了黑色魅影。他和田甜开始拼命呼喊，希望有人从那里经过，哪怕在院子里走动一下也好。他们的呼喊引来了同排最右侧羁押室的回应，那是一个男人的声音："喊大声点，我们一起喊 —— 来人啊！来人啦！"蓝之星他们这才知道，原来还有一个人被关押在这里。3 个人的喊声此起彼伏，不停地在这空旷的院落中回荡。可是，直到他们喊哑了嗓子，连个鬼影都没有出现。田甜由此得出结论：这偌大的院子，除了他们 3 人以外，已经没有一个活人存在了。在之后的时间里，她和蓝之星隔着小孔交谈起来，相互鼓励着对方。时间慢慢流逝，他们不停地说着，嗓子都冒烟儿了还不愿停下。到最后，两人都没了力气，因为过度饥饿，大脑开始迟钝晕眩，这才停下来。这之后，半晕半醒的他们偶尔醒来，都会对着小孔吃力问一句："你还好吗？"再听到对方有气无力的回答后，又会加上一句，"坚持住，我爱你"，另一个回复，"坚持住，我也爱你"，随后又阒寂无声。

天黑了。蓝之星已经被饥渴和寒冷折磨得说不出话来，田甜连续送来几个"坚持住，我爱你"，他都没有力气回答。田甜着急起来，拼尽余力嘶声叫喊："来人，快来人啊，出人命了……"

田甜的声音渐渐低下来，心里满是焦急与绝望。这时一阵脚步声从过道里传过来。田甜由绝望转为兴奋，屏着呼吸注视着过道的出口："哈，有人来了！"

一队城堡内的士兵冲了进来。

"这里有人！"一个士兵大声吼道。

"快放他们出来！"另一个命令。

几个士兵砸开锁，把蓝之星他们3人救出来。

"快，水——水！"蓝之星声音嘶哑。

几个士兵立即把矿泉水和面包递到他们面前，3个人咕噜咕噜的一阵猛灌，之后直接便将面包搋入口中。

蓝之星他们终于有了点力气，开始与那些士兵交谈，这才知道所有IZ人都成功突围了，这几个人是出来找住处的。

蓝之星又惊又喜，问齐小星和白立纯在哪里，说他要见他们，他是他们的朋友，为救他们才被抓进来的。

士兵们一听是堡主的朋友，争着要带他们去市政府找齐小星。几个人正要往外走时，田甜突然站住了，目光直直地盯着另一个被放出来的人，大叫了一声："把这人也带上。这人可能就是伤害白立纯的嫌犯，带去让立纯辨认一下。"

蓝之星定睛一看，与当初小月给他的录像上那人身影酷似，多半就是黑五星党的头目。几个士兵这时已经扑上去，把那人按倒在地。蓝之星随后跟进，照那人头上就是一脚："没想到你也有今天，我要抽了你的筋，剥了你的皮！"疯魔似的一顿拳打脚踢，那人挣扎，哀号，被几个士兵死死摁着，只有挨打的份。蓝之星打到没有一丝力气才罢手。

"带上他！"田甜对士兵说。

47. 情爱炼狱

市长办公室。齐小星正在召集 8 个城堡的主管开会。

会上，他宣布了一项重要决定，这个决定所传达的是联大最新政策，不容置疑，也不容更改：

1. 废除城堡制，还所有 IZ 人自由。

2. 各国政府必须承认 IZ 人的合法地位，IZ 人拥有与健康人同等的权利并承担同等义务。

3. IZ 人与健康人之间暂时禁止通婚以及性行为。

4. 各国可根据实际情况，设置临时监管机构，监督指导以上政策的执行。

"大家都听明白了吗？这是联大根据最新情况所做出的政策调整，我们自由了，但今后要时刻不忘约束自己，别给那些健康人制造心理压力。"齐小星向众人说道。

"听明白了。"众人面现喜色，击掌相庆。

"好的，散会。"

众人陆续离开市政厅。齐小星则缓步回到市长办公室。白立纯正在办公室内帮齐小星整理文件。大乱初定，百废待兴，所以她这几天临时充任了齐小星的生活秘书。

小星进门，问："有蓝之星的消息没有？"

"没有，听说我们突围那天，是他带头去的云山机场，那天场面混乱，也不知……"立纯脸色暗淡。

"别担心，我这就安排人去寻找他的下落。"小星安慰。

"找到了又能怎样？相见不如不见，我不知道该如何面对他。如果真找到了，就代我跟他报声平安吧。"立纯叹了口气，想到了小月，于是问，"小月呢，来过了吗？"

"她那会儿来过电话，说马上就到 —— 这不，来了。"齐小星听到走廊内传来清脆的脚步声，是高跟鞋踏在地上的声音。

立纯迎出门，果见一身红色薄呢大衣的小月火焰般向她跑来："哈，立纯姐，我想死你了。"

"小月！"立纯紧走几步，和小月拥在一起。

"立纯姐，真没想到我们还能见面，我太开心了。"

"这都是你的功劳。多亏你在关键时刻带了消息进来……"

两姐妹叽叽喳喳说了好一阵，齐小星才插上话："小月，打断你们一下，这几天出了个问题，大部分健康市民都出走了，我不知道该怎么办。你是健康人，站在你的角度，我该怎么把出走的人劝回来呢？"

"安全是第一位的，毕竟没有人愿意被感染，你得让出走的那些人放心。"小月回答。

"是，我正在跟新的市府班底讨论这事，看怎样出台一套可落地的安全措施。对了，有父亲的消息了吗？"虽然齐大阳人品有问题，但他毕竟是齐小星和齐小月的生父，另外这次 20 亿 IZ 人获救，齐大阳功不可没，齐小星已在心中部分原谅了父亲。

"父亲在你们突围那天给我发来信息，说他已经在逃回渝江市的途中。之后就再没他的消息了。"

"我派人去找找看。他从前做过很多坏事，伤害了很多人，可这次他是有功的……"

"别说啦，能别提他吗？！"立纯一听齐大阳的名字，几乎崩溃。

"好，我不提，不提……"小星正欲安抚立纯，一行五六个人从电梯间走出，几步来到市长办公室前。其中一个士兵报告，"堡主，一个自称是你朋友的人要找你。"

齐小星微微一惊，莫非是他？"请他进来。"

人影一闪，几个人出现在门口。立纯和小月几乎同时战栗了一下，不约而同喊了出来："之星！"

蓝之星满脸阴郁，脸色蜡黄，圆框近视眼镜早不知丢到了哪里，一双变形的高度近视眼鼓出凹陷的眼窝，整个人显得狼狈且了无生气。

"之星。"齐小月飞奔过去，抱住蓝之星，"总算又见到你了。"

白立纯却呆呆站在原地，不知如何是好。

好在这时田甜一把将那个黑五星党的头目拽进房间，一脚踢在那人膝盖后方的腘窝部位。那人咕咚一声就跪下了。"你就是白立纯吧？你看下，认识这个人吗？"

田甜的出现解去了白立纯见到蓝之星时的尴尬。她定定地看着那个人，身体开始发颤，美眸中陡然腾起怒焰，"你这个禽兽！你为什么要害我，你为什么要害我？"

那人这时也认出了立纯，身体不由微微一抖，嘴角却露出一丝冷笑。他没说话，眼睛却望向了蓝之星身边的齐小月。众人也随着他的目光聚焦到小月脸上。

齐小月的脸瞬间煞白。迎着人们钉子一样的目光，她那双原本明亮的大眼睛暗淡下来："我……我……我……我不该……"

立纯做梦也想不到是这样的结果。她不敢相信或者说本能地拒绝这是真的。小月可是她最好的姐妹啊！

蓝之星已经从小月的表情中确定了小月一定内心有鬼。他一把抓住小月的肩，狠狠地摇晃着，眼中透出令人心寒的杀机，一字一顿地问道："是你找他去害立纯的吧？你为什么要那么做？为什么？"

小月惊慌失措，两行恐惧与悔恨交织的眼泪溢出眼眶，哇的一声，哭了。

小星也看出了端倪，声音中透出严厉："小月，这事是不是你干的？"

小月止住哭声，朦胧泪眼中，看到立纯模糊晃动的身影正一步一步向她走来。

小月抹了一把眼泪，眼中闪现出决然的恨意。因为这时她已明白一个事实，蓝之星此后再也不会接受他，齐小星从此也讨厌她，她已失去一切，于是索性豁出去了，昂起头，直视白立纯："既然你想知道，那我就毫无保留地告诉你。第一，我喜欢你喜欢的东西，从小到大都是这样，这你是知道的。你住在我家的时候，我总能把你喜欢的东西抢到手，你喜欢蓝之星并得到了她，这成了我的心病，这让我过得很不快乐……第二，我父亲传出来的消息必须有人充当信使，其他所有的方法都把握不大，只有直接进入城堡的感染者才最可靠，而这个人又必须是一个最值得信赖的人，因此我才选择了你。"

立纯周身发冷，嘴唇哆嗦着："你，你，你好……狠呐！"

小月恨恨地接道："这能全怪我吗？你得到了蓝之星，你和他当着我的面亲昵，我讨厌你那样，我嫉妒，我恨你！"

"那你是怎样找到那些人渣的？"蓝之星咬牙切齿地问。

"我母亲找过他们害我的哥哥，我知道和联络他们的方法。"

"那你后来为我注射疫苗又是怎么回事？你是不是当时就后悔了？"立纯对小月还残存着一份希望。

"我给你注射的是 IZ 病毒，我怕你万一幸免，我给你打了一剂加强针！"

"你 ——"立纯痛苦得连连摇头，用陌生的眼光看着眼前这位貌若天仙、相好多年的姐妹，骤然间急怒攻心，一声大叫，便瘫倒在地板上。

小星慌忙把立纯抱起来放到旁边的沙发上，冲门外高喊："侍卫！快传医生！"

与此同时，蓝之星已经愤怒地冲到小月面前，抬手就是两计重耳刮子，血水顿时从小月那性感迷人的嘴角淌下来。蓝之星怒吼："滚，快滚，别让老子杀了你！"

"呵呵！"小月冷笑一声："你快动手吧，死在你手里我求之不得！"

蓝之星被小月的挑衅激得彻底疯狂，转身从一名士兵的手上夺下枪对准了小月。齐小星看到这一幕，疾呼："住手！"田甜则在这一瞬间快步挡在蓝之星和小月中间，但她却没能制止暴怒的蓝之星，枪声突兀地响起，田甜应声倒地，热血从她的胸口汩汩而出。

"田甜！田甜 ——" 蓝之星扑通一声跪倒在地，抱起田甜，悲声呼喊。

田甜的口鼻随之溢出血来，应该是子弹伤到了心肺，她的眼睛满是留恋地望着心爱的男人，右手颤抖着，想握住他的手，嘴唇也吃力地翕动着，吐出了她在人世间的最后一句话："别……伤害……小……月……"

48. 大结局

一个月后，由 IZ 人为主体的联合政府建立起来，一些不怕传染的健康人留了下来，他们愿意和 IZ 人一起，建立一种和谐相融的新型社会，共同对付眼前的经济危机，共同攻克事关人类存亡的 IZ 病毒。各行各业逐渐恢复生产，病毒研究所成了最重要的部门，世界上最顶尖的病毒科学家都投入 IZ 病的攻坚战之中，一场由 IZ 人发起的 IZ 病围歼战正式打响。

那些逃亡的健康人经过一段时间的风餐露宿，最后都不约而同地发现：被 IZ 人丢弃的城堡环境优美，空气清新，无疑是他们最理想的归宿地。是啊，真是得来全不费功夫，一切都是现成的：土地平旷，屋舍俨然，阡陌交通，鸡犬相闻——分明就是上天赐予他们的一个桃花源！

可那些钻进城堡的健康人却成了联合政府的一块心病，因为他们人数众多，超过了当时 IZ 人在城堡中的数量，单是玉山城堡就涌进了 30 多万人，如何解决他们的生计、确保他们的生存成了眼前最为棘手的问题。IZ 人总不能以其人之道还治其人之身吧？联合政府向他们发出通告，欢迎他们出来共同生产、共同生活，共建美好家园，但收效甚微。到后来，他们竟然悄悄组建了自己的军队，把城堡从里面牢牢地守卫起来。齐小星毫无悬念成为渝江市市长，地盘儿比原来大了许多，管辖的人口大约是原来的 10 倍，也就是渝江辖区内 8 个城堡中冲出的 200 来万人。地大人多，肩上的担子加重，让齐小星迅速成熟起来。

在经历了太多磨难和伤害之后，立纯变得越发沉静，一门心思投入攻克 IZ 病毒的研究中。

小月不知去向，按常理推断应该是离开了渝江这个伤心之地。

齐大阳则回到了渝江老宅，终日龟缩，闭门不出，虽然联大有意恢复他的名誉和职位，但他却无意再回到原来的岗位上，这倒不是因为他迷途知返、洗心革面、顿悟人生，而是因为他患上了一种耳聋、耳鸣、幻视、幻听的怪病。他时常会感觉到有数之不尽的人要杀他，很多很多人，但看不清面孔，少数几个能认出的不外乎李叶、白立纯、白言冰、姚姬以及齐小星的养父、生母几位。巨大的恐惧让他无法入眠，只要他闭上眼睛，头脑中就会传来惊天动地的火光以及爆炸声、一个个浑身是火的人四处乱窜、凄惨哀号。云山机场的轰炸机是被谁用激光武器击爆的目前还不得而知，当时飞机的爆炸波及范围甚广，机场周围生灵涂炭，数十位空军将士殒命当场……而这一切，起因都源自齐大阳所制造的一个天大谎言！

是的，是谎言。稍微有点常识的人略一思索就会知道，轰炸机一般用于几百、上千千米以外的远程攻击，对于四五千米外的 IZ 城堡，重型轰炸机根本没有施展空间；另外全球 20 亿 IZ 人若被以轰炸的形式毁灭，几乎相当于要炸掉大半个亚洲的面积，其所造成的危害相当于灭世，不但 IZ 人会灭亡，健康人类也会因为环境所造成的危害而无法正常生存。很明显，齐大阳说谎了。他制造这个谎言本意可能只是引发社会震荡，让联大疲于应对，进而掩盖他上次向小月泄露的消息的事情被联大安全部门追查。至于联大有没有其他清洗 IZ 人的计划不得而知，齐大阳只知道，编个利用轰炸机清洗 IZ 人的谣言，联大安全部门很难会想到他头上。因为这个谎言漏洞太大了。另外齐大阳还有一层考虑，那就是让齐小星重获自由。小星是他的儿子，虎毒不食子。他人虽然极坏，但坏得还不够彻底。他认为轰炸机清洗 IZ 人的谣言虽然漏洞百出，但轰动效应和震撼效果却极大，只要通过小月传入齐小星之耳，齐小星势必会传给全球 20 多亿 IZ 人，给所有 IZ 人造成巨大威压，而 IZ 人此前的确差点被"清洗"掉，因此这次便不疑有假，至少短时间内来不及条分缕析认真思考。至于健康人世界，齐大阳同样不担心，即便轰炸机清洗 IZ 人的谣言早几天在健康人世界传开，最多也就是举世哗然，联大及各国政府焦头烂额四处辟谣……

但让齐大阳万万想不到的是，那段时间云山机场恰好真的进驻了部分执行其他训练任务的轰炸机，而更让他想不到的是，齐小星他们那天主攻方向之一就是云山机场，同时因为蓝之星舆论造势陡然发起，迅猛、精准，根本不给人思考的机会……结果，就有不辨真假的人受到舆论影响，错误地对云山机场轰炸机群发动了致命性打击 —— 那些飞机当时起飞，并不是执行轰炸任务，而是紧急突围……

齐大阳自知闯了大祸，自知就算自己逃到天涯海角，也难逃法网，于是索性不跑了，每日龟缩在渝江老宅，内心反反复复，一会儿想着主动去投案自首，一会儿又心存侥幸，想着不然再等等，万一他们查不出来呢，万一没人追究这事呢。

局势似乎正悄然转向有利于齐大阳的一面。20亿散布世界各地的 IZ 人大多冲出城堡、获得自由，而健康人却没有了生存空间，转而住进城堡，世界范围内的各级政府机关面临史无前例的搬迁和调整，在这种混乱局面下，似乎所有人，都忘记了齐大阳所编造的那个巨大谎言所造成的恶劣后果。也许，人是健忘的吧？至少齐大阳希望是这样。

与齐大阳境遇相似的还有另一个人。那就是蓝之星。

蓝之星在田甜死后伤心至极，本想安葬田甜后就自我了断。他累了，也厌了，小月给他和白立纯造成的伤害本已让他心灰意懒，再加上田甜又被他误杀，这一切的一切加在一起，已让他生无可恋。

"死吧，死了倒好。"于是安葬完田甜后，蓝之星便给正主持渝江工作的齐小星打了个电话，电话一通，直接就是一句："我要给田甜抵命。你派个人来带走我吧，不用审判，直接枪毙就行。"

齐小星正忙得不可开交："我正忙着呢，你别给我添乱成不成？你那是误伤，罪不在你。再说了我们是依法办事，我没权力派人带你走你，更没权力枪毙你，亏你还是个记者，咋想的？你若真想死，去找公检法部门吧。但我相信，他们同样不会满足你这种无理要求。"

蓝之星被噎得一愣："算了，那我自己解决吧，不麻烦你们了。"

"喂，喂，你可别做傻事儿啊……"齐小星急了。

"你不用管了，再见。"

"别，你冷静一下。"

"我很冷静，都想清楚了。"

"混蛋，"齐小星情急之下骂出了脏话，"你想过没有，你若死了，立纯会多伤心？"

蓝之星心里一疼："立纯那儿有你，你好好照顾她吧。"

"行，我答应你。"齐小星担心蓝之星真做出傻事，于是剑走偏锋，"我会好好照顾立纯，但你也得答应我一件事。"

"说吧，只要我能办到。"

"我这里来了一群人，把市政府围住了。是云山机场死难空军家属。这些家属所求的不仅是赔偿，还包括调查机场空军死难真相……我已跟联大方面确认过，以轰炸机清洗 IZ 人是个天大谎言，那些轰炸机当时是被迫起飞，转场到其他相对安全的机场……现在的问题是，这个谣言是由你一手策划并传遍世界的。但你的出发点并没问题，而且事实上为 IZ 人获得自由提供了巨大助力，你说这事儿我该怎么处理？"

蓝之星内心轰然一响："随你怎么处理吧，我无所谓。这事儿你比任何人都清楚，幕后主使人是你父亲 —— 齐大阳为了救你，甚至不惜拉全世界来垫背……在这件事中，不管是我还是立纯，都被齐大阳和小月当枪使了……"

"我也想到了这一层，但事情可能没你想得那么简单。你想过没有，我和小月都是他的孩子，他为什么连自己的女儿也要拖下水呢？他原可以用匿名的方式将消息透露给其他人，比如全世界各大媒体，以他的能力，应该能办到。但他并没这么做，而是找了小月，这对他是极其不利的，因为只要稍微一查，就能查到他头上，小月也会因此受到牵连，你想过这是为什么吗？"

"你的意思是其中另有隐情？"蓝之星也隐隐感觉到不对，"你直接去问下齐大阳应该就会有答案了吧？"

"我去问过，昨天去的。但他拒绝说出真相。我一问，他就崩溃了，或者说疯了 —— 他刚明白我的来意，便突然怪笑，他说：'你休想从我口中问出什么，我什么也不会说，我什么都知道我就是不说，急死你们，哈哈……急死你们！'他现在进了市精神病院，这也是我想找你帮忙的原因。你是记者，调查这种事是你强项。但他毕竟是我父亲，所以私下里我想提个小小请求，假如你若能查明真相，在公之于众前，能不能先知会我一声？"齐小星的请求地暂时打消了蓝之星急于自我了断的想法。

"好吧，我答应你。"蓝之星痛快答应。

几个月后。市精神病医院。李叶做完康复导引后，在几位护士的陪护下正在医院的草坪上散步，这时远处突然奔来一个蓬头垢面身材高大的疯子，后边还有几位医护人员和保安在追，边追边有人喊："闪开，快闪开，这个疯子有攻击倾向。"

照顾李叶的几位护士当即就慌了，想躲，但李叶精神方面虽有所恢复，身体方面却饱受 IZ 病毒折磨，身体很弱，跑不开。几位护士情急之下，只好将李叶围到中间。

转眼间那疯子冲到近前，李叶也认清了那人，吓得瑟缩成一团，尖叫着捂上眼睛蹲到了地上。那疯子也注意到了李叶，突然停下来，怔怔地望着李叶，"我好像认识你，你是，你是……"他回转身，望向几个来抓他的保安和医护人员，眼神中透出一股清明，"你们先别抓我回去，让我想想。"

那疯子怔在原地，几个医护保安也站住了，没有立即出手。毕竟这疯子是齐大阳，是市长的父亲，他们多少要顾忌一些。

"杀了他，快杀了他……"蹲在地上的李叶尖叫。

"为什么要杀我，我们有仇吗？"齐大阳问。

"你们没仇，李阿姨是神经出了一些问题。"不知何时，蓝之星走了过来。他是来调查齐大阳造谣幕后真相的。他为这事儿已跑了很多天，今天刚到精神病院，便赶上了眼前这一幕。他对那几位照顾李叶的护士一笑，"没你们什么事了，你们先带李阿姨走吧。"

几个护士带着受到惊吓的李叶离开。

蓝之星则目不转睛注视着齐大阳，目光深湛如海："你知道她是谁了吧？"

"她是谁？"齐大阳问。

"她是你的妻子，李叶。"

"那我是谁？"

"你叫白言冰，是个大大的英雄，你不但拯救了 IZ 人，也拯救了全人类。你是这个时代的楷模和榜样。"

"我叫白言冰？那齐大阳又是谁？"

"齐大阳是只乌龟，绿毛的！"

"放屁，你才是乌龟，你才是！"齐大阳暴怒，一旁的保安赶紧向前，将其控制住。

"说吧，告诉我，你把小月怎么样了，她现在在哪儿？"蓝之星问。

"我知道，我什么都知道，我就说 ——"齐大阳突然停下，身体一阵扭曲，心脏骤停，眼中渐渐失去光泽。

蓝之星摇摇头，叹息一声，颓然离开。他没有再联系齐小星，虽然这段时间他内心早有推断，并且自认已接近答案。但他觉得，有些事还是不知道为好，有些秘密，最好让它深埋于地下，就像不曾发生过一样……

图书在版编目（CIP）数据

分离人类 /银河行星著．--北京 :北京理工大学
出版社，2022.8
ISBN 978-7-5763-1420-5

Ⅰ．①分… Ⅱ．①银… Ⅲ．①幻想小说 - 中国 - 当代
Ⅳ．① I247.5

中国版本图书馆 CIP 数据核字（2022）第 110038 号

出版发行 / 北京理工大学出版社有限责任公司
社　　址 / 北京市海淀区中关村南大街 5 号
邮　　编 / 100081
电　　话 / （010）68914775（总编室）
　　　　　（010）82562903（教材售后服务热线）
　　　　　（010）68944723（其他图书服务热线）
网　　址 / http:// www.bitpress.com.cn
经　　销 / 全国各地新华书店
印　　刷 / 三河市华骏印务包装有限公司
开　　本 / 880 毫米 ×1230 毫米　1/32
印　　张 / 10.625　　　　　　　　　责任编辑 / 李慧智
字　　数 / 206 千字　　　　　　　　文案编辑 / 李慧智
版　　次 / 2022 年 8 月第 1 版　2022 年 8 月第 1 次印刷　责任校对 / 刘亚男
定　　价 / 44.80 元　　　　　　　　责任印制 / 施胜娟